Corinna Vossius

Seh' ich aus, als hätt' ich sonst nichts zu tun?

Roman

Besuchen Sie uns im Internet:
www.knaur.de

Wenn Ihnen dieser Roman gefallen hat und Sie auf der Suche sind nach ähnlichen Büchern, schreiben Sie uns unter Angabe des Titels »Seh' ich aus, als hätt' ich sonst nichts zu tun?« an: frauen@droemer-knaur.de

Originalausgabe September 2015
Knaur Taschenbuch
© 2015 für die Originalausgabe bei Knaur Taschenbuch.
Ein Imprint der Verlagsgruppe
Droemer Knaur GmbH & Co. KG, München
Alle Rechte vorbehalten. Das Werk darf – auch teilweise –
nur mit Genehmigung des Verlags wiedergegeben werden.
Redaktion: Martina Vogl
Illustrationen: Michaela Spatz
Umschlaggestaltung: ZERO Werbeagentur, München
Umschlagabbildung: Michaela Spatz
Satz: Adobe InDesign im Verlag
Druck und Bindung: CPI books GmbH, Leck
ISBN 978-3-426-51743-7

2 4 5 3 1

Sommer

1992

Kapitel 1

Im Sommer 1992 bekam Setersholm endlich eine Brücke zum Festland. Die letzten paar tausend Jahre hatte man das Boot nehmen müssen. Immer vorausgesetzt, man hatte ein Boot. Außerdem durfte das Wetter nicht zu stürmisch sein, und wenn es regnete, wurde alles nass. Aber jetzt, nachdem der Bürgermeister von Tingnese feierlich das Band durchtrennt hatte, konnte man gemütlich hinüberspazieren. Oder mit dem Traktor fahren.

Ein Auto besaß auf Setersholm eigentlich niemand. Wozu auch? Die Insel war so klein, dass man überall zu Fuß hingehen konnte. Es gab nicht einmal richtige Straßen, nur geschotterte Wege zwischen den Häusern, die sich um den kleinen Hafen drängten, und ein paar ungekieste Traktorspuren zu den Wiesen und den Schafställen. Auf Setersholm hatte man schon immer Schafe gehalten. Die mochten den Wind und die salzige Luft, und sie kamen weitgehend alleine zurecht.

Doch nun würde das alles anders werden. Wenn Setersholm sich etwas beeilte, konnte man den letzten Rest des zwanzigsten Jahrhunderts noch richtig genießen. Nicht immer nur Schafe und Setersholmer, sondern ein vielversprechendes dunkelgraues Band aus Asphalt, das an der Brücke begann und wer weiß wohin führte. Zuerst einmal natürlich nach Tingnese, wo es eine Sparkasse, einen Coop und die Schule gab und wo die Bewohner, nach Ansicht der Setersholmer, alle Weicheier waren.

Gut-Wetter-Seeleute.

Möchtegern-Wikinger.

Aber hinter Tingnese lag (von Setersholm aus gesehen) die ganze Welt.

Die meisten Setersholmer gingen gleich nach der Eröffnungszeremonie wieder nach Hause. Ausnahmsweise war das Wetter einmal trocken, da musste man sich dringend ums Heu kümmern. Außerdem war es mitten unter der Woche, und wenn überhaupt, billigte Jesus einen kleinen Schnaps zum Wochenende, vielleicht auch ein paar Stunden sonntägliches Nichtstun, aber auf keinen Fall an einem Dienstag. So etwas konnten sich nur die Tingneser leisten, Kaffee-Trinker und Sessel-Sitzer, die sie waren.

Nur Trond blieb als Einziger noch eine Weile und blickte dem Bürgermeister und seiner Delegation nach, wie sie auf der anderen Seite in ihre Autos stiegen und davonfuhren. Trond war auf Setersholm geboren und hatte einen Großteil seiner Kindheit damit verbracht, sich mit seinen Cousins zu prügeln. Jeden Morgen war er mit dem Boot zur Schule gefahren und nachmittags wieder zurück, zehn lange und ziemlich vergebliche Jahre. Seitdem verließ er die Insel nur noch zum Einkaufen oder wenn er am Wochenende zum Tanzen fuhr, denn er machte sich nichts aus den Setersholmer Mädchen.

Ehrlich gesagt, die Setersholmer Mädchen machten sich auch nichts aus Trond. Sowieso gab es nur zwei oder drei in Tronds Alter und dann noch einmal eine Handvoll, die einiges jünger waren. Aber alle lehnten sie dankend ab. Sein Vater hatte seinerzeit ähnliche Probleme gehabt. Schließlich heiratete er jemanden aus Tingnese, besser gesagt eine Frau von einem der umliegenden Bauernhöfe. Damals eine Ungeheuerlichkeit. Ein Setersholmer hielt sich an Setersholm, zumindest wenn er anständig und traditionsbewusst war. Margit hatte es deswegen nicht leicht gehabt in den ersten Jahren. Ein Eindringling. Eine Fremde. Aber sie hatte es auch vorher nicht leicht gehabt, als Älteste von neun Kindern und dann mit dem Stiefvater. Hinterher übrigens auch nicht, nachdem Tronds Vater beim Fischen ertrunken war (zwei Komma fünf Promille im Blut und im Netz nur Quallen). Trotzdem blieb Margit auf Setersholm. Ihre Wünsche waren einfach: Ihr Sohn sollte einmal ein ordentlicher Schafzüchter werden, genauso wie seine späteren Söhne.

Tronds Wünsche waren komplizierter. Sie waren großartig. Sie waren etwas ganz Besonderes, ohne dass Trond genau den Finger darauf legen konnte. Schafe kamen jedenfalls nicht darin vor, und jetzt, da er bald dreißig wurde, hatte er auch die Setersholmer Mädchen daraus gestrichen. Im Gegenteil, das ganze letzte Jahr über, während die Brücke gebaut wurde, hatte Trond sich vorgestellt, wie es wohl mit einer Frau von weiter her wäre. Nicht Tingnese. Aber Thailand zum Beispiel oder die Philippinen. Er erschauerte bei dem Gedanken an eine zarte, zerbrechliche Ehefrau, die ewig wie ein junges Mädchen aussähe und sich pflichtschuldig an seinen großen, kräftigen Körper schmiegte. Da würden die Cousins Augen machen, ein in Seide gehüllter Schmetterling anstatt dieser Trampel, die hier sonst über die Insel stampften. Allerdings – was fing man tagsüber mit einem solchen Wesen an, wenn es ans Arbeiten ging? Nach reiflicher Überlegung entschied sich Trond deswegen für Polen. Nach der Auflösung des Ostblocks kam plötzlich jeden Sommer eine große Anzahl Polen hierher, Büroangestellte, Lehrer, Anwälte, die die Sommerferien dazu nutzen, als Erntearbeiter norwegische Kronen zu verdienen, zehnmal so viel Geld wie zu Hause, ein bisschen Wohlstand für den Winter oder zumindest neue Schuhe für die Kinder. Tronds Eindruck war, dass es in Polen eine ganze Menge Polinnen gab, die gar nicht besonders gerne dort wohnten. Frauen mit breiten, gebärfreudigen Becken, braunen Augen und hohen Wangenknochen, die an das Tragen von Gummistiefeln gewöhnt waren. Ja, das waren Frauen für nachts und für tags, dachte Trond, und mit etwas Glück musste sich doch etwas Passendes dort finden lassen. Besonders gut gefiel ihm an der Idee, dass man nach Polen mit dem Auto fahren konnte. Nach Tingnese, durch das restliche Südnorwegen, mit der Fähre über den Skagerrak und dann nur noch durch Dänemark und Deutschland. Das musste doch zu machen sein, zumal Trond der Einzige hier war, der ein richtiges Auto besaß, alt zwar, aber sein ganzer Stolz. Der Beweis, dass Trond Setersholm anders war als alle anderen Setersholmer, die kein Auto besaßen, nur weil man es auf der Insel nicht fahren konnte. Kleingeister.

Während die Brücke langsam wuchs und Gestalt annahm, putzte und pflegte Trond sein Auto und fuhr damit vor den Häusern seiner Verwandten auf und ab, um den Motor zu testen.

Am Tag der Brückeneröffnung war er bereit. Sobald der letzte Lokalpolitiker sich auf den Weg zurück in die Kreisstadt gemacht hatte, packte Trond das Nötigste in eine Reisetasche, nahm das letzte Geld aus der Zuckerdose über dem Herd, startete den Wagen und manövrierte ihn vorsichtig zwischen den Brückengeländern hindurch auf die andere Seite und hinaus in die Zukunft.

Kapitel 2

Die Reise verlief eigentlich ganz friedlich, bis Trond einfiel, dass er gar keinen Führerschein besaß. Um auf Onkel Roalds Auffahrt hin und her zu fahren, hatte er nie einen gebraucht. Aber jetzt war er weit weg von zu Hause. Was, wenn ihn die Polizei anhielte? In seiner Panik fuhr er sofort von der Autobahn ab und hielt sich fortan auf kleineren Straßen. Hier, dachte er, war die Gefahr geringer, in eine Kontrolle zu geraten. Allerdings gab seine Karte nicht viel her. Trond hatte eine Straßenkarte für ganz Europa gekauft, es war sonst nichts zu finden gewesen, wo auch noch Norwegen mit drauf gewesen wäre, und jetzt konnte man außer den Autobahnen nicht viel erkennen. Zudem stammte die Karte aus der Zeit vor dem Mauerfall, als es noch so gut wie keine Ost-West-Verbindungen gegeben hatte, und so kam er viel zu weit nach Süden ab.

Inzwischen war er den dritten Tag unterwegs und das Ganze schon etwas leid. Auf Setersholm war das nicht so aufgefallen, aber sein alter R4 machte nicht gerade Tempo. Bergauf musste man jedes Mal zurückschalten und dem Auto gut zureden. Überholen ging schon gar nicht, im Gegenteil, ständig hupte es hinter ihm. Und dann, auf der Höhe von Göttingen, fing der Motor auch noch an zu dampfen. Als Trond nachsah, war der größte Teil des Kühlwassers bereits ausgelaufen. Jetzt hatte er ernsthaft

Heimweh. Allein auf einer der Höhen des Harzes mit einem Auto, doch eigentlich der beste Freund des Menschen, das einen im Stich ließ. Trond fühlte sich ziemlich klein. Vorsichtig, vorsichtig ließ er den Wagen ins Tal rollen, bis ins nächste Dorf und immer die Hauptstraße entlang. Der Motor dampfte, und die Temperaturnadel näherte sich dem roten Bereich. Bald würde er einfach liegen bleiben. Da, plötzlich, tauchte hinter einer Kurve das Schild »Rolfs Werkstatt« auf. Ein Mann mit Herzinfarkt, der mit letzter Kraft noch die Notaufnahme erreicht, hätte nicht froher sein können. Erleichtert rollte Trond auf den Hof.

Für norwegische Verhältnisse war es schon reichlich spät, gegen fünf, und das an einem Freitag, aber in der Werkstatt schien noch Betrieb zu sein. Trond hörte das Klingen von Werkzeugen auf Zementboden, und die Türe stand offen. Er rief ein paarmal »Hallo«, doch als niemand kam, ging er einfach in die Halle. Und das Erste, was er sah, war ein großer, blauer Hintern. Wunderbar.

»Hallo«, sagte er noch einmal.

Da richtete das Mädchen sich auf. »Wo kommen Sie denn her?«, fragte sie erschrocken und fasste den Schraubenschlüssel in ihrer Hand etwas fester.

Trond zeigte mit dem Finger hinter sich auf die offene Türe, während er das Mädchen interessiert musterte. Ihr Hintern war toll gewesen, doch das Gesicht war im besten Falle durchschnittlich. Immerhin hatte sie niedliche rote Flecken auf den Wangen, vor Verlegenheit oder vor Ärger. Wie alt mochte sie wohl sein? In dem blauen Overall und ziemlich zerzaust wirkte sie nicht älter als fünfzehn, sechzehn und reichlich unfertig. Andererseits, das kannte

Trond von zu Hause, stand so ein Overall eigentlich keiner Frau, es sei denn, sie bückte sich.

Mitten in seine Überlegungen hinein kam der Werkstattbesitzer dazu.

»Helga«, fragte er, »wer ist das denn?«

Das Mädchen zuckte mit den Schultern, doch gleichzeitig wurde sie noch röter. Trond war groß und blond und von der Sommersonne braun gebrannt. In der dämmrigen Halle sah er aus wie das Nordlicht persönlich, fand sie. Verstohlen fuhr sie sich durchs Haar, damit es locker zur Seite fiele. Aber das Einzige, was sie damit erreichte, war ein Streifen Schmieröl auf der Stirne. Trond lächelte, und trotz ihrer misslichen Lage – im Blaumann, verschwitzt, verschmiert – musste sie zurücklächeln. Lächeln wie ein Idiot.

»Womit kann ich dienen?«, fragte der Werkstattbesitzer.

»My car«, sagte Trond, was nun in einer Autowerkstatt ziemlich offensichtlich war. Aber sein bisschen Schuldeutsch war so gut wie vergessen, und mit dem Englischen war es auch nie weit her gewesen. Einen ganzen Satz bekam er beim besten Willen nicht zusammen. »Water«, fügte er deswegen etwas lahm hinzu.

»Na, so kommen wir nicht weiter«, sagte der Mann.

Er ging hinaus auf den Hof, öffnete die Kühlerhaube und untersuchte den Motor eine Weile, während Trond und Helga ihm gespannt zusahen. »Ich glaube, der Kühler hat einen Riss«, sagte er schließlich. »Genau am Schlauchansatz. Das kann man nicht flicken, da braucht man einen neuen.«

Und als Trond verständnislos guckte, zeigte er auf den Kühler und erklärte noch einmal: »Sie brauchen einen neuen.«

»New«, übersetzte Helga.

»Okay!« Trond nickte eifrig und zog seine Brieftasche heraus.

»Nee«, sagte der Mechaniker. »Leider nicht. Für einen Renault, und dazu noch so einen alten, habe ich das nicht da. Muss ich bestellen. Das wird ein paar Tage dauern, zumal ja erst mal das Wochenende kommt.«

»We don't have a new one. This will take some days«, dolmetschte Helga, und als Trond immer noch nicht verstand, zählte sie an den Finger ab: »Saturday, Sunday, Monday, Tuesday, Wednesday.«

»Thursday«, fügte sie nach einiger Überlegung noch hinzu.

»Oh.« Sechs Tage? Trond blickte sich um. Er hatte gar nicht darauf geachtet, wie dieses Kaff hier hieß, aber auf seiner Straßenkarte war es bestimmt nicht zu finden. Nach einer halben Stunde hätte man alles gesehen, was es zu sehen gab, einschließlich der Kinderspielplätze und des Kaugummiautomaten. Andererseits hatte er keine große Wahl.

Resigniert nickte er.

»Gut, dann sehe ich mal zu, dass ich das Fax mit der Bestellung raussende. Dafür brauche ich aber Ihre Wagenpapiere«, sagte der Werkstattbesitzer. Dann hielt er Trond die Hand zur Begrüßung hin. »Schlegel. Rolf Schlegel.«

»Trond Setersholm«, erwiderte Trond.

»He needs your papers«, erklärte Helga.

Trond wurde es wieder warm. Brauchten sie hier seinen Führerschein?

»Papers. For the car.«

Ach, die Wagenpapiere. Ja, die hatte er, das war kein Problem. Lächelnd zog er die Zulassung heraus und überreichte sie Rolf Schlegel. Aber dann fiel ihm noch etwas ein. »Hotel?«, fragte er, »Sleep?«, und machte eine entsprechende Handbewegung.

»No Hotel«, antwortete Helga bedauernd. Suchend schaute sie sich um, als gäbe es auf der staubigen Hauptstraße noch etwas zu entdecken, das sie nicht kannte. Schließlich rief sie ihrem Vater, der schon auf dem Weg zu seinem Büro war, hinterher: »Wo soll er denn übernachten, Papa? Fischers haben doch zugemacht, und Zawatzkis nehmen derzeit auch niemanden auf, da ist die Frau im Krankenhaus.«

Unwillig drehte Rolf Schlegel sich um. Die privaten Probleme seiner Kunden interessierten ihn grundsätzlich nicht. Das führte nur immer dazu, dass man die Preise senken musste. Und hier stand seine Tochter und war so eifrig, so begeistert für diesen jungen Mann, der keine drei Worte am Stück rausbrachte. »Was weiß ich«, sagte er unfreundlich. »Ich habe eine Autowerkstatt, kein Reisebüro.«

»Aber Papa, wir haben doch noch das Zimmer über der Werkstatt, wo früher der Holger gewohnt hat. Da muss man nur einmal durchsaugen und das Bett frisch beziehen. Das kann ich gut machen.«

»Erst recht habe ich keine Fremdenpension.«

»Bitte, Papa!«

Alles in ihm sagte nein. Man nahm keine dahergelaufenen jungen Männer auf, wenn man zwei heiratsfähige Töchter im Haus hatte. Doch gleichzeitig war Helga seine Jüngste, sein Augenstern. Sie war so ein fröhliches, lustiges Mädchen gewesen, voller verrückter Einfälle. Und jetzt? Die Pubertät konnte wirklich grausam zu jungen Menschen sein. Seine Tochter sah derzeit aus wie ein

halbflügges Vogelküken, das von seinen Eltern zu gut gefüttert wurde. Aber schlimmer fand er, dass sie so still geworden war, so lustlos, wie erloschen. Als warte sie schon
morgens nur darauf, dass ein weiterer Tag endlich zu Ende
ginge. Und wenn sie sich nun einmal im Leben etwas von
ihm wünschte? Sie leuchtete ja förmlich. Richtig hübsch
sah sie plötzlich aus, seine Königstochter Jüngste.

»Also gut. Aber essen muss er sich selbst machen.« Rolf
Schlegel zeigte mit dem Finger auf Trond, der, ratlos von
einem zum anderen blickend, die Unterhaltung verfolgt
hatte, und dann auf die wacklige Treppe, die zu dem Auf-
bau über der Werkstatt führte. »Hotel«, sagte er. »zwanzig
Mark die Nacht, kein Frühstück.«

Kapitel 3

Verwirrt, aber folgsam stieg Trond hinter Helga die Treppe hinauf. Das Zimmer war groß und spärlich möbliert. Durch eine Bretterwand notdürftig abgeteilt, gab es ein kleines Bad mit Toilette und Dusche. Damit hatte er alles, was er brauchte.

Helga stieß die Fenster auf. Hier oben war die Luft heiß und abgestanden. Staub tanzte in den Streifen der untergehenden Sonne.

»Früher war das die Wohnung von unserem Gesellen, dem Holger«, sagte sie. »Aber jetzt gibt es in der Werkstatt nicht mehr genug zu tun für zwei Leute. Da ist der Holger nach Kassel gezogen, und stattdessen helfe ich dem Papa, wenn es nötig ist.«

Trond starrte sie an. Schließlich nickte er. Sicherheitshalber.

Helga winkte ab. »Ich weiß, dass du mich nicht verstehst, aber so viel Englisch kann ich nicht. Und du erst recht nicht«, fügte sie hinzu.

Trond lächelte, und Helga wurde wieder rot. Verlegen wandte sie den Blick ab.

»Ich hole dann mal Bettwäsche und den Staubsauger«, murmelte sie.

Es dauerte geraume Zeit, bis sie zurückkam. Offenbar hatte sie sich umgezogen. Sie trug jetzt ein Sommerkleid, das ihr oben viel zu weit und unten zu eng war. Zuvorkommend nahm Trond ihr den Staubsauger ab, aber Helga wollte nicht zulassen, dass er etwas tat. Im Gegenteil, sie hatte eine Flasche Bier mitgebracht, ganz kalt, die sie öffnete und Trond in die Hand drückte. Dann wies sie ihm den einzigen Stuhl zu und machte sich ans Putzen. Trond sah ihr zu, wie sie sich bückte und aufrichtete und wieder bückte. Sie war wirklich reizend in ihrem Eifer. Außerdem war es gut, wenn eine Frau putzen konnte.

Schließlich trug sie den Staubsauger zurück und holte dafür Bettwäsche. Leider kein zweites Bier. Ohne das Brummen des Staubsaugers war es plötzlich sehr still in dem Zimmer. Trond drehte seine leere Flasche und sah aus dem Fenster, und Helga zerrte wieder und wieder ihr Kleid herunter, das jedes Mal die Hüften hinaufkletterte, wenn sie sich vorbeugte, um das Laken richtig über die Matratze zu ziehen. »Wurst in Pelle« hätte Vera zu Helga in diesem Kleid gesagt, und dann noch ganz andere Sachen, weil Helga es genommen hatte, ohne zu fragen. Andererseits sagte Vera sowieso immer nein. Warum also fragen?

So schnell wie möglich bezog Helga in der peinlichen Stille das Bett. Zweimal stieß sie sich dabei das Schienbein an der Bettkante, aber schließlich war sie fertig. Gefällig arrangierte sie die Handtücher – Duschhandtuch, Händehandtuch und Waschlappen, alle schon etwas dünn – über dem Fußende des Bettes und stellte sich vor, wie sie später einmal ihr eigenes Hotel aufmachte, eine hübsche, kleine Pension mit netten, dankbaren Gästen. Hier am Ort hätte das allerdings wenig Sinn. Fischers hatten ja gerade erst aufgegeben. Hierher kamen keine Gäste. Alle gingen nur weg. Seufzend schob Helga den Waschlappen noch einen halben Zentimeter nach links, lächelte dem hübschen Norwegen noch einmal zu und ging hinüber ins Haus. Ihre Mutter rief zum Abendessen.

Bis vor ein paar Jahren hatte Eisenhausen noch direkt an der Zonengrenze gelegen, eine kleine Stadt am Rande der Freien Welt. Vierzig Jahre lang endete die Straße kurz hinter dem Ortsausgang, denn zwei Kilometer weiter östlich kam der Todesstreifen, und bei Eisenhausen gab es keinen Grenzübergang. Nur viel Wald. Früher hatte es im Ort eine Fabrik für Küchengeräte gegeben, doch inzwischen kamen die alle aus China, bunt und billig. Heute war die einzige Industrie am Ort eine kleine Firma für Stofftiere, die in aufwendigem Design und von Hand hergestellt wurden. Markenware. Das war jetzt der größte Arbeitgeber, und fast alle berufstätigen Frauen Eisenhausens nähten dort. Inzwischen gab es auch wieder eine Straße nach Osten, doch auf der anderen Seite der ehemaligen Grenze sah es ja nicht viel anders aus. Auf keinen Fall besser. Für die Leute dort war es eher so, dass es nun endlich eine Straße nach Westen gab, für die Suche nach Arbeit.

Helgas Mutter arbeitete ebenfalls in der Stofftierfabrik. Aber nicht in der Näherei, sondern in der Kantine. Tagsüber kochte sie dort, und nachmittags brachte sie die Reste für ihre Familie mit. Unter keinen Umständen wollte sie sich nach der Arbeit noch einmal an den Herd stellen, die Mikrowelle war schon Zumutung genug.

Der Vater führte die Werkstatt, früher mit, jetzt ohne den Holger, aber man kam so einigermaßen über die Runden. Helga hätte sich gut vorstellen können, Automechanikerin zu werden. Von klein auf war sie gerne beim Vater in der Werkstatt gewesen. »Mein Bübchen«, nannte er sie manchmal zärtlich, aber wenn ihre Mutter zuhörte, machte er schnell »mein Püppchen« daraus. Schon immer war Helga Papas Tochter gewesen, und Vera gehörte der Mutter.

Noch lieber wäre Helga allerdings aufs Gymnasium gegangen. In Eisenhausen gab es so etwas nicht, dafür musste man eine Stunde mit dem Bus fahren. Doch niemand im Ort bewegte sich so weit weg für etwas so Flüchtiges wie Bildung. Vera schon gar nicht. Und Helga deswegen auch nicht.

»Basta!«, verkündete die Mutter.

Der Realschulabschluss langte, lieber sollte sie sich freuen, dass sie mit der Schule keine Mühe hatte. Warum Probleme suchen, wo es keine gab.

»Ich habe schließlich auch lernen müssen, dass man im Leben nicht alles haben kann, was man sich wünscht«, sagte ihre Mutter. »Und irgendwann habe ich deinen Vater geheiratet und bin trotzdem glücklich geworden. Man muss eben auch lernen, sich abzufinden.«

»Ich arbeite nicht in dieser Scheiß-Fabrik. Weder schnippele ich endlos Kartoffeln, und erst recht nähe ich keine hässlichen Stoffenten!«, schrie Helga.

Nun, ihre jüngste Tochter hatte schon immer so etwas Wildes, Aufbegehrendes gehabt, das den Vater rührte, ihre Mutter jedoch zum Seufzen brachte.

»Du musst doch auch an deine Zukunft denken«, mahnte sie. »Welcher Mann will schon ein Mädchen, das Autos repariert. Das kann er selber.«

»Kann er nicht. Warum würden sie sonst zu Papas Werkstatt kommen?«

»Ach, mit dir kann man ja nicht reden.«

Schließlich war es Onkel Karl, wie immer, der eine Lehrstelle in der Bank für Helga fand, nur einen Ort weiter. Onkel Karl war Papas großer Bruder und ordnete das meiste. Die Werkstatt, die Rolf damals günstig übernehmen konnte. Die Steuererklärung, wenn man schon wieder viel zu spät dran war. Einen Liegestuhl für Mama, die sich eigentlich eine Kreuzfahrt wünschte, sich aber maulend mit dem Garten zufriedengab. Und jetzt eine Lehre für Helga.

»Da kannst du deinen klugen Kopf gebrauchen«, sagte er zu Helga. Und zu ihrer Mutter: »Kochen lernt sie dort zwar nicht, aber immerhin mit Geld umzugehen.«

Helga bekam drei gute Blusen. In dem Aufzug, in dem sie sonst rumlief, konnte sie ja wohl kaum in einer Bank aufkreuzen.

»Aber die werden nach der Arbeit sofort ausgezogen. Wehe, ich erwische dich damit in der Werkstatt«, maulte die Mutter.

Steif vor Stolz und vor Besorgnis, die neue Bluse schon morgens zu verknittern, saß Helga im Auto, als der Vater sie – »Nur heute, weil es dein erster Tag ist. Ab morgen nimmst du das Mofa!« – in den Nachbarort fuhr. Vor dem Fenster glitt das Fabrikgebäude vorbei. Gott sei Dank, den Stoffenten war sie entkommen. Jetzt wartete die unendliche Weite der Finanzwelt auf sie.

Doch Helgas Dankbarkeit hielt nicht lange vor. Diese Banklehre erwies sich als brotlangweilig. Den ganzen Tag nur Büroarbeit, und mittags für alle zum Bäcker. Zum Teil lag das natürlich auch an Helga selbst. Wenn man etwas anderes machen wollte als Ablage und Kopieren, musste man eben ein gewisses Entgegenkommen zeigen. Aber

Helga brachte es einfach nicht fertig, die tastenden Hände von Herrn Breuer nicht von ihrer Hüfte zu schieben oder sich ein Stückchen in seinen Schweißgeruch sinken zu lassen, wenn er sich hinter ihr vorbeischob.

»Das ist doch nicht so schlimm«, sagte Martina, die gleichzeitig mit ihr angefangen hatte, aber bereits seit einem Jahr im Kundenkontakt eingesetzt wurde. »Nur bei den Betriebsfesten musst du aufpassen. Spätestens, wenn aus Herrn Breuer Ich-bin-der-Gernot wird, gehst du am besten.«

»Ich weiß leider gar nicht, wie es bei uns weitergeht«, erklärte Herr Breuer. »Falls unsere Filiale wirklich geschlossen wird, werden keinesfalls alle in die Hauptstelle übernommen. Da wird die Wahl zwischen Ihnen und dem Fräulein Kamp fallen müssen.«

Helga, für ihren Teil, hätte sich gar nichts daraus gemacht, wenn die Filiale geschlossen würde. Oder abbrennen. Oder in die Luft fliegen, mit Gernot Breuer gleich dazu. Sie ging nur jeden Morgen dorthin, um nicht schon wieder mit ihrer Mutter zu streiten. Sobald sie mit der Lehre fertig wäre, würde sie sowieso wieder bei ihrem Vater arbeiten. Bis dahin reparierte sie eben den Kopierer, die alten Kugelkopfschreibmaschinen, die die Lehrlinge noch benutzten, und die Kaffeemaschine, ölte die Türen und wechselte Glühbirnen aus, immer darauf bedacht, mit dem Rücken zur Wand zu bleiben.

Falls sie einmal wiedergeboren würde, dachte Helga, dann jedenfalls nicht in Eisenhausen und wenn möglich auch nicht als Frau. Und wenn schon als Frau, dann bitte sehr mindestens so hübsch wie Vera. An ihrer Schwester war einfach alles richtig, von den kleinen Zuckerohren bis zu den sorgfältig gelackten Fußnägeln – alles wie gemalt. An Helga war das meiste zu groß.

»Als der liebe Gott die Nasen verteilte, da hatte er für dich nur noch eine Kiste übrig«, höhnte Vera immer.

Nur bei Helgas Busen war der liebe Gott wohl sparsam gewesen, denn der passte problemlos in die hohle Hand. Außer Herrn Breuer, der es auch mit einem Schaf getrieben hätte, wenn es nur lange genug stillhielt, hatte sich noch niemand für Helga interessiert. Vor allem nicht die Jungs in ihrem Alter, die waren alle hinter Vera her. Die meisten von ihnen hatte Vera übrigens »getestet«, wie sie es nannte. Bis sie ihren Manfred kennenlernte, offenbar der absolute Testsieger. Seitdem hatte Vera nur noch ein Ziel im Leben, und das war, ihren Manfred möglichst bald zu heiraten.

Falls sie wirklich noch einmal wiedergeboren würde, wünschte Helga sich nicht nur, dass sie zu Vera, sondern auch, dass Vera zu Helga würde, damit diese endlich einmal erlebte, wie es sich anfühlte, nachmittags die Bettfedern durch die Wand quietschen zu hören, während man selbst noch Jungfrau war. Nicht sechzehn und noch ungeküsst, sondern achtzehn und noch ungeküsst. Und dazu ein Name wie Helga. Als wäre man seine eigene Großtante.

Dann könnte Vera bis spät in die Nacht Liebesromane lesen und sich vorstellen, dass endlich jemand käme, um ihre schöne Seele zu entdecken und das Geheimnis ihres Herzens zu entziffern. Sollte doch Vera darüber verzweifeln, dass die einsamen Frauen in den Romanen über rassige Hüften und eine Flut von zerwühlten Locken verfügten. Während sie lediglich eine Kiste als Nase, zwei Händchen voll Busen und ein wunderschönes Herz besaß.

24

Kapitel 4

Eisenhausen war klein und verschlafen. Trond stellte das gleich Freitagabend fest, als er auf der Suche nach einem Abendessen durch die Straßen streifte. Eine Bude mit Currywurst und ein Gasthaus mit lauter alten Männern. Trond trank ein paar Bier, bis er es leid wurde, sich anstarren zu lassen. Dann suchte er vergeblich weiter. Nach neun war so gut wie niemand mehr auf der Straße. Durch die erleuchteten Fenster sah man die Fernseher laufen, mit ältlichen Ehepaaren davor. Trond wünschte, er wäre schon in Polen, dann hätte er sich nämlich bald wieder auf den Heimweg machen können. Nun war ja Setersholm auch nicht gerade der Nabel der Welt. An den Wochenenden konnte es dort sogar sehr still sein. Aber zu Hause musste Trond nur mit dem Boot über die Bucht kreuzen, die Kneipe von Tingnese lag direkt am Tingneser Hafen, und dann konnte er sich mit seinen Freunden gemeinsam betrinken und Spaß haben. Hier blieb ihm nichts anderes übrig, als wieder zurück auf sein Zimmer über der Werkstatt zu gehen. Selbst die Wurstbude hatte inzwischen zu. So früh war er schon ewig nicht mehr im Bett gewesen.

Am nächsten Morgen wurde er durch das Kling-Kling der Werkzeuge geweckt. Der Lärm kam direkt durch den Fußboden, ebenso wie die Stimme dieses Rolf Schlegel, der sich mit irgendjemandem unterhielt. Trond drehte sich noch einmal auf die andere Seite, schließlich hatte er sechs Tage Langeweile vor sich, also bestimmt keine Eile. Aber es half nichts, wach war wach.

Draußen war Samstag und, wie er feststellte, ganz annehmbares Wetter. Zu Hause machte ihm immer die Mutter das Frühstück, doch soweit er verstanden hatte, musste er sich hier selbst um alles kümmern. Vielleicht konnte er die Kleine von gestern wenigstens überreden, ihm ein paar Sachen zu waschen. Er hatte fast nichts Frisches mehr.

Eine halbe Stunde später stand Trond mit einem Pappbecher Kaffee und zwei Blätterteigteilchen wieder im Hof. In der Bäckerei hatte es zwar einen Stehausschank gegeben, aber nachdem er sich in dem rappelvollen Laden ganz plötzlich entscheiden musste – es gab so unglaublich viele verschiedene Brote, Brötchen, Kuchen und Teilchen, völlig absurd, und die Leute schoben und schimpften von hinten –, war er froh gewesen, dem Gedränge wieder zu entkommen. Immerhin hatte er im letzten Moment etwas gefunden, das ihm bekannt vorkam: Blätterteigtaschen mit einem Marmeladenklecks in der Mitte. Davon hatte er gleich zwei genommen.

Er setzte sich auf ein Mäuerchen und frühstückte in der Vormittagssonne. Dann wischte er sich die klebrigen Hände an der Hose ab und sah sich um. Im Hof stand lediglich sein alter R4, rot und um die Türen herum ziemlich rostig. Hier im Land der Autofahrer sah er viel schäbiger aus als auf Setersholm, wo es der einzige Wagen weit und breit gewesen war. Müßig betrachtete Trond sein Auto – vielleicht hatte ja seine zukünftige polnische Gattin ein schöneres –, als es auf der Straße draußen hupte. Sofort öffnete sich die Haustüre, und eine junge Frau kam über den Hof. Junge, Junge, die war wirklich was fürs Auge. Offensichtlich hatte Rolf Schlegel zwei Töchter, und dies hier war die Ältere und Hübschere. Wahrscheinlich war sie auch diejenige, der das Sommerkleid von gestern gehörte. Die Oberweite dazu hatte sie jedenfalls. Das Mädchen schwebte über den Hof und stieg in den wartenden Wagen, ohne Trond auch nur eines Blickes zu würdigen. Dabei wusste sie bestimmt, dass der norwegische Untermieter ihr hinterherstarrte. Trond zuckte mit den Achseln. Sowieso, das war seine Erfahrung, waren die hübschen Mädchen zu viel Aufwand. Sie erwarteten immer, dass man sich mordswas anstrengte, und speisten einen dann mit einem Kuss ab. Bei den Unscheinbaren, denen die Dankbarkeit sozusagen noch einen Schubs von hinten gab, kam man viel leichter zum Zug. Bei der Gelegenheit fiel Trond seine Wäsche wieder ein. Er musste nur die zweite Tochter finden.

Helga war in der Werkstatt, wo sie mit ihrem Vater zusammen einen alten Lieferwagen reparierte. Als sie Trond sah, stieß sie sich erst den Kopf und wurde dann genauso rot wie am Tag zuvor. Trond fiel auf, dass sie ihre Haare heute zu einer Art Hochfrisur aufgetürmt hatte, die mit Blümchenspangen mühsam zusammengehalten wurde. Unsicher fingerte sie an den Strähnen herum, die sich bereits gelöst hatten und die sie vergeblich wieder zurückzustopfen versuchte. Sie ähnelte ihrer Schwester wirklich kein Stück, dachte Trond. Er lächelte, was unter dem misstrauischen Blick von Rolf Schlegel gar nicht so einfach war.

»Wash?«, fragte er vorsichtig.

»Was will er denn jetzt schon wieder?«

»Er will sich offenbar waschen«, sagte Helga.

»Dann soll er doch. Er hat ja eine Dusche.«

Helga sah verlegen von einem zum anderen. »Soap?«, bot sie Trond an. »Shampoo?«

Trond schüttelte den Kopf und zupfte an seinem Hemd. »Wash?«, wiederholte er.

»Ah, er will seine Kleider waschen.«

»Dann gib ihm eine Schüssel und vor mir aus auch Waschpulver. Aber beeil dich. Ich habe Kurt versprochen, dass wir bis nachmittags mit den Bremsen fertig sind.«

Trond folgte Helga durch den Keller in die Waschküche, wo sie ihm eine Plastikwanne und Waschmittel heraussuchte.

»Here.«

Unsicher nahm Trond die beiden Sachen entgegen und musterte umständlich die Anweisungen auf der Waschpulverpackung. »Thank you«, sagte er zögernd und drehte die Packung um, um zu sehen, ob mehr auf der Rückseite stand. Dann warf er einen verlangenden Blick auf die Waschmaschine. Wartete.

»You know what? You give it to me, and I can wash for you.« Helga nickte eifrig. »No problem. I do it today.«

»Oh – I ...« Mit gespielter Hilflosigkeit zog Trond die Schultern hoch. Mir fehlen die Worte, sollte das heißen. Er lächelte, deutete eine Verbeugung an und war zwei Minuten später mit einer Tüte voller Dreckwäsche zurück. Helga nahm sie so strahlend entgegen, als würde er ihr ein Geschenk überreichen.

»No problem«, wiederholte sie. »Das mach ich doch gern.«

Die Kleine war wirklich zu niedlich.

Letztendlich verbrachte Trond den größten Teil des Wochenendes in der Werkstatt bei Rolf Schlegel und dessen Tochter. Erstens war es in der Sonne zu warm. Auf Setersholm neigte sich der Sommer bereits dem Ende zu, aber hier war es immer noch unnötig heiß und trocken, und es herrschte viel zu wenig Wind. Zweitens wusste er sonst nichts mit sich anzufangen. Sein Auto war kaputt, und spazieren gehen wollte er nicht. Zu lesen hatte er nichts mit, sowieso las er eigentlich nie zum Vergnügen, und das Kino im Ort hatte nur alle vierzehn Tage Vorstellung. Und drittens hatte er nicht gewusst, dass alle Geschäfte am Samstag spätestens um zwölf Uhr zumachten. Schon zum Mittagessen hatte er sich mit einer Currywurst begnügen müssen. Am Sonntag fand er gar nichts. So hungrig war er seit seiner Militärzeit nicht mehr gewesen, als sie Überlebenstraining im Wald absolviert hatten. Wenn er nur lange genug mit den beiden in der Werkstatt wäre, dachte Trond, würde man ihm bestimmt einen Kaffee anbieten, vielleicht auch einen leckeren selbstgebackenen Kuchen oder gar eine richtige Mahlzeit. Doch große Köche waren sie in der Familie Schlegel offenbar nicht. Die ältere Tochter tauchte bis am späten Sonntagabend gar nicht mehr auf. Und Helga schien sich für nichts anderes als Autos zu interessieren. Oder war sie lediglich in der Werkstatt, weil Trond auch dort war? Nun, er konnte sich schlecht in die Schlegelsche Küche setzen, nur damit das Mädel vielleicht zu kochen begann. Die Mutter lungerte den ganzen Sonntag in dem kleinen Gärtchen hinter dem Haus herum und rauchte. Erst als die Sonne schon hinter die Häuser tauchte, erhob sie sich ächzend aus ihrem Liegestuhl. Mit knurrendem Magen beobachtete Trond, was nun geschehen würde. Nach fünf Minuten hörte man das Pling einer Mikrowelle, und der Ruf »Essen!« schallte über den Hof.

Doch auf gewisse Weise hatte das Warten sich trotzdem gelohnt. Helga brachte ihm später einen Teller voll Eintopf hinaus, der aussah wie Hundefutter, aber bei etwas gutem Willen an Labskaus erinnerte. Vor allem aber hatte sie zwei Flaschen Bier dabei. Sie setzte sich zu ihm auf das noch sonnenwarme Mäuerchen, und beide sahen den Schwalben zu, die in der Dämmerung Mücken jagten. Im Schutze der zunehmenden Dunkelheit lehnte sie sich ganz vorsichtig zu ihm hinüber. Trond legte ihr den Arm um die Schulter und zog sie näher zu sich heran.

Helga konnte sich an keinen einzigen Tag erinnern, an dem sie gerne zur Arbeit gegangen wäre. Dabei war sie bestimmt nicht faul. Sie machte sich nur nichts aus ihrer Banklehre. Und an diesem Montagmorgen hasste sie sie geradezu, denn Trond blieb alleine in seinem Zimmer über der Werkstatt zurück, während sie auf ihr Mofa stieg. Helga kam es vor, als zögen tausend Saugnäpfe an ihrem Herzen. Sie war völlig übermüdet und aufgekratzt und wünschte sich in diesem Leben nur noch eines: Trond.

Auf der unebenen Straße stieß der Mofasattel schmerzhaft gegen ihre Scham. Helga lächelte. Es hatte zwar nicht direkt weh getan, als Trond – der wunderbare Trond! – ihrer Jungfräulichkeit gestern ein Ende bereitete. Aber angenehm war es auch nicht gerade gewesen. Als wäre da unten nicht genug Platz für zwei. Doch hinterher hatte Trond sie geküsst. Ihr die Tränen von den Wangen geleckt. Sie in den Armen gehalten, bis sie einschlief. Eng umschlungen hatten sie ein Stündchen oder so geschlafen, bis sie wie-

der aufwachten und von vorne begannen. Diesmal ohne
Tränen. Und dann noch einmal, hastig und kichernd, als
Helga eigentlich schon hätte aufstehen müssen, damit sie
in ihr Bett kam, ehe die Eltern etwas merkten.

Da war sie, die Liebe. Endlich!

Helga sang lauthals bei der Fahrt über die Landstraße.
»Im Grunewald, im Grunewald ist Holzauktion«, grölte sie.
Das hatte der Vater früher an guten Tagen gesungen und
war mit ihr dazu durch den Flur gewalzt. Stoisch kämpfte
sich Helga durch ihren Arbeitstag, der kein Deut anders
war als alle vorhergegangenen, nur sehr viel länger. Mit
Vollgas stürmte sie wieder nach Hause. Und dann wartete
sie hibbelnd und trippelnd, bis die Dämmerung Trond
endlich die Stufen zu seinem Zimmer hinauftrieb und sie
ihm unauffällig folgen konnte. Wenn ihr Vater merkte, was
vorging, wäre der Norweger die längste Zeit hier gewesen.

Helga kam es vor, als müsse sie nie wieder schlafen. Nie
wieder essen. Nie wieder Sehnsucht haben. Alles, was sie
sich je gewünscht hatte, war hier, in ihren Armen. Beglückt
beugte sich Helga über Trond und bedeckte seine Brust
und seinen Bauch mit kleinen Küssen. Trond grunzte im
Halbschlaf und machte eine abwehrende Handbewegung.
Aber Helga küsste weiter. Die Nacht war so kurz, und der
Tag morgen würde genauso lang und unendlich werden
wie der heute. Freitag, Samstag, Sonntag, Montag, zählte
sie auf. Jetzt war bereits die Nacht auf Dienstag. Spätestens
am Mittwoch kam der neue Kühler, und den würde ihr Vater sofort einbauen. Ihm wäre es am liebsten, das Zimmer
über der Werkstatt stünde wieder leer, das war deutlich zu
merken. Sie hatten noch die nächste Nacht, und mit etwas
Glück vielleicht noch eine vierte.

Und dann?

Der Gedanke war zu schrecklich.

Vorsichtig biss Helga Trond in den Bauch und dann noch einmal, fester.

»Morgen kannst du den ganzen Tag schlafen«, bat sie. »Aber jetzt nicht.«

Verschlafen tastete Trond auf dem Nachttisch nach einem neuen Kondom. Dann war er über ihr, und sie schob sich ihm entgegen, hielt sich an seinen Schultern fest, schlang die Beine um seinen Rücken.

»Trond«, flüsterte sie. »Du wirst doch nicht einfach von hier fortgehen, oder? Gell, du verlässt mich nicht einfach?«

Trond lächelte, natürlich verstand er wieder kein Wort, und bewegte sich schneller.

»Isch liebe disch, Fraulein«, stöhnte er.

Kapitel 5

Mittwochnachmittag war der Renault endlich fertig repariert. Trond hatte eigentlich vorgehabt, ihn noch zu waschen und vor allem den Müll wegzuwerfen, der sich auf dem Beifahrersitz angesammelt hatte, Kaugummipapierchen, Colaflaschen, Chipstüten, eine einzelne Socke. Doch dann hatte er sich nicht aufraffen können. Das Wichtigste war schließlich, dass das Auto fuhr, und das tat es jetzt wieder. Gerade hatte er seine Rechnung bei Rolf Schlegel beglichen und wollte zurück auf sein Zimmer, er musste noch packen, denn morgen wollte er früh aufbrechen, da brauste Helga mit dem Mofa auf den Hof. Als sie sah, dass er aus dem Büro des Vaters kam und das Portemonnaie gerade in die hintere Hosentasche stopfte, schnitt sie ihm den Weg zur Treppe ab. Trotzig sah sie ihn an. Trond wich ihrem Blick aus. Er wusste, und sie wusste, dass es nun zu Ende war. Oder etwa nicht?

Nie zuvor hatte Trond sein Herz an jemanden verloren. Nun ja, auf jeden Fall seit vielen Jahren nicht mehr. Aber diesmal hätte es passieren können. Das Herz verlieren. Den Kopf verlieren. Zu Rolf Schlegel sagen, dass man nicht nur die Rechnung bezahlen wolle, sondern gleichzeitig auch noch seine Tochter haben. Aber Trond hatte nachgedacht, und nein, das war keine gute Idee. Er brauchte jemanden, der Setersholm zu würdigen wusste. Der es als

33

Geschenk des Himmels sah, auf einer Insel mitten in der Nordsee zu wohnen. Jemanden, der dankbar dafür wäre. Und Trond war sich keineswegs sicher, ob Helga der Typ für Dankbarkeit war. Außerdem konnte er sich denken, was seine Mutter sagen würde: »Such dir lieber eine erwachsene Frau, nicht so ein halbes Kind! Das Leben ist kein Vergnügungspark, und es ist besser, sie hat das herausgefunden, bevor sie hierherkommt.«

Nur was um Himmels willen sollte er zu Helga sagen? Zumal während der Vater in der Bürotür stand und zusah?

»You leave?«, fragte sie.

Trond nickte.

»Why?« In ihren Augen standen Tränen. Vergeblich zog sie die Nase hoch.

Er zuckte mit den Achseln. »Jeg skal dra til Polen, du vet«, stotterte er. Die ganze Situation war wirklich zu schwierig für Fremdsprachen. Wusste sie denn nicht, dass er nach Polen wollte? Nun, wenn er darüber nachdachte – direkt gesagt hatte er es nicht.

»Polen?« Das hatte Helga verstanden. »You go to Polen?« Jetzt tropften ihre Tränen auf den Hof.

»I need a wife«, sagte Trond verlegen. »I am sorry.« Und es tat ihm wirklich leid. Plötzlich hatte er ein schlechtes Gewissen. Die Kleine war noch so jung, wie sie da vor ihm stand und heulte. Wer konnte wissen, was sie sich in ihrem Spatzenhirn alles vorgestellt hatte? Was hatte er da angerichtet? »I am sorry«, sagte er noch einmal.

Doch Helga wendete nur ihr Mofa und fuhr davon, ohne sich umzudrehen. Der Motor heulte auf und wurde dann leiser und leiser, bis er in der Ferne verschwand. Schließlich war es ganz still. Rolf Schlegel ging seufzend zurück in sein Büro, und Trond stieg endlich die Treppe zu seinem Zimmer hinauf.

Gut, dann ist das auch erledigt, dachte er, gleichzeitig erleichtert und trotzdem unzufrieden mit sich selbst.

Natürlich hatte Helga von Anfang an gewusst, dass Trond nur für ein paar Tage da sein würde. Das heißt, anfangs hatte sie es gewusst. Aber dann, als er wieder und wieder mit ihr schlief, sie küsste, ihre Brüste streichelte, mit beiden Händen ihren Hintern umfasste – das war doch Liebe! Da fuhr man nicht einfach davon. Das war wie Schicksal. Da konnte man auch nicht einfach sagen: Heute passt es leider schlecht.

Als sie Trond aus dem Büro ihres Vaters kommen sah, hatte Helga für einen winzigen Augenblick gehofft, er hätte dort ein Gespräch unter vier Augen geführt. Mit seinem Schwiegervater in spe sozusagen. Doch dann bemerkte sie das Portemonnaie in seiner Hand, und nein, er hatte nur für den Kühler bezahlt wie jeder andere Kunde auch. So ein Feigling! So ein Schlappschwanz! Sollte er doch sehen, dass er so bald wie möglich Land gewann und nie wiederkam! Nur dabei zusehen wollte sie nicht.

Helga floh vom Hof, aus dem Ort und in den Wald, bis sie vor lauter Schluchzen nicht mehr weiterkonnte. Stundenlang saß sie dort und weinte. Dann wurde ihr allmählich kalt. Dunkel war es auch und unheimlich zwischen den Bäumen. Trond war inzwischen sicher schon auf der Höhe von Cottbus. Steif und verfroren setzte sich Helga schließlich wieder auf ihr Mofa und machte sich auf den Heimweg. Bei dem Gedanken an das verwaiste Zimmer, das sie morgen auch noch putzen musste, wurde ihr ganz elend. Aber es half ja alles nichts.

Als sie zurückkam, stand der Renault noch immer auf dem Hof, und im Zimmer über der Werkstatt brannte Licht. Nun, ganz bestimmt würde sie nicht noch einmal zu ihm gehen, nur um ihm morgen hinterherzuwinken. Da konnte er lange warten.

Sie ging in ihr eigenes Bett.

Trond reiste wirklich ab. Helga musste schon wieder weinen. Ärgerlich wischte sie die Tränen weg, aber es kamen immer neue, es hörte einfach nicht auf. Ihr Kopfkissen wurde nass, und die Tränen liefen ihr in die Haare und in die Ohren, während sie daran dachte, wie es von nun an hier sein würde. Ein Eisenhausen ohne Trond. Morgens zur Arbeit und nachmittags wieder heim, und es gab nichts, worauf man sich freuen konnte. Die Wochenenden in der Werkstatt. Ihr Vater war wahrscheinlich nur froh, dass der Norweger endlich verschwand. Vera und Manfred im Zimmer nebenan und sie, Helga, alleine. Und dann wieder Montag und eine neue Woche mit Gernot-Breuer-dem-Grapscher.

Nein, Eisenhausen ohne Trond, das war einfach unvorstellbar.

Helga war sich fast sicher, dass Trond sie liebte. Sie war sich auf jeden Fall sicher, dass sie selbst Trond liebte, von ganzem Herzen und über alle Maßen. Wie oft geschah einem so etwas im Leben? Konnte man sein Glück einfach so durch die Finger rinnen lassen? Wenn sie Trond jetzt gehen ließ, würde sie sich das je verzeihen? Nein, entschied Helga, höchstwahrscheinlich nicht.

Besser ein Eisenhausen ohne Trond und auch ohne Helga.

Kurz entschlossen schlug sie die Decke zurück und zog sich wieder an. Dann suchte sie leise, leise ein paar Kleider heraus, den Pass, ihr Sparbuch, ein zweites Paar Schuhe. Prüfend sah Helga sich im Zimmer um. Vielleicht noch den dicken Anorak, wenn sie nach Norwegen wollte? Die Koffer waren alle auf dem Dachboden, dort konnte sie jetzt nicht hin. Aber im Schrank lag noch eine alte Sporttasche aus ihrer Schulzeit. Wenn sie ordentlich drückte, bekam sie den Reißverschluss gerade noch zu.

Draußen wurde es bereits hell. Als sie aus dem Haus kam, war bei Trond schon Licht, und sie hörte ihn dort oben rumoren. Helga löste sich aus dem Schatten des Hauses, huschte über den Hof und zu Tronds Auto. Der Knopf war oben. Vorsichtig öffnete sie die Beifahrertüre und kroch auf den Sitz.

Trond hatte es plötzlich eilig. Bereits beim ersten Morgengrauen war er auf den Beinen, denn bis Familie Schlegel aufwachte, wollte er weit weg sein. Helgas Tränen ertrug er nicht noch einmal. Gestern hätte er fast mitgeheult. Außerdem zog es ihn zurück nach Setersholm. Bis nach Polen war es zwar nicht mehr weit, aber erstens musste er dort eine Frau finden, und zweitens war da auch noch der Rückweg. Für seinen Geschmack war er schon viel zu lange von zu Hause weg. Er stellte seine Reisetasche in den Kofferraum und dachte bedauernd, wie schade es war, dass Helga gar nicht mehr gekommen war. Eigentlich hatte er gehofft, dass sie bis zum Abend über den gröbsten Kummer hinweg sein würde und sie beide noch eine letzte gemeinsame Nacht verbringen könnten. Abschied feiern. Das Mädchen war vielleicht keine Schönheit, aber sie hatte so eine nette Art, und sie las ihm jeden Wunsch von den Augen ab. Spätabends hörte er das Mofa zurückkommen, dann Schritte, die Haustüre klappte. Auf der Stiege zu seinem Zimmer war es jedoch still geblieben. Kein leises Klopfen an seiner Tür, auch wenn er noch lange wach lag und wartete.

Trond schlug den Kofferraum zu und warf einen letzten Blick über den verlassenen Hof. Dann stieg er endgültig ein.

Erst als er schon den Zündschlüssel drehte, sah er sie.

Helga saß auf dem Beifahrersitz, zwischen all dem Müll, und umklammerte eine große Tasche auf ihrem Schoß.

Im ersten Augenblick erschrak Trond. Doch dann lächelte er froh. Es war also gar kein Abschied.

Helga hielt den Atem an. Gut möglich, dass Trond sie einfach wieder ins Haus schickte.

Doch er musterte nur wortlos die Sporttasche, lächelte und startete den Motor. Am Ortsausgang bog er nach links ab, Richtung Osten. Dann, nach ein paar Kilometern, wendete er den Wagen und fuhr wieder nach Westen. Jetzt bringt er mich doch zurück, dachte Helga, und die Enttäuschung sank ihr tief in die Magengrube. Aber nein, Trond fuhr an Eisenhausen vorbei Richtung Autobahn. Kurz vor der Auffahrt hielt er an, stieg aus, kam hinüber zu Beifahrertür und öffnete sie.

»You have driving license?«, fragte er.

Helga nickte.

»Then you drive. Motorway. North.«

Gehorsam rückte Helga hinüber auf den Fahrersitz. Trond wischte mit einer Handbewegung den Abfall auf die Straße und setzte sich auf den Beifahrersitz.

»You are not from Polen«, sagte er. »My mother will be ...« Er zog die Schultern hoch.

»Angry? Ärgerlich?«, fragte Helga. »Disappointed? Enttäuscht?«

»Ah. Maybe. But no problem.« Fröhlich tätschelte er Helgas Knie, dann ließ er die Hand auf ihren Oberschenkel liegen. »Let's go!«

»No problem«, bestätigte Helga. Sie schob das Fenster auf und legte den Ellbogen auf die Kante, während sie mit der anderen Hand lässig lenkte. Der Fahrtwind wirbelte ihr Haar durcheinander. Sie fühlte sich so leicht wie ein Vogel.

Rolf Schlegel stand am Schlafzimmerfenster und sah gerade noch, wie der rote Renault vom Hof verschwand. Da hatte er so gut aufgepasst und doch nicht gut genug. In diesem Auto saß sein Püppchen, sein Bübchen, seine Helga. Dieser Scheißkerl nahm sie einfach mit.

»Meine Kinder sind mein größtes Glück und mein größtes Unglück«, sagte seine Frau immer.

Bislang hatte er das für dummes Geschwätz gehalten, aber heute gab er ihr recht: Sie brachen einem das Herz.

Frühsommer

2002

Kapitel 6

Onkel Karl starb zehn Jahre später, im Mai 2002. Bis dahin war Helga bereits zweimal zurück in Eisenhausen gewesen. Einmal beim Tod ihres Vaters und einmal beim Tod ihrer Mutter. Jedes Mal war es in ihrem Elternhaus etwas leerer und etwas trauriger. Am meisten vermisste sie den Vater. Wie hatte sie damals nur gehen können, ohne sich von ihm zu verabschieden? Bestimmt wäre er sehr böse gewesen, aber vielleicht hätte er trotzdem ihr Gesicht in seine rauhen Hände genommen. »Mein Bübchen«, hatte er sie immer genannt, mit einer Zärtlichkeit, die seitdem niemand mehr für sie aufgebracht hatte. Wie gerne würde sie noch einmal die Arme um ihn legen und ihren Kopf an seine Brust.

Jetzt war das alles vorbei. Es gab nur noch Helga und Vera und Tante Beate, die erst verloren um Onkel Karls Grab herumstanden und dann in Veras Wohnzimmer saßen.

Vera hatte ihren Manfred tatsächlich geheiratet, gar nicht lange nach Helgas Abreise.

»Abreise«, schnaubte Vera. »Abgehauen bist du, bei Nacht und Nebel.«

Vera sagte selten etwas Freundliches. Das hatte sie schon früher nicht getan, aber seit Manfred ausgezogen war erst recht nicht. Drei Kinder hatte er Vera gemacht, dann reichte es ihm. Was ihm genau reichte, das war aus

Vera nicht herauszukriegen, aber ihr Fehler war es jedenfalls nicht. Woher sollte sie denn wissen, was in diesem Hohlkopf vorging, wenn er nur alle vierzehn Tage einmal kam, um die Kinder über das Wochenende mitzunehmen? Die restliche Zeit lagen die drei Buben Vera auf der Tasche und gingen ihr auf die Nerven. Dazu die Arbeit in der Kantine. Es war ja irgendwie eine glückliche Fügung gewesen, dass Mamas Stelle als Küchenhilfe genau rechtzeitig zur Trennung frei wurde, was hätte sie sonst anfangen sollen? Aber andererseits sprach man beim Tod der eigenen Mutter natürlich nicht von einem Glücksfall, selbst wenn man Geld brauchte. Sowieso war die Stelle scheiße, fand Vera, harte Arbeit, wenig Lohn, und außerdem hatte Vera zwölf Kilo zugelegt, seit sie den ganzen Tag Essen kochte oder austeilte, da bekam man eben Appetit.

»Sieh mich an!«, sagte Vera. »Eine fette Kuh bin ich geworden, die keiner mehr haben will.«

Helga nickte erst, dann schüttelte sie vorsichtshalber noch mit dem Kopf. Ihre Schwester mochte es zwar nicht, wenn man ihr widersprach, aber sie legte auch viel Wert auf ihr Aussehen. Doch Vera war wirklich aus der Form gegangen, mit dem teigigen Aussehen von jemandem, der sich nie bewegte und wenig im Freien aufhielt. Ihre Schönheit war dahin. Jetzt war ihr Gesicht missgünstig und verbittert und unendlich müde von den Jahren, in denen sie immer nur dem Nötigsten hinterhergelaufen war, all der Ärger und Undank. Irgendjemand hätte sie daran hindern sollen, damals ihr Leben zu verpfuschen, sagte Vera, aber alle dachten ja immer nur an sich.

»Und du hast genug Kekse gegessen!«, herrschte sie Tante Beate an. »Die Kinder wollen später auch noch was.«

Tante Beate zuckte zusammen und zog die Hand zurück. Unsicher sah sie von einem zum anderen und versuchte zu lächeln. Stattdessen kamen nur Tränen. Mit dem Ärmel wischte sie sich über die tropfende Nase. »Ich habe Hunger«, flüsterte sie.

»Wir essen nachher alle zusammen. Zweimal koche ich nicht«, sagte Vera, und dann zog sie ihre Jacke über, um die Kinder abzuholen. In dieser Hinsicht war es ein Vorteil, direkt neben der ehemaligen Ostzone zu wohnen. Da gab es wenigstens anständige Kinderbetreuung.

Helga ging in die Küche, um Tante Beate ein Brot zu schmieren. Die Tante folgte ihr vertrauensvoll.

»Bitte mit Käse«, bat sie. »Karl und ich essen kein Fleisch.«

»Hier gibt es nur Gelbwurst.«

Aber Tante Beate war offensichtlich hungrig. Sie stopfte sich das Wurstbrot mit zwei, drei Happen in den Mund und aß danach noch zwei weitere Scheiben, während Helga ihr zusah. Außer Vera war Tante Beate ihre einzige noch lebende Verwandte, denn mütterlicherseits gab es gar niemanden mehr. Und eigentlich war auch Tante Beate nicht richtig verwandt, sondern nur die Frau von Onkel Karl, Papas Bruder. Aber da Karl und Beate keine eigenen Kinder hatten, kümmerte sich die Tante umso mehr um ihre beiden Nichten. Früher war sie lebenslustig, großzügig und heiß geliebt gewesen. Bis sie in den letzten Jahren, gerade mal sechzig, mehr und mehr vergesslich wurde, kindisch, leicht zu Tränen zu rühren und nachlässig mit ihrer Kleidung und ihrem ganzen Aussehen. Immer schon klein und zierlich, war sie inzwischen zu einem Vogel zusammengeschrumpft, mager und senil. Onkel Karl hatte so eine nette Art gehabt, sie durch die Tage zu lotsen. »Meine Bea«, nannte er sie und achtete darauf, dass sie gar nicht merkte, wie sie sich allmählich in ihrem eigenen Leben verlor. Immer ließ er es wie eine galante Geste wirken, ein Zeichen seiner Hingabe, wenn er ihr den Kragen zurechtzupfte oder sie mit einem gemurmelten Wort daran erinnerte, dass man in einem fremden Haus nichts in die Tasche steckte. Doch nun war Onkel Karl tot und die Tante für niemanden mehr Bea, nur noch Beate. Außerdem war sie ziemlich hilflos. Vorhin auf dem Klo hatte sie aus Versehen ihren Rockzipfel in die Strumpfhose gestopft, dazu Kekskrümel auf der Brust und ein fettig glänzender Gelbwurstmund. Immerhin war sie jetzt satt und klopfte sich zufrieden den Bauch.

Vera hatte von der Mutter die Mikrowelle übernommen. Auch bei ihr gab es ausschließlich aufgewärmtes Kantinenessen, aber den Jungs war das egal. Sie schaufelten in sich hinein, was das Zeug hielt, und verlangten nach mehr. Vera seufzte, sah vielsagend zu ihrer Schwester hinüber und seufzte wieder.

Helga wusste, was von ihr erwartet wurde. »Die drei Kinder sind bestimmt viel Arbeit«, bemerkte sie.

»Ja, das kann man sich gar nicht vorstellen, wenn man keine Kinder hat. So wie ihr.« Vera deutete mit dem Kinn erst auf Helga und dann auf Tante Beate. Die Tante stocherte in ihrem Essen herum. Sie war noch immer satt. »Man denkt immer, man hat viel zu tun – bis man Kinder bekommt. Dann weiß man plötzlich, wie es wirklich ist, keine Zeit zu haben. Und kein Geld, natürlich.«

Helga nickte pflichtschuldig.

»Du siehst ja, wie es hier zugeht. Ich habe zu hohen Blutdruck und ständig Kopfschmerzen. Die Knie sind auch kaputt. Mein Arzt sagt, ich müsste mal in Kur, richtig ausspannen. Der hat gut reden. Manfred rührt freiwillig keinen Finger. Der zahlt nicht mal jeden Monat. Schöner Vater! Kinder, ihr könnt vom Tisch gehen. Aber stellt den Fernseher nicht so laut. Also«, wandte sie sich wieder an die Schwester, »auf keinen Fall kann ich noch mehr Verantwortung auf mich nehmen.«

»Was meinst du damit?«

»Was ich meine? Dass du endlich auch einmal mit anpacken musst. Jahrelang hast du es dir gutgehen lassen auf deiner Trauminsel, während ich mich hier abrackere. Wer war denn hier, als Mama starb? Du etwa?«

»Es konnte doch keiner wissen, dass sie einen Autounfall haben würde.«

»Ach!« Vera wischte den Einwurf mit einer Handbewegung beiseite. »Papa tot, Mama tot, Onkel Karl auch. Jetzt bist du dran!«

»Mit Sterben?«

»Das ist nicht witzig. Mit Kümmern natürlich. Jahrelang habe ich das gemacht, jetzt bist du dran.«

Helga konnte sich nicht erinnern, dass sich Vera je um jemand anderen gekümmert hatte als sich selbst. Aber gleichzeitig wusste sie auch aus Erfahrung, dass es wenig Sinn hatte, sich mit ihrer Schwester zu streiten. Da hatte sie noch immer den Kürzeren gezogen.

»Du musst Tante Beate nehmen!«, forderte Vera.

»Ich dachte, sie kommt vielleicht in ein Alterspensionat. Da gibt es doch ganz anständige Heime. Und es muss ja auch Geld da sein.«

»Nein, es ist kein Geld da. Ich habe alles durchsucht. Oder hast du Geld, Tante Beate?«

Die Tante war verlegen der Unterhaltung gefolgt. Mit der Gabel malte sie Muster in die halb erstarrte Soße auf ihrem Teller.

»Um Geld kümmert sich Karl«, sagte sie leise.

»Ich wohne in einem anderen Land, und ich arbeite den ganzen Tag. Wie soll ich da auf Tante Beate aufpassen?«, fragte Helga.

»Nun, ich muss sogar auf drei Menschen aufpassen, und ich arbeite auch.«

»Ja, aber für deine Söhne gibt es Kindergarten und Hort. Ich weiß sicher, dass wir auf Setersholm keinen Aufbewahrungsplatz für alte Tanten haben. Sie wäre den ganzen Tag alleine.«

»Ich dachte, du hättest einen Bauernhof? Da kannst du doch wohl immer mal in dein Bauernhaus gehen und nach dem Rechten sehen, oder? Jetzt stell dich nicht an, Helga! Ich nehme sie auf keinen Fall. Ich habe weder Platz noch Geld, noch Zeit, noch Lust dazu.«

»Das ist alles nicht ...«

»Entschuldigt«, unterbrach Tante Beate den Streit mit zitternder Stimme. »Ich komme schon allein zurecht. Ich möchte bestimmt niemandem zur Last fallen. Vielleicht vertragt ihr euch jetzt einfach wieder?« In ihren Augen standen schon wieder Tränen.

»Ach, du liebe Güte.« Schuldbewusst griff Helga nach Tante Beates Hand und streichelte sie begütigend. »Ehrlich gesagt, ich glaube nicht, dass du alleine wohnen kannst. Und bei Vera kannst du auch nicht bleiben.«

»Nein, nein, nicht Vera!« Tante Beate schüttelte ängstlich den Kopf.

»Nein, nicht Vera«, sagte Vera triumphierend.

48

Kapitel 7

Die Fahrt zurück nach Setersholm war eine Strapaze. Es gab nicht nur die beiden Koffer mit Kleidern, die Vera vorsorglich gepackt hatte, sondern auch noch unzählige Taschen und Täschchen, die Tante Beate unbedingt mitnehmen wollte und in denen sie während der Zugfahrt ununterbrochen wühlte und kramte. Jedes Umsteigen war ein Abenteuer, denn es hatte keinen Sinn, zu früh zusammenzupacken, da hatte es die Tante bis zum Halt nur wieder verstreut. Also geschah alles in letzter Minute, und Helga hastete, beladen wie ein Kamel und mit der Tante im Schlepptau, die Bahnsteige hinauf und hinab. Außerdem musste Tante Beate zu den unpassendsten Augenblicken aufs Klo. Es nützte nichts, wenn man sie beizeiten fragte, nein, sie ging erst, wenn die Bremsen schon kreischten. Immerhin bemühte sich die Tante sichtlich um gutes Benehmen, zumindest anfangs. Aber nach einiger Zeit vergaß sie offenbar den Grund ihrer Reise und wurde unruhig.

»Wo ist denn Karl?«, fragte sie ein ums andere Mal. Die beiden hatten immer davon geträumt, zusammen zu reisen. Sobald Karl pensioniert wäre, wollten sie als Erstes Helga in Norwegen besuchen, um das Meer zu sehen und um Fisch zu essen. »Ich werde einmal auf der Toilette nachsehen. Vielleicht ist ihm schlecht geworden.«

Die ersten Male gelang es Helga noch, die Tante mit der Aussicht aus dem Fenster abzulenken, Kühe auf der Weide, spielende Kinder, eine riesige Baustelle, aber schließlich riss ihr der Geduldsfaden.

»Onkel Karl ist tot«, sagte sie streng. »Erinnerst du dich nicht? Gestern war seine Beerdigung.«

Tante Beate starrte sie an. »Nein! Das ist nicht wahr. Das ist ein grausamer Scherz«, flüsterte sie. Dann begann sie zu weinen, und sämtliche Mitreisenden drehten sich nach den beiden Frauen um.

»Brauchen Sie Hilfe?« Ein Mann kam herüber.

Tante Beate schluckte hart und versuchte zu lächeln. »Nein, nein, es geht schon wieder. Meine Nichte hat es nicht böse gemeint, und mein Mann kommt bestimmt nach, sobald er kann.«

Erneut begann sie mit der Durchsicht ihrer Taschen, und diesmal förderte sie ein Strickzeug zutage, an dem sie sich die restliche Reise festklammerte wie ein verlassenes Kind an seinem Teddybär.

Auf der Fähre von Kiel nach Oslo krümelte die Tante ihr Bett mit den mitgebrachten Broten voll und konnte dann nicht schlafen, bevor Helga sämtliche Laken abgezogen, ausgeschüttelt und umgedreht hatte. Am nächsten Tag war sie deswegen unausgeschlafen und quengelig. Die Landschaft vor dem Fenster war ihr schnuppe, Hardangervidda hin oder her. Wer brauchte schon so viel unberührte Natur? Kilometer nach Kilometer mit rotbraunem Heidekraut zwischen Felsen mit Bergen drum herum, auf denen immer noch Schnee lag. Tante Beate drehte den Kopf weg. Sie wollte wieder nach Hause zu ihrem Mann,

Karl wartete doch bestimmt schon auf seine Bea. Nur widerwillig stieg sie in Bergen in den Bus, der sie weiter nach Norden brachte, und selbst die Fährüberfahrten über die Fjorde konnte sie nicht aufheitern. Wind zerrte an ihren Haaren, und Möwen kreischten, und das Meer war blau mit kleinen, weißen Schaumkronen, aber vor Kummer und Erschöpfung war die Tante ganz geschrumpft. Sie saß in einer Ecke und zählte Maschen, obwohl sie doch gar nichts mit Muster strickte, nur ein unförmiges Gebilde in Braun, vielleicht ein Pullover oder eine Teemütze, bis Helga sie am Ärmel zog: Gleich würden sie anlegen, vielleicht wollte die Tante noch ein letztes Mal auf die Toilette? Auf der anderen Seite mussten sie noch einmal umsteigen, aber dann war es nur noch zwei Stunden, gar nicht mehr weit.

Trond war nicht gerade begeistert, als er Helga von der Busstation abholte.

»Wer ist das denn?«, fragte er.

»Das ist meine Tante Beate. Ich habe sie von Onkel Karl geerbt.«

»Die da? Und sonst nichts? Keinen Schmuck? Geld? Antiquitäten?«

»Nicht, dass ich wüsste.«

»Noch so ein deutsches Weibsbild, das sich an meinem Tisch satt essen will. Na, Platz haben wir sowieso keinen. Muss sie eben im Keller wohnen.«

Er verfrachtete Tante Beate auf den Rücksitz und ihr Gepäck in den Kofferraum. Dann fuhr er los, kaum dass Helga Zeit zum Einsteigen hatte.

So war Trond, wenn ihm etwas gegen den Strich ging.

Sie fuhren über die Brücke nach Setersholm. Seit zehn Jahren gab es die Tingsundbrücke nun, und inzwischen hatten sich die Einwohner daran gewöhnt. Vor allem hatten sie sich daran gewöhnt, weiter mit dem Boot nach Tingnese überzusetzen, da sparte man dazu noch die Maut für die Brücke. Eigentlich fuhren nur der Schulbus und der Postbote regelmäßig darüber, und an den Wochenenden war oft gar kein Verkehr. Die Brücke war für Warmduscher, und es ärgerte Trond, dass er nur wegen seiner Frau darauf hin und her kutschieren musste, die dazu noch ungebetenen Besuch mitbrachte. Er bog in die Einfahrt ein und bremste scharf. Dann stieg er aus, warf die Fahrertüre hinter sich zu und stapfte ohne ein weiteres Wort zum Haus.

Helga musste an ihre eigene Ankunft auf Setersholm denken. Sie war damals so froh gewesen, dass Trond sie nicht einfach wieder nach Eisenhausen zurückgebracht hatte. Dass er sie, Helga, mitnahm und nicht irgendein polnisches Prachtweib. Alles andere, dachte sie, würde einfach sein.

Auf der Fahrt durch Deutschland und dann Dänemark saß die ganze Zeit Helga am Steuer. Offensichtlich besaß Trond gar keinen Führerschein und hatte Sorge, in eine Polizeikontrolle zu geraten. Aber das war kein Problem, Helga fuhr gerne. Die erste Nacht hatten sie in einem Hotel hinter Hamburg übernachtet, die zweite irgendwo in Dänemark und die dritte auf der Fähre von Hirtshals nach Kristiansand. Natürlich wäre die Fahrt auch in zwei Tagen zu schaffen gewesen, ja, zur Not konnte man einfach durchfahren. Aber nicht Trond und Helga, die morgens erst nicht aus dem Bett kamen und schon mittags wieder von der Autobahn abfuhren, um an irgendeinem einsamen Ort die alte Decke aus Tronds Kofferraum auszubreiten. Eigentlich überbrückten sie mit Autofahren nur mühsam die Zeit bis zum nächsten Mal, Tronds Hand auf Helgas Knie und sein Mund an ihrem Ohr, damit sie ihre ersten Worte Norwegisch lernte. Wenn auch keine, die man besonders oft brauchte.

Doch sobald sie von der Fähre herunter und in Norwegen waren, wollte Trond wieder ans Steuer. Helga war das nur recht, dann brauchte sie nicht auf den Verkehr zu achten, sondern konnte nach Herzenslust aus dem Fenster sehen. Sie hatte gehofft, sie würden an der Küste bleiben, mit Blick auf das Meer, aber stattdessen fuhren sie Richtung Norden in die Berge hinein, immer höher und höher. Die Landschaft wurde schnell karg und einsam. Rechts und links der Straße sah Helga nur Steine und Heidelbeerbüsche und niedrige, verdrehte Birken, die sich in den Fels krallten. Zum ersten Mal fragte sie sich, wie ihre neue Heimat wohl aussehen mochte. Nicht dass Helga zweifelte, nein, nein, diese Hochlandebene wirkte vom Auto aus wild und dramatisch und bestimmt sehr schön, aber leben wollte sie hier eigentlich nicht. Weit und breit war kein Haus zu sehen, bis sie an einem Skilift vorbeikamen, der jetzt im Sommer natürlich verlassen war. Um den Lift herum standen einige Ferienhäuser, ebenfalls verlassen und ziemlich verloren, im Heidekraut. Helga hätte gerne Pause gemacht, sie saßen ja schon seit Stunden im Auto, aber hier oben gab es nichts, was dazu eingeladen hätte.

Immer weiter nach Norden fuhren sie, über einen Pass und dann den nächsten und schließlich noch einen dritten, mitten durch den Schnee, bis die Straße endlich abfiel und sie zurück zum Meer brachte. Endlich wieder Meer! Ein Fjord sogar, von hohen Steilwänden umschlossen, über die sich Wasserfälle stürzten. Ehrlich gesagt, Helga hatte sich vorher noch nie für Norwegen interessiert, Skandinavienreisen waren etwas für ältere Ehepaare, aber wenn schon, dann sollte es so aussehen wie hier. Vergnügt betrachtete sie die Landschaft, während sie dem Fjord aus dem Landesinneren Richtung Küste folgten. In kleinen, idyllischen Seitentälern weideten Schafe und Kühe vor weißen Holzvillen. Die sinkende Sonne ließ das Land in tiefem Schatten versinken, nur die Bergspitzen ringsum leuchteten golden. Hier, hätte Helga am liebsten gerufen, hier können wir bleiben!

Doch sie schwieg und sah stattdessen weiter aus dem Fenster, denn je länger die Fahrt dauerte, desto kritischer wurden die Blicke, mit denen Trond sie von der Seite musterte, beide Hände am Lenkrad und die Lippen ganz schmal. *No problem*, hatte er in Eisenhausen gesagt, aber offenbar war er sich inzwischen nicht mehr so sicher. Helga verkroch sich in ihrer Jacke. In der letzten Dämmerung durchquerten sie Tingnese, eine Ansammlung kleiner, hübscher Holzhäuser und ein paar hässlicher Betongebäude (Sparkasse, Supermarkt, Futtermittelhandel) im Ortskern. Und plötzlich war das Land zu Ende. Rechts die Baracken der Fischannahmestelle, vor ihnen das offene Wasser und die Brücke hinüber nach Setersholm. Vom Festland aus wirkte die Insel wie ein Haufen Steine mit einem großen Felsbrocken mitten obendrauf wie eine misslungene Dekoration. Aber vielleicht lag das auch nur am Zwielicht. So weit nördlich wurde es wirklich spät dunkel, es war bereits nach neun, und das Mitte August.

Als Helga damals aus dem Auto stieg, steif und müde nach der langen Fahrt, traf sie als Erstes ein eisiger Windstoß, vermischt mit Regen und braunen Blättern. Die ersten Anzeichen des Herbstes, stellte sie erschrocken fest. Doch sie würde bestimmt nicht klagen, wenn sie alles so haben wollte wie in Eisenhausen, hätte sie ja auch zu Hause bleiben können. Helga schulterte ihre Tasche und stolperte Trond hinterher, der zügig auf ein kleines, geducktes Haus zuging. Auch das Haus sah aus, als würde es im Wind frieren. Er stieß die Haustür auf und rief: »Mutter?«

Gegen den Blick ihrer zukünftigen Schwiegermutter war der eisige Wind draußen nichts. Margit kam zur Türe und beäugte Helga gründlich von oben bis unten. Dann bedeutete sie ihr mit einer Handbewegung, sie möge voran in die Stube gehen. Die Schwiegermutter hinter sich zu haben war noch schlimmer als vor sich. Ihre Verachtung traf Helga genau zwischen die Schulterblätter und hinterließ dort auf Jahre hinaus einen kalten, unangenehmen Fleck.

Margit war die längste Zeit *die Fremde* hier gewesen. Mit Helga kam jemand, der noch viel fremder war als sie. Man würde ja sehen, wie lange sie durchhielt.

In den ersten Wochen würgte Helga das Heimweh. Besonders morgens. Trond und sie schliefen in dem Zimmer, das früher Tronds Eltern gehört hatte. Bei ihrer Ankunft hatte Margit es wortlos geräumt, schließlich war die Deutsche jetzt Tronds Frau, so war das hier auf Setersholm. Aber jeder Schritt, jeder Handgriff machte deutlich, wie abstoßend Margit es fand, ihren Platz einer anderen Frau überlassen zu müssen, einer ohne Moral, wie es aussah. Doch Tronds altes Bett war viel zu schmal für zwei Personen, und andere Betten gab es nicht. Ehebett, Schrank und Stuhl waren die einzigen Möbel in dem Zimmer und als Schmuck ein Holzkreuz an der Wand gegenüber dem Fußende, das Erste, was Helga jeden Morgen sah, wenn sie die Augen aufmachte. Zu Hause waren die Zwetschgen jetzt reif, und der Spätsommer füllte den Hof mit dem Geruch nach Gummi und Benzin und sonnenheißen Steinen. Hier gab es nur den Regen, der von Westen gegen die Fenster schlug, und einen weiteren langen Tag.

Geschwister hatte Trond keine, und einen Vater schien es auch schon lange nicht mehr zu geben. Nur Margit. »Mrs Setersholm« hatte Helga sie am ersten Morgen genannt, doch Margit wies das mit einer verächtlichen Handbewegung zurück.

»Hun heter Margit.« Sie heißt Margit. Trond sprach extra langsam, Helga musste die Sprache ja noch lernen. Aber es überraschte ihn, dass sie nicht wusste, was doch offensichtlich war: Auf Setersholm hießen alle Setersholm, schließlich wohnten sie hier. Den Nachnamen benutzte höchstens die Polizei, wenn jemand samstagabends in der Tingneser Kneipe über die Stränge schlug. Zu Hause machte das wenig Sinn. Wie sollte man da wissen, wer von den fünfzig Setersholmern, die auf der Insel lebten, gemeint war?

»Da ser du, hun er fremmed.« Da siehst du, sie ist fremd. Böse starrte Margit Helga über den Frühstückstisch an.

»Hva skal hun her?« Was soll sie hier?, fragte sie Trond verächtlich.

56

Außer Helga war auf Setersholm offenbar jeder mit jedem verwandt, die meisten sogar mehrfach. Wenn auch keine Geschwister, so hatte Trond doch etliche Dutzend Onkel, Tanten, Cousins, Cousinen, Nichten und Neffen ersten, zweiten und dritten Grades, die in einer losen Ansammlung von Häusern wohnten, zusammengedrängt auf der dem Festland zugewandten Seite der Insel, wo auch der kleine Hafen lag, geschützt vor dem stärksten Wind und den höchsten Wellen. Fünfzig Variationen des immer gleichen Themas: groß, kräftig und schweigsam und einander genauso ähnlich wie Schafe, die das bisschen Gras zwischen den Felsen auf der restlichen Insel abweideten.

Der Einzige von ihnen, der sich über ein neues Gesicht zu freuen schien, war Onkel Roald.

»Ein neues Gesicht?«, wiederholte Trond, als sie ihm davon erzählte. »Glaubst du wirklich, der guckt auf dein Gesicht? Wohl eher ein Stück tiefer!«

Helga wurde rot. Sie mochte es, wenn der Onkel ihr zulächelte. Sie hatte nicht einmal etwas dagegen, wenn er ihr ab und zu einen aufmunternden Klaps auf den Hintern gab. Sie hungerte nach Freundlichkeit.

»Mädchen, du hast dir viel vorgenommen«, sagte Onkel Roald am ersten Sonntag nach der Kirche in seinem holperigen Schuldeutsch vermischt mit Norwegisch. »Eine Fremde auf Setersholm, und dazu noch Ausländerin. *Men veien blir til mens man går*, sagt man hier. Der Weg entsteht, während man geht. Das wird schon.« Er sah sich zweifelnd nach den anderen Setersholmern um, die mit gesenktem Kopf an ihnen vorbeiströmten. »Die Leute reden hier nicht viel«, fügte er hinzu. »Außer mir natürlich.

Herrje, du hast aber kalte Finger.« Er nahm die Hand, die Helga ihm zur Begrüßung hinstreckte, mit beiden Händen, um sie zu wärmen, doch Trond drängte sich dazwischen und zog Helga mit sich fort.

»Wenn du zu Onkel Roald zu freundlich bist, wirst du ihn nie wieder los, den alten Tatscher«, brummte er unwirsch. »Also nimm dich zusammen!« Und er trieb sie vor sich her nach Hause.

Seitdem achtete Helga darauf, Trond nicht noch einmal Grund zur Eifersucht zu geben. Auf so einer kleinen Insel war kein Platz für Zweideutigkeiten, das verstand sie gut, selbst wenn Onkel Roald über fünfzig war und Tabak kaute. Aber sie hielt Ausschau nach ihm, und wenn er ihr über die Kirchenbänke hinweg zuwinkte, hob sie verstohlen die Hand zu einem Gegengruß. Dann nickte er zu Margit hinüber und verdrehte vielsagend die Augen, bis Helga kicherte und Trond ihr den Ellbogen in die Seite stieß.

Zwei Monate nach Helgas Ankunft, inzwischen war es Mitte Oktober, und die Krüppelbirken schon lange kahl, passte Onkel Roald das junge Paar sonntags nach der Kirche ab.

»Ich habe etwas für euch«, sagte er zu Trond. »Das Haus unten am Kai. Junge Leute brauchen eigene vier Wände«, fuhr er fort. »Da kann man nicht bei der Schwiegermutter wohnen, die alles sieht und alles hört, oder?«

Er zwinkerte Helga vielsagend zu und streckte die Hand aus, als wolle er ihr in die Wange kneifen oder über das Haar streichen. Hastig wich Helga zurück. Hoffentlich hatte Trond nichts gesehen.

»Warum sollten wir in dem alten Schuppen wohnen wollen? Dazu noch so nah am Wasser. Wir haben es doch gut bei Margit. Komm, Helga!« Trond nahm Helga bei der Hand und wollte gehen.

Doch Helga riss sich los. Sie verschränkte die Arme vor der Brust und reckte das Kinn vor. »Aber ich will das«, verkündete sie. »Ich habe es nicht gut bei Margit.« Ihre Stimme zitterte, und Tränen standen ihr in den Augen.

Dieses Mädchen war wirklich noch ein halbes Kind, dachte Trond verärgert. Nicht daran gewöhnt, sich zu fügen. Was sagte Mutter immer? Mit einer Frau, der das Leben bereits die gröbsten Kanten abgeschliffen hatte, tat man sich leichter. Trotzdem wollte er nicht, dass Helga weinte, schon gar nicht hier vor allen Leuten. Sie war die letzten Wochen sowieso schon so still geworden, und außerdem brauchten ja nicht alle auf Setersholm zu wissen, dass es gar nicht einfach war mit einer neuen Frau im Haus, die man kaum kannte.

»Also gut«, willigte er ein und fügte dann unwirsch hinzu: »Danke, Roald.«

Das neue Haus war kleiner als Tronds Elternhaus und vor allem schlechter isoliert. An stürmischen Tagen sauste der Wind durch die Küche wie eine Schar Geisterreiter. Aber endlich hatte Helga einen eigenen Haushalt. Ein paar Meter Abstand zwischen sich und der Schwiegermutter. Die Gelegenheit, Trond wieder näher zu sein. Seit ihrer Ankunft auf Setersholm hatte er sie kaum angesehen, und er berührte sie nur nachts, wenn sie beide im Bett lagen und auch Margit in ihrem Zimmer war. Dann nahm er sie hastig und freudlos. Aber das Schlimmste war, dass er kaum mit ihr sprach. Selbst als Helga ein paar Brocken Norwegisch gelernt hatte – nach ein paar Wochen bekam sie bereits ganze Sätze zusammen und verstand das meiste –, Trond blieb genauso wortkarg wie zuvor. Nie ging er dazwischen, wenn Margit ihre Bosheiten ausspie. Manchmal verließ er einfach den Raum.

Natürlich hasste Margit sie erst recht, als Helga ihren Sohn, ihren einzigen Sohn – mehr hatte Gunnar ja nicht zustande gebracht, ehe er ins Gras biss, der alte Saufkopp –, aus dem Haus zerrte. Nicht das Herz, sondern den Verstand hatte dieses Flittchen dem Jungen geraubt, bis er nur noch mit den Eiern dachte.

Aber Helga nahm das bisschen Extrahass gerne in Kauf. In den ersten Wochen auf Setersholm hatte alles nur aus Matsch und grauem Regen und kalten, verfrorenen Händen bestanden. Doch seit sie in dem neuen Haus wohnten, war es fast wieder wie in Eisenhausen, wie auf der Fahrt hierher, als sie nicht genug voneinander bekommen konnten. Trond nahm sie wieder in die Arme, und sie mussten nicht mehr bis spät in der Nacht warten, um miteinander zu schlafen, fast heimlich und mit schlechtem Gewissen, weil die Holzhäuser auf Setersholm so hellhörig waren. Ihre Körper verstanden einander auch ohne Worte, dachte Helga beglückt, denn die Zähne bekam Trond noch immer nicht auseinander.

Vom neuen Schlafzimmer aus sah man aufs Meer. Es lag im ersten Stock, eigentlich ein ausgebauter Dachboden mit schrägen Wänden und kleinen Giebelfenstern, nur in der Mitte konnte Helga aufrecht stehen und Trond gar nicht. Aber dafür sah man aufs Wasser hinaus, besser und weiter als aus dem Wohnzimmer im Erdgeschoss. Nur schade, dass die Küche zur falschen Seite lag, denn Trond aß am liebsten am Küchentisch. Geschirr hin und her zu tragen, nur um ein Meer zu sehen, das sowieso immer da war? Trond bemühte sich wirklich, es seiner neuen Frau recht zu machen, aber das war zu lächerlich.

»Sobald wir genügend Geld haben«, versprach er, »bekommst du ein eigenes Haus. Dann kannst du selbst bestimmen, wie alles sein soll. Erst einmal ...« Er sah sich in der winzigen Küche um: abblätternde Farbe an den Wandschränken, am Herd funktionierte nur noch eine Kochplatte, und das Fenster schloss nicht mehr dicht. Je nun, das Haus war eben alt. »Erst einmal machen wir es uns hier schön.«

Um seinen guten Willen zu zeigen, fing er auch gleich am nächsten Tag an und entrümpelte den Keller.

»Das hier wird ein prima Gästezimmer«, verkündete er. »Hat ja Tageslicht und alles.«

Das war richtig, denn um das schräge Gelände auszugleichen, lag der Keller auf der einen Seite nur halb unter der Erde. Aber er war feucht. Der alte Sessel, den Trond dort fand, war so verschimmelt, dass man ihn nur noch wegschmeißen konnte.

»An den Wänden Nut- und Federbretter, und auf dem Boden Pressspanplatten und dann ein Teppichboden. Du wirst schon sehen.«

Um die erste Wand mit Brettern zu verkleiden, brauchte Trond nur ein paar Wochen. Aber dann erlahmte sein Eifer. Eigentlich ging er nicht besonders gerne in den Keller, vor allem jetzt nicht, im Winter war es dort dunkel und kalt. Im Frühjahr würde es mehr Spaß machen, wenn die Abende wieder lang und hell wurden. Nur mit der einen funzligen Birne an der Decke sah man sowieso nicht genug.

61

»Können wir es nicht erst einmal oben gemütlich machen?«, schlug Helga vor, denn mit den ersten Winterstürmen war es auf dem Dachboden empfindlich kalt geworden. Aber Trond bestand darauf, dass zunächst das Gästezimmer fertig werden müsste, ehe er etwas Neues anfing.

»Wie soll ich das sonst schaffen – überall gleichzeitig?«, maulte er.

Erst als im Januar klares Frostwetter einsetzte und im Hafen plötzlich Eisschollen schwammen – seit Jahren hatte es kein Eis mehr im Hafen gegeben –, willigte er ein, dass Helga ein paar Rollen mit Glaswolle kaufte und den Dachboden isolierte. Später half er ihr sogar, Plastikfolie und Sperrholzplatten drüberzunageln – mit Glaswolle wollte er nichts zu tun haben, die juckte so auf der Haut – und in Gottes Namen auch noch Tapete auf die Platten zu kleben. Jetzt war der Dachboden erst recht niedrig, aber man konnte wieder darin schlafen. Die andere Seite, die über der Küche, schaffte Helga alleine, jetzt hatte er ihr ja gezeigt, wie es ging. Sowieso war unklar, warum sie ein zweites Zimmer auf dem Dachboden brauchten, wo er doch den Keller ausbaute. Aber dann fiel Trond ein, dass dort das Baby schlafen könnte, er hatte ja jetzt eine Frau, die würde irgendwann auch Kinder kriegen. Und in einer Aufwallung von Zuneigung lieh er sich ein paar tausend Kronen von Margit und kaufte Helga endlich eine Mikrowelle, wie sie es sich gewünscht hatte. Das mit dem Kochen würde schon noch werden.

Ja, in dem neuen Haus war das Leben schön, und plötzlich war es auch draußen schön geworden. Der Setersfjell, die steile Felsnadel, die aus der Mitte der Insel ragte wie Got-

tes Mahnender Finger (so nannte es Margit), das Meer mit
dem weiten Himmel darüber, die weißen Schafe auf den
grünen Wiesen, bis sie im Oktober plötzlich alle in den
Stall geholt wurden, die Dunkelheit an einem Ort ohne
Straßenlaternen.

Man muss lernen, sich abzufinden, hatte Helgas Mutter
immer gesagt. Und das tat Helga. Sie fand sich mit dem
Regen ab und mit dem Matsch und schließlich mit der
Kälte, und sie war fest entschlossen durchzuhalten, auch
wenn sie noch so fremd war.

Kapitel 8

Anfangs war Trond sehr zufrieden mit seiner Wahl gewesen, trotz Helgas Jugend und ihrer – nun, sie war anders als die Leute hier. Ausländerin eben. Helga konnte hart arbeiten, und selbst als sie allmählich die Sprache lernte, war sie doch keine Frau, die unaufhörlich plapperte. Außerdem ließ sie sich nicht so leicht lumpen. Auch das war wichtig bei einer Frau. So wie bei ihrem ersten gemeinsamen Weihnachten, als Cousin Björn zu *Smalehove* einlud.

»Willst du wirklich hingehen?«, fragte Onkel Roald. »Das ist ein halbes Schaf.«

Helga lachte unsicher. Hatte der Onkel tatsächlich »halbes Schaf« gesagt? Ihr Norwegisch wurde zwar langsam besser, aber es geschah oft genug, dass sie etwas völlig missverstand. Nun, es würde wohl kaum ein halbes Schaf pro Person geben, und zudem mochte sie Lammbraten.

Erst bei Tisch wurde ihr klar, dass Onkel Roald nicht *Schaf*, sondern einen halben *Schafskopf* gemeint hatte, geräuchert, gepökelt und hinterher gekocht. Mit der Schnittfläche nach unten lag er auf ihrem Teller, ein trauriges Auge auf Helga gerichtet, die halbe Zunge hing zwischen den Zähnen heraus. Die gesamte Tischgesellschaft beobachtete Helga interessiert. Smalehove war zwar lecker, vor allem mit Kartoffeln und Kohlrübenmus dazu, aber kein Gericht für jedermann. Hauptsächlich wegen der Optik.

Helga griff nach dem Besteck. Wenn das eine Mutprobe war, aß sie am besten, solange das Essen noch warm war. Erst das Fett hinter dem Ohr. Dann vorsichtig das Auge herauslösen – »Das ist überhaupt das Beste!«, erklärte Cousin Björn – und anschließend den Inhalt der Augenhöhle. Schließlich das Fleisch in den Backen und zum Schluss die Zunge. Nur die Haut blieb wie ein vergessenes Kleidungsstück neben dem abgeschabten Schädel zurück. Du liebe Güte. Das war sehr fett und salzig gewesen. Trond drückte stolz Helgas Hand und goss ihr einen großen Schnaps ein.

Es war nur ausgesprochen schade, dass Helga sich so schlecht mit seiner Mutter verstand. Jahrelang hatte ihm Margit in den Ohren gelegen, er möge doch endlich Enkelkinder zeugen, und jetzt war seine Frau nicht gut genug für ihren Goldjungen. Tief in seinem Herzen war Trond mit ihr einig, Helga war vielleicht nicht ganz seine Klasse. Aber der Sex war gut, Helga war ganz bestimmt nicht zickig. Als sie noch bei Mutter gewohnt hatten, war es schwierig gewesen. Sie mussten so verdammt leise sein, denn wenn Margit sie nachts durch die Wand hörte, hatte sie morgens ganz schmale Lippen, und bis er mittags nach Hause kam, waren Helgas Augen rot und verschwollen. Keine zwei Minuten konnte man die beiden an solchen Tagen alleine lassen.

Deswegen war es ihm letztendlich recht gewesen, in das neue Haus zu ziehen, das eigentlich das alte Haus war, nämlich das von Onkel Roald. Onkel Roald hatte sich ein größeres und besseres weiter oben Richtung Setersfjell gebaut, wo einem das Hochwasser nicht alle paar Jahre den Keller überschwemmte. Anfangs genoss es Trond richtig, mit Helga einen eigenen Hausstand zu haben, obwohl sie eine grausliche Köchin war. Dabei hatte er sich nie für den Typ gehalten, der freiwillig Zeit mit Frauen verbrachte, außer für das Eine. Na ja, in der ersten Zeit hatten sie auch viel – na, eben das Eine, nachdem sie endlich ein ganzes Haus für sich alleine hatten. Viel das und viel Arbeit. Damals gab es noch die Nerzfarm, auf der anderen Seite der Insel, wo heute die Hühnerfarm stand. Hundertzwanzig amerikanische Minks, die wollten gefüttert und gewartet werden.

Gleich am ersten Morgen nach Helgas Ankunft setzten sie sich auf den Traktor, Helga auf dem kleinen Notsitz und dicht an ihren Liebsten geschmiegt, und rumpelten durch die tief ausgefahrenen Furchen auf die andere Seite der Insel. Helga genoss die Fahrt und die Aussicht. Bis auf Gottes Mahnenden Finger gab es auf Setersholm nur flache Hügel und Senken, bedeckt von Wiesen und vielen Steinen, und dazwischen magere, verkrüppelte Birken, die sich in den Windschatten der Hügel schmiegten. Und immer wieder das Meer. Die Insel war wirklich nicht sehr groß. Helga fragte sich gespannt, wo es wohl hingehen mochte, bis sie um die Ecke bogen. Die Nerzfarm lag ein bisschen abseits in einem Seitental, wo sie nicht so sehr dem Wetter und fremden Blicken ausgesetzt war und wo der Geruch aufs Meer hinauswehte, anstatt hinüber zu den Häusern. Aber jetzt konnte Helga es riechen. Eine überwältigende Mischung aus Raubtier und Fisch. Helga schluckte angestrengt. Doch als sie auch noch die Käfige

66

sah, jeweils sechzig Stück in zwei Reihen mit einem Blechdach darüber, stieg sie vom Traktor, sobald Trond anhielt, und übergab sich ins Gebüsch. In jedem Käfig war ein Nerz. Einige kauerten nur apathisch da, doch die meisten sprangen ununterbrochen hin und her, soweit das in dem engen Käfig möglich war, und etliche hatten kahle, blutige Stellen. Der Kot fiel durch die Gitterstäbe und lag in Haufen unter den Käfigen, zusammen mit Fischabfällen, umschwirrt von unzähligen Fliegen.

Trond wedelte sich die Fliegen aus dem Gesicht und sagte: »Meine Mutter hat die letzten Tage nur das Nötigste gemacht. Fang schon mal an. Ich fahre in der Zwischenzeit den Fisch holen.« Er zeigte auf Schaufel und Schubkarre, die an der Schuppenwand lehnten, und dann auf eine Grube ein Stückchen weiter weg.

Es war der erste Tag von vielen, an denen Helga Mist schaufelte. Der Gestank war so durchdringend, dass sie ihn nach einiger Zeit gar nicht mehr wahrnahm. Aber die Fliegen waren schrecklich. Jedes Mal, wenn sie eine Schubkarre voll in die Grube kippte, stob eine ganze Wolke hoch und stürzte sich auf Helga.

Endlich, nach geraumer Zeit, kam Trond zurück, auf dem Hänger mehrere Plastikwannen mit Fischresten, die er achtlos in die Käfige verteilte. Die Nerze waren ausgehungert, schließlich hatten sie die letzten Tage nicht viel bekommen. Für eine Weile waren alle beschäftigt, sogar die Fliegen, denn der Fisch war von letzter Woche. Beifang der anderen Setersholmer, den man bei der Fischannahme nicht loswurde und den sie lieber Trond verkauften, anstatt ihn zurück ins Meer zu kippen.

Die Nerzfarm sollte Trond reich machen, und zwar schon möglichst bald. Die Tiere waren ein Vermögen wert, man musste nur die Ausgaben klein halten. Doch seit er Helga hatte, brauchte er keine Aushilfen mehr. Sowieso war es immer schwierig gewesen mit seinen Nichten und Neffen. Helga hasste die Arbeit zwar auch, aber immerhin erledigte sie sie gewissenhaft. Nur beim Schlachten der Nerze war sie zimperlich. Unter keinen Umständen wollte sie dabei sein, wenn er die Tiere in die Gaskiste sperrte und den Schlauch anschloss, der zum Auspuff des Traktors führte. Aber irgendwoher mussten Pelzmäntel doch kommen, und diese Methode war sauber und unblutig, und das war wichtig für die Qualität der Felle.

Doch im Großen und Ganzen ließ sich das erste Jahr mit seiner neuen Frau bestens an.

Dann, im zweiten Winter, verschwanden die Nerze plötzlich, einer nach dem anderen. Innerhalb von einer Woche waren sämtliche Käfige leer. In der Dunkelheit fiel das erst gar nicht so auf. Es war kurz nach Weihnachten, und Tageslicht gab es nur zwei, drei Stunden. An trüben Tagen wurde es gar nicht richtig hell. Man roch es mehr, als dass man es sah, weniger Nerz und dafür mehr Fisch, den niemand mehr fraß.

In der Winterdunkelheit und in ihrer Langeweile hatten die Nerze die Käfige durchgenagt und sich in Richtung Meer davongemacht. Bis Trond die Katastrophe bemerkte – zwischen den Jahren nahm man es halt nicht so genau –, war es zu spät, sie noch einzufangen. Nicht nur Trond war damals böse auf Helga, Margit war es auch. Helga wusste doch, dass Trond die Anlage schon vor Monaten hätte erneuern sollen und die Investition nur immer wieder hinausgeschoben hatte. Es war doch wirklich nicht schwer zu sehen gewesen, dass die Käfige rostig waren und dem Regen in diesem Winter nicht mehr standhalten würden. Jetzt hatten sie die Umweltbehörde auf dem Hals, weil sich der amerikanische Nerz in Freiheit noch besser vermehrte als in Gefangenschaft und deswegen in den folgenden Jahren eine wachsende Anzahl der Tiere das Ufer durchkämmte und die Eier der Seevögel fraß.

»Vielleicht hättest du doch bis Polen fahren sollen«, sagte Margit. »Da kennen sie sich wenigstens mit Landwirtschaft aus.«

Es gab Zeiten, da wünschte auch Helga sich, Trond wäre bis nach Polen gefahren und hätte sich eine andere Frau gesucht. Nicht am Anfang. Da war sie überzeugt, das Richtige getan zu haben. Ihre Flucht war so romantisch gewesen, das konnte doch nicht falsch sein. Und dieser wunderschöne Mann in dieser wilden, ungezähmten Landschaft ... Klar, dass das anders war als zu Hause, da musste man sich eben anpassen. Das war wie mit dem Wind und dem Regen in all dieser Schönheit.

Später dachte sie, wenn sie erst ein Kind bekäme, viele Kinder sogar, würde sich schon alles einspielen. Nicht nur mit Margit, sondern auch mit Trond, der sie manchmal völlig zu vergessen schien. Für den sie an schlechten Tagen lediglich die Verlängerung ihrer Mistschaufel war. Aber es dauerte lange, bis sie zum ersten Mal schwanger wurde. Und dann eine Fehlgeburt, in der zehnten oder elften Woche. Das war zu der gleichen Zeit, in der sich die Nerzfarm auflöste. Sie fand es so ungerecht, dass Margit ihr die Schuld für alles in die Schuhe schob, aber es war nichts gegen die Einsamkeit in ihrem leeren Bauch und die Müdigkeit, die noch viele Wochen anhielt. Da hatte Trond schon mit den Schweinen angefangen. Er riss die ganze Nerzfarm ab und baute stattdessen einen Schweinestall, das sollte auch unglaublich gute Rendite geben.

Von nun an schaufelte Helga Schweinemist, im Sommer mit und im Winter ohne Fliegen. Während sie krank war, hatte Trond angefangen, mittags wieder bei seiner Mutter zu essen, anständige Fleischklopse und Fischbouletten mit Soße und Kartoffeln. Besser als immer nur Dosensuppe aus der Mikrowelle, und auf der anderen Seite des Tisches ein trauriges Gesicht. Auch nachdem Helga wieder arbeitete, behielt er diese Gewohnheit bei, das war wenigstens Essen, von dem ein Mann satt wurde, während Helga die Mittagspause von nun an im Schuppen neben dem Schweinestall verbrachte. Lieber belegte Brote essen als in Mutter Margits Küche sitzen.

Es dauerte über zwei Jahre, bis Helga erneut schwanger wurde. Diesmal kam sie bis zum siebten Monat, dann rutschte sie aus und rammte sich den Griff der Schubkarre tief in den Bauch. Trond fand sie erst abends beim Schweineschuppen. Alles war voller Blut.

Damals dachte sie zum ersten Mal daran zu gehen. Eine Frau, die keine Kinder bekam – Trond hätte sie zweifellos ziehen lassen. Aber ein paar Monate vorher war ihr Vater gestorben, und ohne ihren Vater und ohne ihr Baby gab es keinen Ort auf dieser Welt, wo sie sein wollte. Da war Setersholm so gut wie jeder andere, und Bleiben war das Einzige, wozu sie sich aufraffen konnte. Helga hatte sich

70

nie vorstellen können, was man mit so einem großen Kummer anfing. Jetzt wusste sie es: Man stand morgens auf und ging an die Arbeit. Arbeit gab es immer genug.

Sechs Jahre war das alles her. Trond hatte seitdem nicht wieder mit Helga geschlafen. So, als lohne es sich nicht, seine Manneskraft an eine unfruchtbare Frau zu verschwenden. Anfangs hatte Helga noch abends auf ihn gewartet, in einem sauberen Nachthemd und frisch gewaschen, auch wenn man den Schweinegeruch nie ganz wegbekam. Aber als er anfing, auch zum Abendessen zu Mutter Margit zu gehen, gab sie die Hoffnung auf und schlief stattdessen in dem Zimmer über der Küche, das nun doch kein Kinderzimmer geworden war, nur ein überflüssiger Raum. Vielleicht wäre Trond sogar ganz zu seiner Mutter zurückgezogen, deren Haus war wenigstens nicht so klein, nicht so zugig, und er bekam richtiges Essen. Aber Margit hätte nie gebilligt, dass Trond sich so viel auf dem Festland herumtrieb. Jedes Wochenende, freitags und samstags, bis in die frühen Morgenstunden, und manchmal auch noch unter der Woche – das hätte Margit nicht erlaubt. Oft kam Trond erst nach Hause, wenn Helga schon bald wieder aufstand. Sie machte sich seit langem nichts mehr daraus. Besser so, als seine schlechte Laune abends vor dem Fernseher.

Nach all den Jahren hatte sich Helga mit fast allem abgefunden, nur nicht mit der Einsamkeit. Anfangs hatte Trond nicht gewollt, dass sie mit jemandem sprach. Aus Liebe natürlich, seine Frau sollte nur ihm gehören. Außerdem hatte sie so einen schrecklichen Akzent. Später scherte er sich nicht mehr darum, aber da hatten die Menschen auf Setersholm sich bereits daran gewöhnt, dass sie *die Andere* war, stumm und verlegen, die Frau von Trond eben. Was heißt gewöhnt – sie waren selbst so schweigsam. Seit Generationen waren die Setersholmer unter sich geblieben. Was gab es da noch zu sagen? Nur Onkel Roald kam manchmal auf einen Kaffee hinüber und erzählte langatmige Geschichten über Schafe und Boote und die Träume seiner Jugend. Seit sein Sohn Einar den Hof übernommen hatte, gab es wenig für ihn zu tun, und der Schwiegertochter schien er auch ständig zwischen den Füßen zu sein.

»Du und ich«, sagte Roald, »wir gehören beide nicht hierher. Was meinst du – irgendwann brennen wir zusammen durch und werden Seeräuber. Wir werden reich und setzen uns in der Karibik zur Ruhe.« Dann nahm er ihr Gesicht in seine knotigen Hände, inzwischen ging er bald auf die siebzig zu. »Ich bin zu alt«, sagte er plötzlich ernst. »Aber du noch nicht.«

»Ja, ja«, antwortete Helga nur. »Ich glaube, du gehst jetzt besser. Trond kommt sicher gleich.«

Kapitel 9

Seit zehn Jahren baute Trond nun an dem Gästezimmer im Keller herum, aber es fehlten noch immer ein Teil der Wandverkleidung und die Fußleisten und der Teppichboden. Ehrlich gesagt hatte Trond schon lange das Interesse an dem Projekt verloren. Doch Helga, die wusste, wie eitel er war, wenn es ums Handwerkliche ging, ließ die Finger davon. Das Gästezimmer war Tronds Territorium, lieber so als Streit. Bislang war es sowieso unwichtig gewesen, denn alle Leute, die die Setersholmer kannten, wohnten auf Setersholm, und Helga bekam keinen Besuch.

Jetzt hatte Trond das Zimmer großzügig Helgas Tante überlassen. Obwohl sie gar kein richtiger Gast war, eher ein zusätzliches Ärgernis.

Helga schämte sich, ihrer Tante eine so armselige Behausung anzubieten. Außer dem Bett gab es nur einen Stuhl und ein wackliges Regal. Dazu lag das Zimmer noch im Untergeschoss, wo es besonders fußkalt war und seit der letzten Sturmflut immer noch modrig roch. Doch Tante Beate war nicht unzufrieden. Im Gegenteil, Trond hatte ihr Angst gemacht, und im Keller, weit weg von ihm, fühlte sie sich sicher. Sie schloss die Türe, öffnete sie noch einmal und spähte auf den Gang, der leer war, und schloss sie dann endgültig mit einem erleichterten Seufzer.

»Hier wird es Karl gut gefallen«, sagte sie. »Hier ist es ruhig und friedlich.«

Dann ging sie daran, ihre unzähligen Taschen auszupacken. Ein Nachthemd, eine Zahnbürste, ihre Brille, ein Buch, ein gerahmtes Foto von Onkel Karl, ein gerahmtes Foto von Vera und Helga als Kinder, ein Engel aus Gips, eine Katze aus Porzellan ... Es war unglaublich, was sie alles mit sich schleppte. Der Segen schien kein Ende zu nehmen. Tausend Dinge, die alle ihren Platz in der alten Wohnung gehabt hatten, sorgfältig abgestaubt und behütet. Nur an besonderen Tagen und ganz vorsichtig hatten die Kinder diesen Nippes früher anfassen dürfen. Jahrelang hatte Helga geglaubt, es handle sich um Kostbarkeiten, bis sie als Teenager den haargenau gleichen Kitsch in den Ramschläden Kassels fand.

Jemand hätte Tante Beate erklären müssen, dass sie nicht alles mitnehmen kann, dachte Helga, während sie hilflos mit ansah, wie das kleine Zimmer von all den Krüschtchen überschwemmt wurde.

»Deine Kleider müssen vorerst im Koffer bleiben«, erklärte sie, »Bis ich ein zweites Regal gefunden habe.«

Tante Beate schien das nicht zu stören. Während sie eine Schäferin, einen weiteren Engel und einen gläsernen Schwan auf dem Fensterbrett arrangierte, schwatzte sie munter mit sich selbst. Nein, nicht mit sich selbst – sie unterhielt sich mit Onkel Karl, als wäre die vertraute Unterhaltung von Jahrzehnten nur für ein paar Tage unterbrochen gewesen, und jetzt musste sie ihm alles erzählen, was sie in der Zwischenzeit erlebt hatte.

»Denk dir«, sagte sie fröhlich, »jetzt bin ich doch tatsächlich bei Helga in Norwegen. Und morgen werden wir im Meer baden!«

Kapitel 10

Tante Beates erster Tag war ein Sonntag, Tag des Herrn. Da hatte Trond frei, Tiere hin oder her, die kamen auch mal einen Tag ohne Futter aus, fand er. Deswegen war es im Haus noch ganz still, als Helga kurz nach acht die Kellertreppe hinunterstieg, um ihre Tante zu wecken. Auf Setersholm war Kirche schon um halb zehn, denn der Pfarrer musste hinterher weiter zu einer anderen Gemeinde, und wenn die Tante noch frühstücken wollte, mussten sie sich ranhalten.

Doch Tante Beate war bereits auf. Im Morgenmantel mit einem Badeanzug darunter erklärte sie: »Ich werde jetzt baden!«

»Aber Tante Beate, es ist doch gerade mal Mai. Das Wasser ist noch viel zu kalt.«

»Papperlapapp. Mai ist ein Monat ohne R, da wird man wohl baden können.«

»Aber nicht hier«, sagte Helga ungeduldig. »Wir sind in Skandinavien. Ende Juli, Anfang August ist es manchmal warm genug.«

»Draußen scheint die Sonne. Zieh deinen Badeanzug an, Kind!«

»Vielleicht morgen. Was hältst du davon? Jetzt frühstücken wir erst einmal gemütlich, und dann gehen wir in die Kirche. Da ist doch gar keine Zeit, um vorher zu schwimmen.«

»Ich will aber!« Tante Beate stampfte mit dem Fuß auf.
»Nein, das geht nicht.«

Doch je mehr Helga sich auf ein Nein versteifte, desto dringender wollte ihre Tante ein Bad nehmen. Schließlich sah Helga ein, dass es einfacher sein würde nachzugeben.

»Also gut«, sagte sie seufzend. »Ich hole ein Handtuch. Aber nicht so lange.«

Tante Beate stolzierte zum Kai hinunter. Direkt daneben gab es ein kurzes Stück Strand mit einem Gürtel aus getrocknetem Tang, kleinen Muscheln und den leeren Schalen von Seeigeln. Sie schlüpfte aus den Schuhen, überreichte Helga ihren Morgenmantel und lief, ohne zu zögern, hinaus in das kalte Wasser. Helga stand bibbernd am Strand. Sie fror schon vom Zusehen.

»Nicht so weit raus!«, rief sie.

Sie selbst hatte noch nie auf Setersholm gebadet, nicht einmal in dem heißen Sommer 1996. Baden, das war etwas für Kinder, bis sie alt genug waren und verstanden, dass das Meer zum Bootfahren und zum Fischen da war. Nicht zum Vergnügen. Außerdem gab es manchmal Feuerquallen in der Bucht.

Tante Beate schwamm mit ruhigen, gleichmäßigen Zügen hin und her

»Komm jetzt zurück!«, rief Helga. »Sofort!«

Die Tante ließ sich Zeit, aber schließlich stieg sie mit blauen Lippen wieder an Land.

»Das war herrlich«, stieß sie zwischen klappernden Zähnen hervor. »Morgen musst du unbedingt mitkommen.«

Helga hüllte Tante Beate in das Handtuch und rubbelte sie ab. Wie dünn die Tante geworden war. Jede Rippe spürte man. Tante Beate krümmte genussvoll den Rücken. Helga musste daran denken, wie sie seinerzeit Trond um einen Hund gebeten hatte. Das war nach der ersten Fehlgeburt gewesen. Ein Hund, hatte sie gedacht, wäre etwas, für das sie sorgen konnte, etwas zum Liebhaben, ein Begleiter an einsamen Mistschaufeltagen. Aber Trond wollte nicht. Auch keine Katze. Er hatte genug mit den Nerzen oder von ihm aus jetzt eben mit den Schweinen. Da brauchte er nicht noch ein Tier. Schon gar nicht im eigenen Haus.

Und nun hatte Helga plötzlich eine alte Tante, die sich vertrauensvoll in ihre Hand schmiegte.

»Komm«, sagte sie. »Wir müssen uns beeilen. Die Kirche fängt bald an.«

In Helgas Familie war man nie besonders gläubig gewesen. Natürlich wurde Helga seinerzeit getauft, und sie war auch zur Erstkommunion gegangen, zusammen mit Vera. Vera damals ein Jahr zu spät und Helga ein Jahr zu früh, weil ihre Mutter nicht zwei Feiern wollte, all der Aufwand, Hausputz, Verwandte und jede Menge Kuchen. Doch soweit Helga sich erinnerte, war die Sache damit erledigt gewesen.

Bis Helga nach Setersholm kam, war sie nie wieder in der Kirche gewesen. Dafür hatte sie in den letzten zehn Jahren keinen einzigen Gottesdienst versäumt. Auf Setersholm gingen alle zur Kirche, komme, was da wolle. Das lag nicht nur daran, dass der Pfarrer ein Cousin dritten Grades von Trond war, sondern auch an Gott, der alles sah und der mit seinem Mahnenden Finger über die Gemeinde wachte. Die Kirche stand direkt unter dem Setersfjell, und im Winter, wenn es abwechselnd taute und dann wieder fror, wie hier am Meer oft, lösten sich während der Predigt immer wieder Eiszapfen aus der Felswand und donnerten auf die Steine darunter.

Das war wahrer Glaube.

Einen einzigen Sonntagmorgen war Helga doch einmal zu Hause geblieben, ganz am Anfang. Sie waren gerade in das neue Haus gezogen und so begeistert voneinander. Draußen regnete es, im Bett war es nackt und gemütlich, und Helga hatte Trond zum Schwänzen überredet. Aber hinterher war Mutter Margit schrecklich böse auf sie gewesen. Die ganze Woche lang lief sie mit schmalen Lippen herum. Und auch Trond hatte ein so schlechtes Gewissen, dass er den Sex gar nicht genießen konnte und stattdessen neben ihr lag, sich Vorwürfe machte und gleich mit der Buße begann. Seither waren sie brav jeden einzelnen Sonntag zur Kirche gegangen, Trond in letzter Zeit meistens ungefrühstückt und noch halb betrunken, aber immerhin, und Helga hatte so einen Vorschlag nie wieder gemacht. Zu viel Schuld für ein kleines bisschen Wollust.

Überhaupt hatte Helga viel gelernt über Schuld und Sünde, seit sie hier auf Setersholm lebte. Die Sünde war nämlich überall, und wer den Mund zum Lachen aufmachte, der ließ nur den Teufel herein. Manchmal hatte Helga den Verdacht, dass Trond deswegen so gerne in Tingnese war. Dort wohnten mehr Leute, und der Teufel hatte größere Auswahl. Da war man, statistisch gesehen, nicht ganz so gefährdet, wenn man kurz mal lachte.

Heute waren sie wirklich spät dran. Helga hatte versucht, ihre Tante zur Eile zu drängen, aber es nutzte nichts. Sie hatte ihr ein Klappbrot für auf die Hand geschmiert, zum Frühstücken war auf keinen Fall mehr Zeit, aber Tante Beate war noch nicht einmal angezogen. Sie kramte in ihren Koffern und verstreute alles auf dem Boden auf der Suche nach einer ganz bestimmten Bluse, die besonders elegant sein sollte. Als sie sie endlich fand, war die Bluse fleckig und verknittert, und Helga musste das Bügeleisen hervorholen. Dann brauchte es die richtigen Schuhe und zu guter Letzt sogar noch einen Hut, ein lächerliches Käppchen mit einem kleinen Schleier vorne.

»Komm jetzt!«, drängte Helga.

Aber Tante Beate kam nicht, denn gerade waren ihr die Ohrringe eingefallen, irgendwo mussten die sein, aber ihre Schuld war es ja nicht, dass man in diesem Zimmer keine Ordnung halten konnte. Und außerdem musste sie aufs Klo, weil sie immer noch mal ging, ehe sie das Haus verließ, zur Sicherheit und in ihrem Alter.

Trond war ihnen schon weit voraus, als Helga Tante Beate endlich an der Hand packte und energisch die Straße entlangzog. Würde das von nun an ständig so sein? Würde sich Helga nirgendwohin bewegen können, ohne dass die Tante an ihr klebte wie der zähe Lehm, der sich hier auf der Insel an die Gummistiefel heftete, bis man kaum mehr die Füße heben konnte?

Als sie endlich die Kirche erreichten, spielte die Orgel bereits das Präludium, und die gesamte Gemeinde saß in den Bänken, lauter ernsthafte Setersholmer, die Jesus liebten und deswegen irdische Freuden mieden.

»Das Leben ist kein Vergnügungspark«, pflegte Margit zu sagen. »Wir werden genug Freude erleben, wenn wir erst bei Ihm sind.«

Helga hoffte, ihre Schwiegermutter hatte recht, denn mittlerweile musste sie eigentlich einiges guthaben.

Nur in der Mitte waren noch Plätze frei. Wie überall auf der Welt saßen auch die Setersholmer am liebsten am Rand, damit man nach dem Gottesdienst schneller herauskam und nicht warten musste, bis dieser und jener seinen Mantel angetüttelt und seine Tasche gefunden hatte. Helga nickte entschuldigend, während sie sich möglichst unauffällig vorbeidrängelte, die Tante noch immer an der Hand.

»Guten Morgen«, sagte Tante Beate. »Vielen Dank. Also, was für ein herrlicher Tag!«

Der Pfarrer räusperte sich, und Helga zog die Tante neben sich auf die Bank.

»Still!«, zischte sie ihr zu, vor Eile und Verlegenheit ganz rot im Gesicht.

Im Gegensatz zu Helgas Familie war Tante Beate früher sehr religiös gewesen. Streng katholisch erzogen, kannte sie die Leidensgeschichte sämtlicher Heiligen: Foltermethode, Todesart und Wunder. Für jeden Tag gab es mindestens einen, und die Kinder hatten früher an ihren Lippen gehangen, wenn sie davon erzählte. Sie war an allen Wallfahrtsorten Deutschlands gewesen, besonders denjenigen der Jungfrau Maria, und einmal sogar in Lourdes, aber in dem Gedränge dort hatte man ihr die Handtasche geklaut.

In die Kirche zu gehen fand Tante Beate richtig schön. Interessiert schaute sie sich um. Ein bisschen klein war es hier und ziemlich karg. Es waren ja genug Leute da, aber offenbar spendeten die nicht anständig. Keine Seitenkapelle, keine Gemälde, kein Gold, nur ein lumpiger Jesus in der Apsis, leidend und alleine. Immerhin gab der Pfarrer sich Mühe, selbst wenn Tante Beate kein Norwegisch verstand. Mit großem Ernst sprach er ein paar Worte, dann lächelte er milde und zeigte auf die Anzeigetafel für die Gesangbuchlieder. Die Gemeinde erhob sich und begann zu singen.

Du liebe Güte, die Leute mochten vielleicht Knauser sein, aber singen konnten sie. Tante Beate war von zu Hause einen dünnen Gesang gewohnt, der ohne die Hilfe der Orgel rasch versickert wäre. Aber hier kannten alle die Melodie und sogar den Text. Die schlugen nicht einmal die Gesangbücher auf, nein, standfest sangen sie Strophe um Strophe.

Das war wirklich wunderschön.

Es erinnerte Tante Beate an die Zeit, in der sie selbst noch im Kirchenchor gesungen hatte.

Auch Helga fand den Teil mit dem Singen am besten, besser auf jeden Fall als die Predigt. Im Grunde handelte der gesamte Gottesdienst nur von Schuld. Von Schuld und von Sühne, aber es gab immer mehr Schuld als Sühne, wie ein ewig unausgeglichenes Bankkonto. Das war gesungen eher zu ertragen, als wenn man nur zuhörte, und nach zehn Jahren kannte selbst Helga die meisten Choräle und schmetterte ihre Schuld laut heraus.

Da merkte sie plötzlich, dass Tante Beate neben ihr unruhig wurde. Sie war erst sitzen geblieben, doch jetzt stand sie auf und straffte die Schultern. Und dann begann auch sie zu singen.

»Ave Maria, gratia plena«, sang sie. »Maria, gratia plena. Maria, gratia plena!« Das war schon immer ihr Lieblingslied gewesen.

Tante Beates Stimme war zittrig und dünn, aber sie drang schrill durch den Choral. Ein Misston fehlgeleiteten Glaubens. Einer nach dem anderen verstummten die Setersholmer und starrten stattdessen Tante Beate an. Ein katholisches Lied hatte man hier noch nie gehört. Latein sowieso nicht. Aber dass Maria nicht in eine protestantische Kirche gehörte, das war ja wohl offensichtlich.

Trond stieß Helga mit dem Ellbogen an. »Mach, dass sie still ist!«, wisperte er.

Tante Beate hielt die Augen geschlossen und sang voller Hingabe. Selbst wenn sie nicht ganz den Ton traf, so war sie doch als Einzige hier mit Helga verwandt. Unmöglich konnte Helga sie allein lassen. Wie die Tante schloss sie die Augen.

»Ave Maria, mater dei«, sang sie. Erst vorsichtig, dann mit immer mehr Selbstvertrauen.

Tante Beate hatte einen rostigen Sopran, Helga einen kräftigen Alt. Zusammen füllten ihre Stimmen die Kirche mit purer katholischer Freude.

Kapitel 11

Helga konnte sich nicht erinnern, Trond je mit Absicht gegen sich aufgebracht zu haben. Unabsichtlich geschah es die ganze Zeit, und jedes Mal tat es ihr schrecklich leid. Doch heute bereute sie nichts. Helga fühlte sich großartig. Daran konnten auch die mitleidigen Blicke der Setersholmer nichts ändern – da hat sie nicht nur eine durchgeknallte Tante, jetzt wird sie selbst noch meschugge, schienen sie zu sagen – und auch nicht ihre Schwiegermutter, die die Lippen zusammenpresste und ohne ein weiteres Wort nach Hause ging. Keine sonntägliche Einladung zum Essen heute, nicht einmal ein Gruß. Selbst Trond änderte nichts daran, obwohl er im Gegensatz zu seiner Mutter sehr viel redete und dazu sehr laut.

»Mich vor meiner gesamten Familie so zu blamieren!«, brüllte er. »Erst kommst du zu spät, und dann benimmst du dich schlecht. Deine Tante ist vielleicht verrückt, aber ich dachte, wenigstens du hättest ein bisschen Verstand. Am liebsten würde ich dich hinschicken, wo du herkommst, dich und diese debile alte Schachtel gleich dazu. Wagt es nicht, noch einmal in unserer Kirche aufzukreuzen, ihr beiden, oder ich schmeiße euch eigenhändig raus!« Und so weiter und so fort.

Helga duckte sich. Früher oder später gingen Trond sowieso die Worte aus, aber bis dahin musste man sich aus

83

seiner Reichweite halten. Dann schlug er für gewöhnlich irgendwann die Türe hinter sich zu und stapfte davon. Manchmal fuhr er mit dem Boot nach Tingnese, doch meistens ging er einfach nur die paar Meter bis zu seiner Mutter.

Auch heute krachte endlich die Haustür hinter ihm ins Schloss, und im Haus wurde es plötzlich still bis auf das Pling der Mikrowelle.

»Ah, Mittagessen fertig«, sagte Tante Beate erleichtert. »Ich finde, dein Mann hat schlechte Manieren. Vielleicht sollte ich einmal mit seiner Mutter sprechen.«

Am nächsten Morgen gingen sie zu zweit zum Strand hinunter, Tante Beate im Morgenmantel und Helga in einer alten Strickjacke und mit Gänsehaut an den Beinen. Unter der Jacke trug sie ihren alten Badeanzug, den sie damals noch zusammen mit der Mutter gekauft hatte, sechzehn oder siebzehn Jahre alt war sie da gewesen. Jetzt war das Ding ausgeleiert und hing an den Brüsten und zwischen den Beinen durch. Oder vielleicht war Helga geschrumpft? Von ihrer achtzehnjährigen Rundlichkeit war nicht mehr viel übrig. Im Gegenteil, sie war mager und hart geworden, so als gestattete sich ihr Körper nichts Überflüssiges mehr, keinen Luxus. Der Badeanzug warf Falten um den Hintern wie die Haut bei einem kranken Schwein. Doch außer der Tante sah sie ja niemand. Entschlossen streifte Helga die Strickjacke ab, schlüpfte aus den Gummistiefeln und lief ihrer Tante hinterher, die bereits bis zur Taille im Wasser stand und sich nun endgültig hineingleiten ließ.

Das Wasser war so kalt, dass es Helga fast zerriss.

Während Tante Beate mit festen Zügen um sie herum schwamm, hüpfte Helga auf und ab und schnappte nach Luft. Sie spürte ihre Beine nicht mehr.

»Sei nicht so zimperlich! Du machst Wellen«, sagte Tante Beate streng. »Du musst doch zugeben, es ist herrlich, oder?«

Aber Helga fand es kein bisschen herrlich. Es war fürchterlich.

Hinterher allerdings, da musste sie ihrer Tante recht geben, prickelte die Haut angenehm. Außerdem war es besser, im Wasser gewesen zu sein, als im letzten Moment zu kneifen. Bibbernd stand Helga am Ufer und sah über das Meer, das in der Morgensonne glänzte. Ein leichter Wind kräuselte die Oberfläche, und weit entfernt, schon fast im Dunst, folgte ein Frachtschiff dem Horizont. Ja, es fühlte sich gut an.

»So ein Morgenbad belebt Geist und Körper«, stellte Tante Beate fest.

Nur leider war gerade gar keine Zeit für belebte Geister. Helga musste an die Arbeit, je früher, desto besser. Sowieso war Trond schon wieder böse, wegen des Frühstücks, das es zehn Minuten später gab, oder weil Helga und die Tante so vergnügt ins Haus zurückkamen oder was auch immer.

»Wir haben einen Gast. Um den muss ich mich doch kümmern«, erklärte Helga begütigend.

»Die da ist kein Gast«, schnaubte Trond. »Die ist im besten Fall ein Unglück. Ein pensionierter Troll. Mach, dass du loskommst! Es gibt weiß Gott genug zu tun.«

Doch wer konnte wissen, was Tante Beate in der Zwischenzeit anstellen würde, den ganzen Tag alleine zu Hause? Vielleicht ging sie wieder baden? Die Tante schien überhaupt kein Gefühl für Kälte zu haben. Wie leicht konnte sie Krämpfe in den Beinen bekommen und ertrinken. Oder sie fand den Weg zurück zum Haus nicht, irrte den restlichen Tag in ihrem nassen Badezeug herum und holte sich eine Lungenentzündung. Oder sie fingerte an Tronds Stereoanlage herum, und dann wäre sie letztendlich genauso tot.

Am Ende nahm Helga die Tante mit. Was blieb ihr anderes übrig? Statt Schweinen war Trond vor ein paar Jahren auf Hühner umgestiegen, aber nach wie vor lag der Stall auf der anderen Seite der Insel. Unmöglich konnte Helga zwischendurch nach Hause kommen, um nach der Tante zu schauen. Zu laufen war es ein ganzes Stück, und den Traktor hatte Trond.

»Beeil dich! Wir sind spät dran«, sagte sie.

Doch Tante Beate konnte sich einfach nicht beeilen. Sie bewegte sich nicht einmal in normalem Tempo, nein, sie trödelte hinter Helga her und guckte hierhin und dorthin. Auch als Helga sie an die Hand nahm, gab es noch tausend Dinge, die die Tante genauer sehen wollte. Das Meer. Und die Schafe von Tronds Cousin Einar Setersholm. Und die Schafe von Cousin Stein Setersholm.

»Hier auf der Insel heißen alle Setersholm«, erklärte Helga. »Nur du und ich, wir heißen anders.«

Tante Beate hörte mit einem höflichen Lächeln zu, doch dann vergaß sie es sofort wieder, denn jetzt kamen die Schafe von Onkel Roald Setersholm. Die Lämmer waren erst ein paar Wochen alt und hüpften über die Weide oder standen unter ihren Müttern, um mit kreiselnden Schwänzen zu saugen.

»Lauf endlich!«, schimpfte Helga.

Aber nun kam ein Boot. Ein alter Zweitakter, der vom Fischen zurücktuckerte, mit einer kreischenden Wolke von Möwen über sich. Tante Beate sah ihm nach, bis er um die nächste Landzunge verschwand.

»Vielleicht können wir heute Mittag Fisch essen?«, schlug sie vor.

Helga zog an ihrer Hand. »Komm!«, drängte sie. »Merkst du nicht, dass wir es eilig haben? Ich habe keine Zeit, hier im kalten Wind zu stehen und auf dich zu warten.«

Sie zerrte Tante Beate hinter sich her. Schafe und Boote würde die Tante auf dieser Insel noch genug sehen.

»Pass auf, wohin du die Füße setzt«, sagte sie nur knapp. »Die Stelle hier ist sumpfig.«

Als sie endlich bei den Hühnern ankamen, war Tante Beate müde und außer Atem, und an ihren Schuhen klebte Dreck. Natürlich war es vorhin unmöglich gewesen, Gummistiefel anzuziehen, viel zu hässlich, und jetzt waren die guten Halbschuhe ruiniert. Tante Beate versuchte, sie an einem Grasbüschel abzustreifen, und verschmierte den Matsch bis zu den Strümpfen. Mit schlechtem Gewissen sah Helga sich um. Sie hatte die Tante nicht alleine zu Hause lassen wollen, aber was sie hier mit ihr anfangen sollte, so weit hatte sie nicht gedacht.

»Vielleicht setzt du dich am besten ins Büro«, schlug sie vor.

Ein Büro in dem Sinne war es sowieso nicht. Nur ein abgetrennter Verschlag, in dem ein Tisch, ein Stuhl und ein Wasserkocher standen. Auf einem Regalbord lagen ein paar Aktenordner mit Futterrechnungen. Die Luft war von dem Geruch nach Hühnerkacke gesättigt, Ammoniak, der in den Augen und in der Nase brannte. Doch für den Augenblick konnte Helga nicht mehr für die Tante tun. Sie streifte sich den Overall über, der an einem Nagel hing, und griff nach der Schaufel.

»Warte hier!«, befahl sie.

Hühner waren Tronds neuer großer Traum: Sie würden ihn endlich reich machen, er musste nur einen vollautomatisierten Hühnerstall mit fünftausend Hennen bekommen. Er hatte sogar schon mit einem Kükenlieferanten in Arendal gesprochen. Einmal im Jahr wurden die alten Hühner nämlich geschlachtet, und dann brauchte man neue Küken für eine effektive Eierproduktion. Und fünftausend Küken, die gab es nicht einfach in Tingnese. Da musste man schon ein bisschen weiter fahren.

Leider hatten sie bislang nie Geld gehabt, um in ein neues Hühnerhaus zu investieren. Der Betrieb war immer noch in dem alten Gebäude der Schweinezucht, mit der sie es zwischen den Nerzen und den Hühnern versucht hatten. Aber Schweine, stellte sich heraus, waren viel zu empfindlich, um auf so engem Raum zu leben. Ständig war etwas. Sie bissen einander oder wurden krank oder traten sich tot oder gediehen aus sonst irgendeinem Grund nicht. Helga hatte vorgeschlagen, ein Gehege zu bauen, Platz war mehr als genug, und dann hätten die Schweine Auslauf gehabt. Doch Trond fand, dass Produktionstiere in den Stall gehörten und im Freien nichts zu suchen hatten. Daran zeigte sich wieder einmal, dass Helga eben keine Ahnung von Landwirtschaft hatte, sagte er, sonst wüsste sie, dass man jeden Meter, den diese Schweine liefen, mit zusätzlichem Futter bezahlen musste. Und wie sollte er dann mit den Schweinemasten in Dänemark konkurrieren?

Aus welchem Grund auch immer, die Schweinezucht warf nie wirklich etwas ab, und nach ein paar Jahren gab Trond auf. Seitdem hielten sie Hühner. Die hackten sich zwar gegenseitig und rupften einander die Federn aus, aber Eier legten sie trotzdem. Was wollte man mehr. Trond hatte in einem Teil des Stalles Nistkästen angebracht und auf der anderen Seite Sitzstangen. Am praktischsten wäre es natürlich gewesen, man hätte unter den Stangen noch einen Gitterrost verlegt, durch den der Hühnerkot fallen konnte, statt sich mit der Einstreu zu vermischen. Doch damals hatten sie leider überhaupt kein Geld gehabt und schon gar nicht für einen Rost. Da musste man die Streu eben ein bisschen häufiger wechseln, auf althergebrachte Weise, mit Schubkarre und Schaufel.

Damit war die Hühnerzahl durch die Menge an Hühnerkacke begrenzt, die Helga misten konnte. Und gerade heute lag sie weit hinter dem Zeitplan. Sie schaufelte und schaufelte und hatte ihre Tante über der gleichförmigen Arbeit völlig vergessen. Stechen, heben, kippen, die Gedanken wanderten nicht, sie hörten einfach ganz auf, bis Tante Beate im Stall auftauchte. Plötzlich stand sie da und starrte die fünfhundert Weißen Italiener an, die dicht an dicht kakelten und hackten und rupften. Ihr Blick wanderte von den Hühnern, die sich um die besten Nistkästen stritten (nach einem speziellen Auswahlverfahren, das nur die Hühner kannten), zu den dreckigen Sitzstangen und zu den Lampen, die von der Decke baumelten. Wenn man das ganze Jahr über Eier wollte, durfte es im Hühnerstall nie Winter werden. Deswegen hatte Trond seinerzeit die Fenster zugenagelt und Lampen aufgehängt. Zwölf Stunden Tag, zwölf Stunden Nacht, das ganze Jahr hindurch, bis auf die paar Tage zwischen dem Schlachten der alten Hühner und dem Einsetzen neuer Jungvögel. Da war es für kurze Zeit einfach immer Nacht. Jetzt fiel ein breiter Streifen Tageslicht durch die offene Stalltüre. Staub tanzte in den Sonnenstrahlen.

Tante Beate blinzelte. »Also, das hier ist schrecklich«, sagte sie mit Tränen in den Augen.

Für einen kurzen Moment war Helga überrascht. Es war lange her, dass sie sich Gedanken über die Hühner gemacht hatte. Immerhin waren Hühner besser als verzweifelte Nerze oder traurige Schweine. Einem Huhn war das meiste egal.

Nun ja, vielleicht auch nicht.

Die Hühner reckten die Hälse nach der Stalltüre, um ein bisschen Sonnenlicht zu erhaschen. Wahrscheinlich gefiel es den Hühnern in der Enge und dem Dreck und dem Gestank genauso wenig wie Helga, aber sie schaufelte weiter, sie hatte keine Zeit.

Tante Beate zog sie am Arm. »Wir müssen sie befreien!«

»Wie sollen wir das wohl machen?« Ungehalten schüttelte Helga Tante Beates Hand ab und schob die Schubkarre tiefer in den Stall, wo sie die dreckige Einstreu schon zu großen Haufen zusammengerecht hatte. Die Tante folgte ihr, gute Schuhe hin oder her, wahrscheinlich waren die sowieso hinüber.

»Wir nehmen sie mit! Wir lassen sie frei!« Tante Beate bückte sich und versuchte, ein paar Hennen nach draußen zu treiben. »Husch! Husch!«

Doch die Hühner verstanden nicht, was die unbekannte Frau von ihnen wollte. Sie gackerten nur ängstlich, rannten vor ihren wedelnden Händen zur Seite davon und stießen andere Hühner an, die ebenfalls zu gackern begannen. Der ganze Hühnerstall geriet in flatternde, gackernde Aufruhr.

»Da siehst du, was du angerichtet hast. Hühner sind zu doof für die Freiheit.«

»Du bist selber doof«, erwiderte Tante Beate beleidigt. »Dann müssen wir sie eben nach draußen tragen.«

In diesem Augenblick hörte Helga in der Ferne einen Traktor. Trond. Die meiste Zeit fuhr Trond mit seinem Traktor herum, außer an den Tagen, an denen Helga ihn wieder einmal reparieren musste. Helga fragte schon lange nicht mehr, was er eigentlich trieb. Und Trond fand, solange sie mit ihrer Arbeit, Eier sammeln und Mist schaufeln, sowieso immer hinterher war, brauchte sie sich gar nicht erst um anderer Leute Angelegenheit zu kümmern. Aber mittags, das wusste sie, aß er bei seiner Mutter, und danach kam er gewöhnlich bei der Hühnerfarm vorbei, um nach dem Rechten zu sehen. Er brachte Hühnerfutter hin und nahm die Eier mit, die bis dahin eingesammelt, gewaschen und aufgestapelt sein mussten.

Wenn Trond Tante Beate im Hühnerstall fand, würde es ein Riesentheater geben. Sie störte Helga bei der Arbeit und die Hennen beim Eierlegen, und sie konnte unbekannte deutsche Hühnerkrankheiten übertragen.

»Geh wieder ins Büro«, bat Helga. Sie warf einen gehetzten Blick zur Türe. »Trond kann jeden Augenblick hier sein.«

»Hast du etwa Angst vor ihm?«, fragte Tante Bea.

»Nein. Vielleicht. Na ja, er kann ziemlich böse werden.«

»Also, ich habe keine Angst!« Tante Beate stellte sich breitbeinig in die Türöffnung und breitete die Arme aus, um den Eingang zu versperren. »Soll er ruhig kommen!«, rief sie. »Ich werde dich beschützen!«

Der Traktor hielt auf dem Hof.

Im letzten Augenblick schnappte Helga sich ein Huhn und warf es Tante Beate in die Arme.

»Hier, nimm das! Da haben wir in jedem Fall schon einmal eines gerettet.«

Sie schob die Tante aus dem Stall und zurück ins Büro. Das Huhn protestierte kurz, aber dann war es still. Als Trond kam, war alles wieder wie sonst auch. Fünfhundert Weiße Italiener und seine Frau, von morgens bis abends. Trond war sich sicher, dass man die Arbeit auch in der Hälfte der Zeit erledigen könnte, man müsste sich halt besser ins Zeug legen. Er hatte alles ausgerechnet: Wenn Helga nur ein bisschen mehr guten Willen zeigen würde, dann könnte man in diesem Stall auch siebenhundert Hennen unterbringen. Eine Steigerung von, Moment, vierzig Prozent. Man musste nur wollen.

Am späten Nachmittag holte Helga ihre Tante aus dem Büro. Tante Beate saß auf dem Stuhl mit dem Huhn auf dem Schoß. Beide waren eingedöst und blinzelten verschlafen, als Helga die Türe öffnete.

»Komm, wir setzten das Huhn jetzt zurück, und dann gehen wir nach Hause.«

Tante Beate richtete sich auf. »Auf keinen Fall kommt Mathilde zurück in den Stall!«

»Ach, Tante Beate, jetzt sei doch nicht bei allem und jedem so schwierig. Was sollen wir zu Hause mit einem Huhn?«

»Was sollst du mit mir zu Hause? Und trotzdem bin ich da. Wir werden beide in meinem Zimmer wohnen und niemanden stören.«

»Das geht nicht. Das musst du doch verstehen.«

»Aber ich habe es ihr versprochen. Sie ist meine Freundin.«

Tatsächlich schien das Huhn Zutrauen zu Tante Beate gefasst zu haben. Es hockte auf ihrem Schoß und pickte in aller Ruhe an seinen Federn herum, und als Tante Beate es unter dem Kinn streichelte, schloss es genussvoll die Augen.

»Siehst du?«, fragte Tante Beate. »Ich kann sie doch nicht einfach zurück in diese Hühnerhölle schicken.« Eine vorwurfsvolle Träne rollte über ihre Wange.

Helga gab auf. Den ganzen Tag lang hatte die Tante hier sitzen müssen, vielleicht war es verständlich, dass sie jetzt bockig war.

»Aber nur bis morgen«, sagte sie.

Tante Beate strahlte. Vergnügt schwatzend lief sie neben Helga her. Doch schon an der ersten Biegung drückte sie ihr das Huhn in die Hand.

»Kannst du das für mich tragen? Auf die Dauer wird es ganz schön schwer.«

Die Henne gluckerte kurz, aber dann fand sie sich damit ab, dass Helga sie unter den Arm klemmte. Den restlichen Weg drehte das Huhn den Kopf hin und her und betrachtete die Schafe von Onkel Roald, die Schafe von Cousin Stein und die von Cousin Einar und dann auch noch ein Boot, das langsam um die Ecke tuckerte, umschwärmt von einer Wolke Möwen.

Kapitel 12

Am nächsten Morgen wieder das gleiche Ritual: erst ein Morgenbad, kalt, schrecklich und prickelnd, und dann der Weg von der einen Seite Setersholms auf die andere, den Tante Beate mit aufreizender Langsamkeit zurücklegte.

»Es ist gar nicht gut für dich, wenn du dich so aufregst, Liebes«, sagte sie zu Helga. »Davon bekommt man nur Magengeschwüre und hohen Blutdruck, und die Hühner sind in fünf Minuten auch noch da. Außerdem ist es mir gegenüber nicht höflich. Ich bin deine Tante.«

Heute hatte sie eine leere Einkaufstasche dabei. Eine ihrer senilen Ideen, dachte Helga, die Tante schleppte ja ständig irgendetwas mit sich herum, und besser eine leere Tasche als eine mit lauter unnützem Zeug.

»Wir können unser Mittagessen hineintun«, schlug sie vor. »Ich habe uns heute belegte Brote mitgebracht, das wird fast wie ein Picknick.«

Widerspruchslos ließ sich Tante Beate auch diesmal im Büro plazieren, und als Trond seinen mittäglichen Besuch absolviert hatte, packten die beiden Frauen die Tasche aus und vesperten draußen in der Sonne auf einem großen Stein. Offensichtlich waren sie nicht die Ersten, die auf diese Idee gekommen waren. In den Fels hatten die ersten Siedler der Insel Zeichnungen von Booten und

Sonnen geritzt, Grüße aus dem Steinzeitalter. Über ihnen kreiste ein Fischadler, sonst war es still und friedlich. Der Stein unter ihnen war warm und einladend. Helga lag auf dem Rücken und sah in den Himmel, der sich zwischen den flachen Schären aufspannte. Es kam selten vor, dass Helga nur zum Vergnügen im Freien war. Immer gab es einen Weg von hier nach dort, immer etwas zu misten, zu tragen oder zu räumen. Sowieso war sie die meiste Zeit im Stall. Helga streckte sich. Die ersten Strandnelken blühten, und überall waren Vogelpaare eifrig mit der Familiengründung beschäftigt. Apropos Eier – die Hühner! Helga rappelte sich auf. Sie war noch lange nicht fertig mit der Arbeit.

»Weißt du was?«, murmelte Tante Beate schläfrig, »Ich bleibe noch ein bisschen hier. Also, in deinem Büro ist es doch ziemlich muffig. Karl mag den Geruch nicht.«

»Aber versprich mir, dass du nirgendwo hingehst. Nicht, dass ich dich hinterher suchen muss.«

Die Tante hielt es unter ihrer Würde zu antworten. Vielleicht war sie auch schon eingeschlafen.

Doch später, als die Sonne endgültig weitergewandert war und das Tal und der Hühnerstall im Schatten lagen, kam sie herein. Sie stand hinter Helga und sah zu, wie ihre Nichte die letzten Handgriffe des Tages tat, Futter verteilte, Schubkarre und Schaufel in den Verschlag brachte und dort auch gleich den Overall auszog.

»Komm, wir gehen.«

Helga hielt der Tante die Stalltüre auf, den Schlüssel schon in der Hand. Im letzten Moment schnappte Tante Beate nach einem Huhn und drückte es an ihre Brust.

»Das ist Mechthild.«

»Oh, nein. Auf keinen Fall! Du hast schon ein Huhn, erinnerst du dich nicht?«

Doch Tante Beate stopfte das widerstrebende Huhn
einfach in die leere Einkaufstasche und hängte sie Helga
über die Schulter.

»Eben drum. Ein Huhn allein ist zu einsam«, erklärte sie.

Von nun an wohnte Tante Beate zusammen mit zwei Hühnern im Keller. Es war alles andere als praktisch. Die Hühner kackten überall hin und legten ihre Eier zwischen
Tante Beates Kleider, und die ganze Zeit musste Helga aufpassen, damit Trond nichts merkte, der ja von vornherein
keinen großen Sinn für Humor hatte. Die Tante hatte er
widerwillig akzeptiert, aber die beiden Hühner würden
das Fass bestimmt zum Überlaufen bringen, noch dazu,
da es seine eigenen waren.

Andererseits war Tante Beate nun tagsüber beschäftigt,
und Helga musste sie nicht mehr über die Insel treiben
wie eine fußlahme Kuh. Sie war zum Oberhuhn zweier
Weißer Italiener avanciert, Mathilde und Mechthild. Jeden Morgen folgten sie der Tante, wenn diese zusammen
mit Helga ihr Meerbad nahm. Nervös trippelten die Hühner am Ufer auf und ab, bis sie ihre Sorgen vergaßen und
stattdessen im Tanggürtel zu scharren begannen. Den
restlichen Tag gruben sie im Gemüsebeet, während Tante
Beate ihnen zusah und dabei strickte.

Helga bemühte sich wirklich um Geduld der Tante gegenüber, die ja nicht nur ihren Mann verloren hatte, sondern auch den größten Teil ihres Verstandes. Tante Beates
Gedanken nahmen mitunter verschlungene Wege, und
wenn Helga böse mit ihr wurde, verwirrten sie sich end-

gültig. Dann weinte die Tante und musste sich hinlegen,
bis sich die Welt um sie herum wieder einigermaßen ge-
ordnet hatte. Freundliche, ruhige Worte – damit kam man
bei ihr am einfachsten zum Ziel. Doch an dem Tag, an
dem Helga nach Hause kam und die Hühner zum ersten
Mal in ihrem Gemüsebeet fand, war sie weder freundlich
noch ruhig. Nicht genug, dass die Tante sich ungebeten in
ihr Leben drängte, nur Arbeit machte sie, ein Klotz am
Bein war sie, nein, jetzt zerstörte sie auch noch Helgas ge-
liebten Garten, das einzige bisschen Schönheit auf dieser
von Salz und Wind verfluchten Insel. Helga wurde so wütend, dass die Tante sich in ihrem Zimmer versteckte und
nicht einmal herauskam, um aufs Klo zu gehen, und Helga
am nächsten Morgen das Bett frisch beziehen musste.
Nicht nur das Gemüsebeet hatten die Hühner verwüstet.
Auch die Blumen. Sogar die Johannisbeersträucher waren
zerrupft. Im ganzen Garten waren sie gewesen. Ihr Garten!
Ihr schöner Garten!

Helgas Garten lag an der Südseite des Hauses, zum Meer
hin mit einer hüfthohen Mauer abgeschirmt, sorgfältig in
Beete unterteilt und gejätet. Niemand sonst auf Setersholm hatte einen Garten. Der Aufwand lohnte einfach
nicht, das wusste doch jeder, auf jeden Fall, wenn er hier
geboren war. Gärten, das war etwas für verwöhntes Fest-
land-Volk, für Leute, die sich hinter Bergen und in Buch-
ten versteckten, anstatt Wind und Wetter zu trotzen. Wenn
man auf einer Schäre vor der Küste leben wollte, durfte
man nicht von Bäumen und Blumen träumen. Aber so war
das eben mit Fremden, die hielten hoffnungslos an ihrem
alten Leben fest.

Merkwürdig genug war der Garten Margits Idee gewesen. Das war kurz nach Helgas zweiter Fehlgeburt. Helga saß damals den ganzen Tag auf einem Stuhl und sah aus dem Fenster. Sobald sie mit der Arbeit bei den Schweinen fertig war – wie sie die Schweine damals hasste, die doch gar nichts dafürkonnten –, setzte sie sich auf ihren Stuhl und sah aus dem Fenster, nicht auf der Meerseite, sondern aus dem Küchenfenster auf den Schotterweg hinaus und die schmutzig braunen Wiesen dahinter. Bis sie sich irgendwann ins Bett legte und stattdessen in die Dunkelheit starrte. Es war schon nach Ostern. Die Tage wurden rasch länger, und selbst wenn der Wind noch kalt und schneidend war, brachte er vom Festland den Geruch nach feuchter Erde mit sich und nach Gülle, die die Bauern auf die Felder fuhren. Die ganze Natur fieberte dem Frühjahr entgegen, bereit aufzubrechen, endlich loszulegen. Aber Helga war es gleichgültig. Sie aß nicht, und sie schlief nicht, und von ihr aus konnte es gern Winter bleiben.

Bis Margit eines Tages fand, jetzt sei es genug. Man durfte gut einmal traurig sein, der Herr prüfte einen oft, aber das war kein Grund, sich so gehenzulassen. Eines Abends im Mai stand sie plötzlich vor Helgas Türe, einen Spaten und eine Hacke in der Hand.

»Zieh dir eine Jacke an und komm mit nach draußen!«, befahl sie.

Mit dem Spaten stach sie an der Südwand des Hauses einen Streifen Wiese um, sammelte die Grassoden heraus und lockerte und ebnete die Erde. Dann zog sie ein Tütchen Radieschensamen aus der Tasche, legte die Samen in eine flache Furche, schob anschließend die Erde wieder zusammen und klopfte sie fest, während Helga fröstelnd zuschaute.

»So, täglich gießen, wenn es nicht sowieso regnet, und gut drauf aufpassen. Du wirst schon sehen: Das Leben geht weiter. Gottes Wunder geschieht jedes Jahr wieder«, sagte Margit, nahm Hacke und Spaten und ließ Helga einfach stehen.

Was sollte Helga mit Radieschen? Das war doch nur eine neue Methode der Schwiegermutter, sie zu schikanieren. Margits frömmelnder Quatsch, wie dieses Gleichnis über einen Senfsamen. Das Gras hatte Helga viel besser gefallen als dieser Streifen offener, schutzloser Erde neben dem Haus. Und trotzdem, wenn Helga nun am Fenster saß, wanderten ihre Gedanken immer wieder nach draußen, und als sie nach ein paar Tagen nachschaute, waren tatsächlich eine Reihe kleiner Pflänzchen gewachsen, jedes mit zwei herzförmigen Blättchen. Wie Radieschen sah das nicht aus. Aber nach einer Woche kamen neue Blätter dazu, länglich und etwas behaart. In dem scharfen Wind, der von Westen blies, bogen sich die zarten Pflanzen fast zu Boden. Helga suchte Steine zusammen und baute notdürftig einen Windschutz. Ja, besser. Suchend sah sie sich nach weiteren Steinen um. An denen herrschte Gott sei Dank kein Mangel auf Setersholm. Die Mauer musste länger werden und vor allem höher, dann konnte Helga mehr Wiese umstechen und das Beet vergrößern. Ach, es tat gut, an der frischen Luft zu sein! Der Abend war hell und klar, und an den Krüppelbirken schwollen die Knospen.

Dies war der Anfang von Helgas Garten gewesen. Na ja, eher ein Gärtchen, und ein ständiger Wettkampf zwischen ihr und der Nordsee. Der Wind und die Salzgischt auf Setersholm machten den meisten Pflanzen leider den Garaus, zumal bei einem Grundstück so nah am Wasser. Es war auch das erste Mal, dass Margit und Helga so etwas wie Freundlichkeit füreinander aufbrachten. Eine Art Waffenruhe, streng beschränkt auf Gartenanbau. Immer wieder einmal fand Helga Samentütchen auf ihrem Küchentisch, die Margit Trond mitgegeben hatte. Oft genug vergaß Trond sie auch, und Helga fand sie erst nach der Wäsche in seinen Hosentaschen. Und das erste Radieschen, klein und holzig, aber außen rot und innen weiß, überreichte Helga stolz ihrer Schwiegermutter.

»Johannisbeeren«, erklärte Margit. »Schwarze Johannisbeeren halten viel aus. Als ich noch ein Kind war, hatten wir Johannisbeeren im Garten. Rote und schwarze. Ich werde sehen, ob ich nicht irgendwo ein paar Sträucher auftreiben kann. Und Rhabarber. Als Kinder stippten wir die Stengel in Zucker und aßen sie roh. Und Apfelbäume hatten wir. Viele Apfelbäume.« Ein Lächeln glitt über Margits Gesicht, erlosch aber sofort wieder.

Tante Beates Hühner fielen über den Garten her, als wäre es das einzig Grüne auf ganz Setersholm. Selbst die Johannisbeeren rissen sie vom Strauch, obwohl sie noch grün und unreif waren. Nur den Rhabarber ließen sie stehen, der war offensichtlich zu sauer.

Innerhalb von zwei Tagen waren die Beete vollständig verwüstet, und Helgas Verbitterung schlug in Resignation um. Gegen die See und das schlechte Wetter hatte sie den Garten jahrelang verteidigt, aber gegen die Hühner war sie machtlos. Auf jeden Fall solange sie den ganzen Tag auf der anderen Seite der Insel arbeiten musste und die Tante alleine zu Hause blieb. Immerhin wirkten die beiden Hennen sehr vergnügt, wie sie in der lockeren Erde scharrten und gruben. Und auch Tante Beate war zufrieden. Sobald sie sich von Helgas heftigem Ausbruch wieder erholt hatte – »Also wirklich, Helga, *ich* habe doch nichts falsch gemacht. Das waren Mathilde und Mechthild.« –, saß sie wie eine stolze Mutter auf dem Spielplatz an der Südwand im Windschatten, bis sie abends mit den Hühnern zusammen im Gästezimmer verschwand.

Nur einmal, als Helga in den Keller kam, um der Tante gute Nacht zu sagen, fand sie sie weinend.

»Wo bleibt Karl? Ich vermisse ihn so sehr.«

Helga wollte schon sagen: Karl ist tot. Erinnerst du dich denn nicht? Tante Beate musste doch endlich begreifen. Jeder musste lernen, sich abzufinden. Helga, zum Beispiel, hatte gerade ihren Garten verloren, nur wegen zwei blöden Hühnern. Aber dann brachte sie es doch nicht über das Herz. Die Tante sah so klein und verlassen aus in ihrem Kellerbett, die Decke raufgezogen bis zum Kinn und die Augen rot und verweint. Helga streichelte Tante Beate über die feuchte Wange, gab ihr ein Küsschen auf die andere und lächelte. Die Tante hatte doch sonst niemanden mehr auf dieser Welt.

»Er kommt bestimmt, sobald er kann«, sagte Helga. Dann setzte sie Mechthild und Mathilde ans Fußende des Bettes. »Jetzt schlaf gut. Ich mache das Licht aus.«

»Nichts wärmt die Füße so gut wie zwei Hühner«, verkündete Tante Beate aus der Dunkelheit, gleich wieder froh. »Ich glaube nämlich, dass du dich irrst. Also, es kann unmöglich schon Mai sein, so kalt, wie es draußen ist.«

Ein paar Tage später hatten die Hühner plötzlich Kleider an. Mit gelben Mützen und gelbem Schal standen sie morgens am Strand und betrachteten einander verwundert. Helga erinnerte sich, dass Tante Beate sie neulich nach Wolle gefragt hatte, und ein gelbes Knäuel war alles gewesen, was sie gefunden hatte. Jetzt trugen die beiden Hennen dotterfarbene Eierwärmer auf dem Kopf, und die Schals waren sorgfältig um ihre Hälse geknotet, damit sie nicht verlorengingen. Die Fransen an den Schalenden flatterten leicht in der Morgenbrise, wie auf einem Werbefoto.

Sie sahen schick aus. Nur leider hatte Tante Beate nun niemanden mehr, den sie bestricken konnte. Als Helga sich auf den Weg zur Hühnerfarm machte, folgte Tante Beate ihr, in der Hand eine leere Tasche. Am Abend hatten sie ein weiteres Huhn gerettet. Blieben nur noch vierhundertsiebenundneunzig.

Kapitel 13

Mit der Zeit wurde es eng in dem Kellerraum. Nicht sofort. Doch sobald Tante Beate mit einem Set Mütze und Schal fertig war, brauchte sie ein neues Huhn.

Als es zehn Stück waren, versuchte Helga, ein Machtwort zu sprechen. »Ich habe eine Menge Neffen und Nichten. Willst du nicht für die etwas stricken?«, schlug sie vor.

»Nein, will ich nicht«, sagte Tante Beate. »Diese Hühner waren noch nie zuvor draußen. Die haben ja nicht einmal das Tageslicht gesehen. Sie sollen die Freiheit willkommen heißen, nicht frieren.«

Das gelbe Knäuel war inzwischen aufgebraucht, und im Coop von Tingnese gab es nur wenig Auswahl. Tante Beate stand lange vor dem kleinen Regal und überlegte, Blau oder Rosa, Rosa oder Blau, bis Helga schließlich ungeduldig drängte. Immer wieder nahm sie sich vor, freundlich zu sein. Es war so leicht, die Tante froh zu machen, und genauso leicht konnte man sie kränken. Aber am Ende war Helgas Eile dann doch wieder größer als ihre Geduld.

»Den Hühnern ist es doch völlig egal, was für eine Farbe du nimmst.« Sie drückte Tante Beate das blaue Knäuel in die Hand und schob sie zur Kasse. »Nun mach schon. Trond braucht den Traktor.«

Doch auf der Rückfahrt stellte sich heraus, dass Tante Beate die rosa Wolle ebenfalls mitgenommen hatte. Sie steckte in ihrer Manteltasche.

»Du brauchst gar nicht so zu gucken. Du hattest keine Zeit, und ich hatte kein Geld«, sagte sie trotzig.

»Wir haben nur für ein Knäuel bezahlt. Das andere hast du gestohlen«, erwiderte Helga streng.

In Tante Beates Augen flackerte es schuldbewusst. »Du verrätst mich doch nicht?«

»Wir müssen es zurückgeben oder bezahlen. Weißt du eigentlich, wie peinlich das für mich ist?« Helga warf einen ärgerlichen Blick auf die Uhr und wendete den Traktor.

»Aber du verrätst mich nicht?« Tante Beates Stimme zitterte. Es kam nicht oft vor, dass Helga wirklich böse mit ihr war. »Bitte!«

»Also gut. Von mir aus sage ich, es war ein Missverständnis.«

Zum Glück war die Chefin im Coop eine freundliche Frau. Die würde ihr die Lüge vielleicht sogar glauben.

»Danke.« Tante Beate schmiegte sich an ihre Nichte und zupfte zärtlich an Helgas Haaren. »Ich weiß, ich bin eine nutzlose alte Frau. Und du bist so lieb zu mir.«

Helga griff nach Tante Beates Hand und drückte einen schnellen Kuss darauf.

»Aber nur dieses eine Mal«, sagte sie streng.

Am nächsten Morgen war Tante Beate schon wieder ganz obenauf. Es war Sonntag, aber da Helga und die Tante aus der Kirche verbannt waren, saßen sie noch immer beim Frühstück. Tante Beate zählte die Maschen für eine neue, rosa Garnitur.

»Vielleicht könnte ich ja auch Mütze und Schal für dich stricken? Gefällt dir Blau?«, überlegt Tante Beate. »Dann könnten wir von hier weggehen und selbst in Freiheit leben.«

»Ja, ja, vielleicht. Irgendwann. Es eilt ja nicht.«

»Was eilt nicht? Die Mütze oder die Freiheit?«

Helga goss sich Kaffee nach. Schon oft hatte sie daran gedacht, Trond zu verlassen. Einfach die Schaufel in die Ecke stellen und gehen. Doch mit jedem Jahr, das sie blieb, fiel es ihr schwerer, sich etwas anderes vorzustellen. Was sollte sie auch sonst machen? Sie hatte kein eigenes Geld. Keine Ausbildung. Auch nicht sehr viel Mut. Nicht mehr. Das Einzige, was sie derzeit besaß, war eine alte Tante, und die würde kein großes Einkommen generieren. Um ehrlich zu sein, der Besitz einer alten Tante hatte die Dinge nicht gerade vereinfacht.

»Dir wird schon etwas einfallen«, antwortete Tante Beate auf Helgas Schweigen. »Und sobald Karl kommt, wird sowieso alles gut.«

»Ja, Liebe, das dauert sicher nicht mehr lange.«

Kapitel 14

Allmählich wurde es Juni und damit Sommer, auf die kühle, verhaltene Art, auf die es hier Sommer war. Am Strand wuchs ein Haufen aus altem Plunder, der das Johannisfeuer zum Mittsommernachtsfest werden sollte. Jedes Jahr benutzten die Setersholmer diese Gelegenheit, ihren Müll loszuwerden, alte Türen, Bretter mit Farbe, ein durchgesessener Sessel, alles zur Ehre Jesu und seines Propheten Johannes. Jeden Morgen, wenn die beiden Frauen baden gingen, besichtigte Tante Beate interessiert die Fortschritte, und ab und zu suchte sie etwas heraus, das ihr noch brauchbar erschien.

Inzwischen hatte die Tante fünfzehn Hühner in Kost und Logis. Helga hatte es schon lange aufgegeben, sich alle Namen zu merken. Mathilde, Mechthild, Melissa, Melinda, Maria, Marion, Monika, Magdalena, Mildred ... Wenn ihre Namen wenigstens nicht alle mit M anfangen würden.

»Also, die Namen sind nicht so wichtig«, sagte Tante Beate. »Ich bezweifle, dass die Hühner sie selbst kennen.«

Ihr Zimmer war unglaublich schmutzig, egal, wie viel Helga dort putzte. Überall Federn und Kot und zerbrochene Eier. Tante Beate konnte einfach nicht aufpassen. Außerdem wurde es immer schwieriger, die Hennen rechtzeitig ins Haus zu schaffen, ehe Trond abends nach Hause kam. Um diese Jahreszeit wurde es kaum noch dunkel, und nachdem die Hühner so lange drinnen gelebt hatten, waren sie nicht gerade kompromissbereit. Helga musste sie unter Büschen und Sträuchern suchen, vor dem Haus, hinter dem Haus und drüben beim Nachbarn, immer mit einem Ohr zum Kai hin lauschend, ob Tronds Boot schon zu hören war. Zum Glück hatte Trond eine neue Freundin. Selten kam er vor elf vom Festland zurück. Doch häufig genug wurde die Zeit trotzdem knapp. Besonders ein Huhn machte ständig Ärger, wollte sich nicht fangen lassen, lief gackernd davon oder versteckte sich im Gebüsch, wo es so still saß, dass Helga fast darauftrat, ehe sie es sah. Obwohl es lächerlich war, bei Hühnern überhaupt von Intelligenz zu sprechen, war dieses Huhn vielleicht ein kleines bisschen schlauer als die anderen. Manchmal hatte Helga das Gefühl, es beobachte sie. Es drehte den Kopf zur Seite und richtete ein Auge auf sie, lange, bis es plötzlich davonstolzierte, leise gluckernd, als lache es vor sich hin.

»Ach«, sagte Tante Beate, »Das ist Marion. Siehst du, die hat so einen zerfetzten Kamm, und der Kinnlappen ist ganz schartig. Eine echte Kämpferin. Die habe ich genommen, weil sie mich ein bisschen an dich erinnert: genauso tapfer und genauso stur. Findest du nicht, Liebes?«

»Nein, finde ich nicht. Aber wenn Trond hier ein Huhn findet, egal welches, ist der Teufel los. Am besten, du nimmst schon mal die anderen Hühner und gehst ins Bett. Du liebe Güte, schon halb elf!«

Doch soviel Helga an jenem Abend auch suchte, das Huhn Marion war und blieb verschwunden. Alle paar Minuten kam Tante Beate aus dem Keller herauf, um beim Suchen behilflich zu sein, jedes Mal gefolgt von ihrer Hühnerschar, die auch noch einen kleinen Abendspaziergang machen wollte. Und jedes Mal scheuchte Helga alle zusammen wieder die Treppe hinunter, von Mal zu Mal ungeduldiger und verzweifelter. Schließlich gab sie auf. Besser, sie war ebenfalls im Bett, wenn Trond nach Hause kam. Wie hätte sie ihm auch erklären sollen, warum sie mitten in der Nacht noch draußen war? Die Geschichte von einem versteckten Huhn hätte Trond ihr wahrscheinlich nicht geglaubt, was einerseits natürlich gut war. Aber andererseits hätte er sicherlich gedacht, das versteckte Huhn sei in Wirklichkeit ein versteckter Cousin oder einer der Tingneser Lackaffen, da konnte Helga sagen, was sie wollte. Alkohol und außerehelicher Sex waren Tronds Privilegien, damit nahm er es genau.

Unruhig lauschte Helga in die Dunkelheit, ob sie Tronds Außenborder hörte. Ja, das musste er sein, ein gutes Stück vom Ufer entfernt. Aber sie hörte auch noch ein anderes Geräusch. Ein leises Klopfen. An der Haustüre. Da, jetzt wieder.

Als Helga die Türe öffnete, stand dort das Huhn im Windfang. Müde und plötzlich sehr allein hatte es sich in der zunehmenden Dunkelheit auf die Suche nach seinen Kameraden begeben und an der Türe gepickt. Widerstandslos ließ es sich von Helga hochnehmen. In dem Moment stieß Tronds Boot ans Ufer. Nachlässig warf er die Leine über den nächsten Poller und stapfte zum Haus hinauf. Jetzt im Juni waren die Nächte mild und die See glatt, da kam schon kein Boot weg. Helga stand im Nachthemd und mit Huhn unterm Arm im Eingang. Sie versuchte, die Henne hinter ihrem Rücken zu verstecken, aber Helga war zu schmal und das Huhn zu dick dazu.

Trond rülpste in die laue Sommernacht, dann blieb er stehen und nestelte an seinen Kleidern. Nach so viel Bier musste er immer viel pissen, dringend sogar, aber der verdammte Reißverschluss klemmte schon wieder. Helga packte das Huhn und rannte die Kellertreppe hinunter in Tante Beates Zimmer. Die Tante schnarchte leise, und auch die Hühner hatten die Köpfe unter den Flügeln. In dem kleinen Zimmer war es gar nicht so einfach, für alle Platz zu finden. Abend für Abend gab es Gerangel um die besten Plätze. Die waren nämlich auf dem Fußteil des Bettes, das hatte genau die richtige Dicke als Sitzstange. Der Rest musste mit der Stuhllehne vorliebnehmen oder, noch schlimmer, im Regal schlafen. Helga setzte Marion – nein, sie weigerte sich, den Hühnern Namen zu geben, so tief wie die Tante war sie noch nicht gesunken –, also, sie setzte das Huhn auf den Boden und wollte die Türe schon erleichtert wieder schließen, da brach Streit aus. Marion, also das fünfzehnte Huhn, versuchte, sich zwischen die anderen Hühner auf dem Fußende zu drängen. Sie schlief immer dort, nicht umsonst hatte sie den Kamm voller Narben. Gluckernde Proteste wurden laut. Ein Huhn purzelte hinunter und flatterte verwirrt im Zimmer herum. Tante Beate wachte auf.

»Karl?«, rief sie. »Karl, bist du das?«

Dann schaltete sie das Licht an, und nun waren wirklich alle Hühner munter. Oha, wurden die Schlafplätze heute Abend noch einmal verteilt? Der kleine Kellerraum war voller Geschubse und Gegacker, bis Helga das Licht wieder ausschaltete. In der plötzlichen Dunkelheit verloren die Hühner die Orientierung, aber immerhin erinnerten sie sich daran, dass es Nacht war. Allmählich kehrte wieder Ruhe ein. Ein jedes setzte sich zurecht, wo es nun gerade war. Wenn man eh nichts sehen konnte, schlief man am besten. Das fand auch Tante Beate. »Nacht, Karl«, murmelte sie schläfrig.

Oben stieß Trond die Haustür auf und stolperte in den Flur.

»Helga!«, rief er. »Was ist denn das für ein Lärm?«

Helga kam die Treppe hinauf. Unauffällig wischte sie sich die letzten Federn vom Nachthemd.

»Das war nur Tante Beate. Sie hat schlecht geträumt.«

»Und da gackert sie wie ein Huhn?«

»Sie hat geweint.«

Trond rülpste noch einmal. Eigentlich war ihm die alte Frau total egal.

Bis zu Mittsommer ging alles gut. Die Hühner und Tante Beate waren normalerweise rechtzeitig im Bett und kamen niemandem in die Quere. Und obwohl natürlich ganz Setersholm wusste, was Tante Beate tagsüber so trieb, hatte niemand es Trond erzählt. Am besten, man mischte sich nicht in Dinge ein, die einen nichts angingen. Sogar Margit kniff nur die Lippen zusammen. Zwar empörte sie die Frivolität dieser Hühnermützen, Setersholm war doch kein Jahrmarkt, was sollten die Leute denken, gerade jetzt, wo sie die Brücke hatten, über die alle Tingneser ihre neugierigen Nasen strecken konnten, aber zu Trond sagte sie trotzdem nichts, denn selbst Margit wusste, wie leicht ihr Sohn die Beherrschung verlor.

Helga hätte sich gewünscht, dass das Feuer dieses Jahr ein bisschen weiter weg von ihrem Haus wäre. Tante Beate war in der letzten Zeit immer ungeduldiger geworden. Sie fragte nach Onkel Karl, und dann fragte sie gleich noch einmal. Und noch einmal. Und noch einmal. Es war nicht mehr so einfach, sie abzulenken. Sie regte sich über die geringsten Kleinigkeiten auf und mochte sich dann einfach nicht beruhigen. Am einfachsten war es mit ihr, wenn alles so war wie immer. Tage, die sich in nichts von dem vorherigen unterschieden. Hühner, die pickten, Wind, der wehte, und das gleichmäßige Schlagen der Wellen.

Doch die Setersholmer wollten ihr Feuer natürlich dort haben, wo es schon immer gewesen war. Es hätte auch niemand Lust gehabt, den ganzen Stapel mit Holz und Abfall, den sie seit Wochen gesammelt hatten, an einen anderen Platz zu tragen.

Am späten Nachmittag kamen die Kinder und grillten Würstchen auf Einweggrillen, die nachher ebenfalls auf den großen Haufen wanderten. Und als die Kleinsten ins Bett gebracht wurden, überredete Helga auch Tante Beate und die Hühner, schlafen zu gehen. Es war zwar erst sieben Uhr, aber Helga zog die Vorhänge zu und gab Tante Beate einen Kuss.

»Jetzt schlaf gut«, sagte sie. »Ich lege mich auch bald hin.«

Aber natürlich war sie stattdessen mit den anderen am Strand. Weihnachten und Sankt Johannis waren die einzigen Gelegenheiten, zu denen Jesus ein bisschen Aquavit auf Setersholm guthieß, und alle Setersholmer standen um das Feuer herum, das erst fürchterlich qualmte, aber dann doch ordentlich in Gang kam. Es roch nach verschmortem Plastik und verkohlten Würstchen, ganz so, wie es an Mittsommer zu sein hatte, und Onkel Roald schenkte Helga aus seiner Flasche nach, bis ihr ganz wirr und schwurbelig im Kopf wurde. Es war schon nach zehn, doch die Sonne stand noch immer zwei Handbreit über dem Horizont und wärmte einem den Rücken.

Dann, gegen halb elf, kam auch Tante Beate.

Wahrscheinlich war sie erst eingeschlafen, aber dann nach ein paar Stunden wieder aufgewacht. Die Sonne schien, und Tante Beate dachte, es sei bereits Morgen. Sie kam in Badeanzug und Bademantel zum Strand herunter, so wie jeden Tag. Doch als sie das Feuer sah und die vielen Menschen drum herum, die sie alle anstarrten, wurde die Tante unsicher. Sie trippelte auf und ab und blickte hilfesuchend zu Helga hinüber.

»Wo ist Karl?«, greinte sie. »Wo ist Karl?«

Helga legte ihr den Arm um die Schulter. »Komm!«, sagte sie. »Wir gehen zurück zum Haus. Vielleicht wartet Onkel Karl ja dort schon auf uns.«

»Glaubst du wirklich?«

»Wir gehen nachsehen, was meinst du?«

Bereitwillig wollte Tante Beate sich auf den Rückweg machen. Doch in diesem Augenblick trafen auch noch fünfzehn Weiße Italiener in Strickgarnituren ein, auf der Suche nach ihrem Oberhuhn.

Einen Moment lang war es still, dann begann der Erste zu lachen, und kurz darauf lachten alle zusammen. Es war aber auch wirklich zu komisch – die halbnackte alte Frau und fünfzehn Hühner in Kleidern!

Der Einzige, der nicht lachte, war Trond.

Trond hatte schon genug für Weihnachten und Mittsommer zusammen getrunken. Außerdem war er sauer, weil er seine Liebste heute nicht treffen konnte. Und jetzt lachte auch noch das ganze Dorf über ihn? Das war zu viel für einen Mann. Mit ein paar großen Schritten kam er herüber. Er riss Helga an den Haaren und weg von Tante Beate. Dann packte er die Tante und schüttelte sie, vor und zurück.

»Du alte Hexe!«, schrie er. »Kommst hierher, ohne eingeladen zu sein, und stiehlst auch noch meine Hühner! Du verdammte Hexe! Du verdammte Hexe!«

Auch Tante Beate schrie.

Hochrot im Gesicht schrie sie voller Angst. Schrie, bis sie plötzlich bleich wurde und ganz still. Lautlos sank sie zusammen. Sie rutschte Trond einfach aus den Händen und blieb zu seinen Füßen liegen. Ein kurzer Windstoß erfasste die Schöße ihres Morgenrocks, ehe auch die langsam zu Boden sanken wie zwei müde Flügel.

Keiner sagte ein Wort.

Man hörte das Feuer knistern. Alte Farbe warf zischend Blasen. Ein Kiefernbrett barst knackend und sprühte Funken. Die Hühner scharrten im Tang nach Käfern und Fliegenlarven.

Stumm sahen die Setersholmer Helga zu, die neben der Tante im Sand kniete und versuchte, ihr einen Schluck Schnaps einzuflößen. Trond trat unbehaglich von einem Fuß auf den anderen.

»Was glotzt ihr denn so? Es ist doch nichts passiert«, blaffte er.

Aber Tante Beate rührte sich nicht. Der Schnaps floss ihr aus dem Mundwinkel und versickerte. Schließlich zog Cousin Einar seine Jacke aus und legte sie der alten Frau über die Beine. Wenigstens sah sie damit nicht mehr so nackt aus.

»Sie lebt doch noch? Oder?« Jetzt hatte auch Trond Angst.

Alle starrten auf das schlaffe Bündel, bis Margit energisch sagte: »Natürlich lebt sie. Sie atmet, und sie bekommt auch schon wieder Farbe. Seht ihr das denn nicht? Roald, Einar – packt mal an!«

Gehorsam fassten die beiden Männer Tante Beate unter den Schultern und in den Kniekehlen, sie war ja kaum größer als ein Kind, und trugen sie zurück in ihr Kellerzimmer. Die Hühner sahen ihrem Oberhuhn überrascht hinterher und folgten dann zögernd.

Da gingen auch die übrigen Setersholmer nach Hause. Mittsommer war für dieses Jahr offensichtlich vorbei.

Kapitel 15

Am nächsten Tag verließ Helga Setersholm. In den vergangenen zehn Jahren hatte sie viel eingesteckt, Knuffe und unfreundliche Bemerkungen und Schlimmeres. Aber da war sie alleine gewesen. Das hatte nur ihr gegolten.

»Man muss sich abfinden«, hatte ihre Mutter immer gesagt, und mit der Zeit war das Abfinden zur trägen Gewohnheit geworden. Einfacher als Auflehnung. Unkomplizierter als Trotz. Doch jetzt hatte Helga plötzlich die Verantwortung für ihre alte Tante. Dein deutsches Souvenir, wie Trond sie nannte. Und der Tante konnte sie ein Leben wie ihres nicht zumuten. Für einen kurzen, schrecklichen Moment hatte Helga gestern gedacht, Tante Beate sei tot.

Außer Trond waren alle Setersholmer einig. Im Grunde war es besser, es endete so als bei der Polizei. Man wusste ja nicht, an was sich diese alte Frau erinnerte oder auch nicht. In den letzten beiden Monaten hatte sie kaum ein paar Brocken Norwegisch gelernt, und sie sprach es mit einem harten, deutschen Akzent. »Also«, sagte sie immer. Als ob das ein Norwegisches Wort wäre. »Also – været er bra.« Das Wetter ist gut. »Also – det blåser.« Es ist windig. Sie war eine Fremde, die auf Setersholm nicht fehlen würde. Und letztendlich war auch Helga nur eine Fremde.

Weder sie noch ihre Tante würden Spuren hinterlassen in der uralten Erde der Insel.

»Denn tausend Jahre sind wie ein Tag. Zweiter Petrus«, sagte Margit. »Jetzt reg dich nicht auf, Trond. Sei lieber froh, dass nicht mehr passiert ist, und lass uns zusehen, dass wir das so schnell wie möglich erledigen. Ich glaube, du hast bereits genug Ärger am Hals.«

Trond wurde rot. Wusste seine Mutter von – nun, er konnte sie schlecht fragen. Deshalb nickte er nur.

Onkel Roald fuhr das Umzugsgut. Viel war es sowieso nicht. Tante Beates Gepäck und zwei Pappkisten mit Hühnern. Und dazu noch so dieses und jenes, das der Setersholmklan gespendet hatte, als Helgas Armut offensichtlich wurde: Eine alte Sporttasche mit Kleidern, ein Paar Gummistiefel, ein Overall für den Sommer und einer für den Winter waren alles, was sie besaß. Das hätte man ja fast mit einer Schubkarre erledigen können. Nur schade, dass sie gestern das meiste von dem verbrannt hatten, was sich an Überflüssigem so fand. Doch es gab noch ein bisschen Geschirr, eine Wolldecke, einen leeren Vogelkäfig, eine Schaufel mit abgebrochenem Stiel, aber das Blatt war noch ganz in Ordnung. Das alles wurde auf die Ladefläche von Onkel Roalds Pritschenwagen gepackt, damit er nicht ganz so leer wirkte. Die Tante musste man nicht einpacken, die saß bereits auf dem Beifahrersitz. Sie war eingestiegen, sobald Onkel Roald vorfuhr, als hätte sie Angst, man würde sie sonst vergessen. Immer noch still und blass umklammerte sie ihr Strickzeug und beobachtete alles misstrauisch.

Helga gab der Schwiegermutter die Hand. Trond zog den Rotz hoch und spuckte aus. Die Hände hatte er in den

Hosentaschen. Onkel Roald hupte zum Abschied, und sein Wagen verschwand über die Brücke.

Setersholm gehörte wieder den Setersholmern.

Im Grunde genommen wusste Helga gar nicht genau, wohin sie fuhren. Nur dass Mutter Margit ihnen ihr altes Elternhaus zur Verfügung gestellt hatte. Mit all dem Federvieh konnten sie ja wohl unmöglich in einem Hotel unterkommen, und sowieso war es praktisch. Der letzte Mieter war schon vor einiger Zeit ausgezogen, einfach verschwunden war er, und so ein Haus brauchte schließlich jemanden, der auf es aufpasste – sauber machen, lüften, Regenrinnen frei halten –, bis Margit es verkaufen konnte.

Onkel Roald durchquerte Tingnese und bog dann nach links ab, wieder Richtung Meer, eine schmale, kurvige Straße entlang, die von Himbeergebüsch und Holunder gesäumt war, und an einem winzigen Hafen vorbei. Schließlich fuhr er durch ein Gatter, an dem ein Zu-verkaufen-Schild hing, vom Wetter bereits ziemlich mitgenommen. Er hielt und stellte den Motor ab.

»Wir sind da«, verkündete er.

Die ganze Fahrt über hatte Tante Beate kein Wort gesagt. Aber jetzt wurde sie munter. Sie stieg aus dem Auto und inspizierte den Garten. Während Helga und Onkel Roald das Gepäck abluden, musterte sie den Schuppen und das alte Klohäuschen und die Apfelbäume am Ende der Wiese.

»Also, da ist ja das Meer!«, rief sie, als sähe sie es zum ersten Mal. »Da ist sogar ein Bootssteg.«

»Geh nicht darauf, hörst du?«, warnte Helga. »Die Bretter sehen morsch aus.«

Nicht nur der Steg, das ganze Anwesen sah morsch aus. Helga sank das Herz, als sie sich umsah. Aber Onkel Roald hatte bereits die Hühner freigelassen, die sich, empört gackernd, über den gesamten Garten verteilten. Sie würden wohl hierbleiben müssen. Wo sollten sie auch sonst hin.

Lächelnd kam Tante Beate den Gartenweg zurück und begann, in ihren unzähligen Taschen zu wühlen. Schließlich zog sie den Gipsengel hervor.

»Ich kaufe das Haus«, erklärte sie.

Onkel Roald lachte peinlich berührt. »Ich fahr dann mal.«

Doch Tante Beate nahm einen Stein und zertrümmerte den Engel. Darin lag eine Rolle mit Banknoten. Der Onkel stieg wieder aus dem Auto.

»Glaubst du, das reicht?«, fragte sie.

Onkel Roald zählte rasch, dann schüttelte er den Kopf.

Tante Beate zerschlug auch noch die Porzellankatze.

»Die war sowieso so hässlich«, bemerkte sie. »Reicht es jetzt?«

Onkel Roald zählte wieder. »Seid ihr sicher? Ihr wart doch noch nicht einmal drinnen.«

Helga schüttelte den Kopf, aber Tante Beate nickte. Da stopfte der Onkel das Geld in die Tasche.

»Ich werde mit Margit reden«, versprach er und warf einen langen Blick auf das Gepäck, das auf dem Kiesweg stand. »Ist denn noch mehr Geld im Rest von all dem Zeug?«

»Also, ich erinnere mich nicht genau«, sagte Tante Beate. »Aber wenn Karl erst kommt, wird sich schon alles ordnen.«

Sommer

2002

Kapitel 16

Margits Mutter Sunniva hatte neun Kinder gehabt. Margit von ihrem ersten Mann und dann noch acht weitere von ihrem zweiten. Beim Tod von Margits Vater war Sunniva eine wohlhabende Witwe gewesen. Herrin auf Eplegard, dem Apfelhof, wo es im Herbst so viele Äpfel gab, dass sie sie nicht nur verkaufen konnte, sondern manchmal sogar verschenken musste. Natürlich brauchte so ein Hof einen Mann, für eine Frau alleine war die Arbeit nicht zu schaffen, und Sunniva war mit fünfundzwanzig Jahren noch jung und hatte nur eine einzige Tochter. Aber warum sie gerade Edgar Edgarsson nahm, das hatte damals niemand verstanden. Das Einzige, was Edgar je zustande brachte, war, das Haus mit mehr Kindern zu füllen, als er ernähren konnte. Innerhalb weniger Jahre war der ganze Wohlstand dahin, und immer fehlte es an Schuhen, an Jacken, an Hosen, an Schulbüchern, an allem. Nur an Wut fehlte es ihm nicht, dem Edgar, und am Durst.

Margit war eben erst volljährig, als sie ihrerseits Gunnar Setersholm heiratete. Zu der Zeit lebten zwölf Menschen auf Eplegard, einschließlich Edgars Mutter, die in der Kammer hinter der Küche hauste, denn im ersten Stock war beim besten Willen kein Platz mehr, da stand schon alles voll mit Betten. Margit war die Erste, die ging, obwohl

sie natürlich wusste, dass Setersholm nur ein windzer-
zaustes Stückchen Erde war, nein, nicht Erde, vor allem
Steine, ein Wellenbrecher vor der Küste von Tingnese.
Und seine Bewohner bloß Hungerleider und von Inzucht
verblödete Schafficker, sagte Edgar Edgarsson. Gunnar
Setersholm war ein ganzes Stück älter als Margit, und außer seinen Schafen besaß er nur ein kleines Fischerboot,
aber Margit hatte damals und für alle Zeit genug von Äpfeln. Sie folgte Gunnar nach Setersholm und kehrte auch
nicht zurück, als ihre Mutter starb und sie den Hof erbte,
und auch nicht, als Edgar starb. Die Felder waren schon
lange verkauft, um wenigstens ein bisschen Geld herein-
zubringen. Edgar Edgarsson hatte ihr lediglich den Garten
mit den Apfelbäumen und das Haus übrig gelassen, in
dem noch sein jüngster Sohn Birger wohnte. Wovon Birger lebte, wusste niemand. Zwischen Oktober und Weihnachten wahrscheinlich von Äpfeln. Aber das restliche
Jahr? Er war Junggeselle geblieben und ein bisschen verrückt. Nachts hörte er noch immer die schweren Schritte
seines Vaters in den ehemaligen Kinderzimmern, und im
Traum blies ihm sein Bieratem ins Gesicht. Da Margit diese Träume kannte – selbst auf Setersholm konnte man Edgar Edgarsson riechen –, ließ sie dem Bruder seinen Frieden. Bis er im letzten Herbst verschwand. Die meisten
glaubten, dass er mit dem Boot zu weit abgetrieben und
dann gekentert war, denn das Boot fand man später etliche Kilometer weiter westlich am Strand, nur noch ein
Haufen Bretter.

Nun stand Eplegard ganz leer. Trond war ein paarmal
dort gewesen und mit gierigen Augen zurückgekommen.
Aber Trond glaubte ja immer, das große Glück läge gleich

hinter der nächsten Ecke. Doch der Makler, den Margit schließlich beauftragte, seufzte hörbar.

»Das wird dauern«, sagte er, ohne jedwede Begeisterung für das verwahrloste Anwesen. »Wenn überhaupt.«

Deshalb nickte Margit nur, als Onkel Roald mit Tante Beates Geld kam, zählte die Scheine kurz und legte sie dann achtlos in die Zuckerdose über dem Herd.

Endlich vorbei.

Kapitel 17

Für Helga war das neue Haus Segen und Strafe zugleich. Von der Straße, der Nordseite aus, wirkte es wie eine große Kiste. Doch auf der Südseite gab es eine überdachte Veranda mit einer breiten Treppe in den Garten hinunter und außerdem viele kleine Giebel für die Zimmer im oberen Stockwerk. Das Grundstück lag in einer kleinen Bucht, wie in einer Armbeuge der Küstenlinie. Es war wärmer hier und viel weniger Wind als auf Setersholm.

Das also war der Garten, von dem Margit gesprochen hatte. Hier hatte die Schwiegermutter als Kind gewohnt und mit ihren Halbgeschwistern gespielt. Schwer vorzustellen, dass Margit einmal anders gewesen war als grau und streng. Auf der Wiese standen Apfelbäume und Beerensträucher, alle seit Jahren nicht beschnitten, und überall wucherten Brennnesseln und Hahnenfuß. Das Gelände neigte sich sanft zum Ufer hinunter, das hier nicht aus Sand, sondern aus Geröll bestand. Das Seewasser hatte die Steine zu perfekten Eiformen glattgeschliffen, und bei starken Wellen rollten sie hin und her mit einem Geräusch wie fernes Donnergrollen. Wenn man vom Ufer aus über den verwilderten Garten zum Haus hinaufsah, konnte man gut verstehen, warum jemand genau diese Bucht als Wohnsitz gewählt hatte. Sie war voller Sonne und durch die Hügel dahinter vor Nordweststürmen geschützt. Am Strand gab es einen kleinen Bootssteg, und wenn man genau hinsah, konnte man noch die Reste eines alten Bootshauses daneben erkennen. An der Ostseite des Grundstückes stand eine Scheune, die früher offensichtlich auch als Stall benutzt worden war. In der einen Hälfte waren Boxen abgetrennt, vielleicht für Schafe. In der anderen stand einiges Werkzeug, rostig und mit Spinnweben behängt, und ein uralter Traktor.

Alles war brüchig und mürbe, und was man auch anfasste, zerbröselte einem unter den Fingern.

Bereits seit dem letzten Herbst war der Hof unbewohnt. Den ganzen Winter über hatte das Wohnhaus leer gestanden. Als Helga die Haustüre öffnete, schlug ihr die Luft klamm und abgestanden entgegen. Nur zögernd trat sie aus der Sonne in den düsteren Hausflur. Neugierig drängte Tante Beate sich an ihr vorbei und stieß die Türen auf – links Keller, rechts Küche und dann das Wohnzimmer, das sah am interessantesten aus. Nach dem engen Flur war der Wohnraum überraschend geräumig, mit Blick auf den Garten und die Bucht hinaus. Das Erste, was den beiden Frauen auffiel, war der lange Tisch, der die eine Hälfte des Zimmers einnahm. An dem konnten ja mindestens zehn Personen sitzen. Hatten wahrscheinlich auch seinerzeit, denn der Fußboden unter den zusammengewürfelten Stühlen war ganz zerschrammt. In der anderen Hälfte gab es eine magere Sitzgruppe: ein schmales Sofa mit gerader Rückenlehne und zwei, drei Sessel, die dünne Polsterung schon ganz durchgesessen. Ein Buffetschrank, die eine Scheibe mit einem langen Sprung. Ganz in die Ecke geschoben, so als würde es sonst nur stören, stand ein altes Klavier. Der Deckel war zugeschlagen und diente als Ablage für ein Sammelsurium an Angelhaken und Blinkern, das Einzige, was hier bunt und glänzend und neu war. Neben dem Esstisch führte eine zweite Tür in die Küche. Überhaupt hatte die Küche viele Türen – eine zum Wohnzimmer, eine zum Flur, eine zu einer winzigen Schlafkammer mit schmalem Bett und schließlich die Speisekammer. In allen Räumen roch es modrig und verlassen. Ein einsames Haus, dessen einzige Bewohner Scharen von Mäusen waren. Egal, welche Schublade man auch aufzog, man fand dort Mäusedreck. Manchmal auch ein kleines Nest aus zernagten Papierservietten, Stoffschnipseln und Haaren. Überall huschte und scharrte es. Sogar in dem alten, asthmatischen Kühlschrank lagen ein paar Köttel.

Vorsichtig stiegen Helga und Tante Beate die Treppe zu den Schlafzimmern im Obergeschoss hinauf. Sie war steil und schmal, und ihre Stufen knarrten. Im Flur baumelte eine nackte Glühbirne, und in den Zimmern wisperte es in allen Ecken. Fremde Träume hingen wie Spinnweben zwischen den Betten. Unbehagliche Erinnerungen. Alte Ängste. Hier konnte man unmöglich schlafen. Man fühlte sich einfach – ja, man fühlte sich als Störenfried. Noch mehr als im Erdgeschoss.

Schließlich schleppten sie zwei der feuchten, klumpigen Matratzen nach unten und verbrachten die erste Nacht auf einem Notlager im Wohnzimmer.

»Also, das hier ist wie Camping«, sagte Tante Beate vergnügt. »Richtig gemütlich.«

Und dann, nachdem sie eine Weile mit Decken und Kissen hantiert hatte: »Das ist ein sehr großes Haus, findest du nicht? Es ist gemütlich, aber auch ein kleines bisschen unheimlich. Man könnte meinen, über uns geht jemand.«

»Da oben ist niemand. Nur Mäuse«, sagte Helga beklommen. »Schlaf jetzt.«

»Ich mache mir aber Sorgen um die Hühner. Die sind ganz allein da draußen. Vielleicht sollten wir sie reinholen, damit sie sich nicht fürchten? Ja, das mache ich.«

»Tante Beate!« Helga merkte, wie schon wieder diese Ungeduld in ihr hochstieg. Warum musste die Tante aber auch immer so schwierig sein? Sie holte tief Luft. »Tante Beate, den Hühnern geht es gut. Und ich möchte bitte, dass eines ganz klar ist: Von nun an wohnen wir Menschen in diesem Haus, und die Hühner wohnen im Hühnerstall. Ein für alle Mal!«

»Du musst gar nicht so laut werden. Ich höre dich gut«, erwiderte Tante Beate spitz und legte sich umständlich wieder auf ihrer Matratze zurecht.

»Und jetzt schlaf endlich!«

»Ja, ja.«

Den Hühnern ging es tatsächlich sehr gut. Stück für Stück inspizierten sie den neuen Garten, immer alle gemeinsam, als wären sie auf einer Gruppenreise, scharrten ein bisschen hier und ein bisschen dort, bis sie abends wieder in die Scheune zurückkehrten. Helga hatte einen alten Besenstiel als Sitzstange in die hinterste Schafsbox gekeilt, doch die Hühner machten es sich gemütlich, wo es ihnen gerade passte, und legten ihre Eier mit Vorliebe auf den Fahrersitz des alten Traktors. Schals und Mützen hatten sie bereits am ersten Tag verloren. Achtlos lagen die Kleidungsstücke im Stroh, erst noch schreiend bunt, aber bald dreckig und unappetitlich.

Tante Beate war sehr gekränkt, dass ihre Hennen sie so ohne Bedauern verließen.

»Als hätte ich nicht Tisch und Bett mit ihnen geteilt«, sagte sie, während sie unentschlossen die Schlafzimmer im ersten Stock besichtigten. Insgesamt gab es dort sechs Schlafräume, fünf sehr kleine, sie boten gerade Platz für zwei schmale Betten, einen Stuhl und eine Kommode und erinnerten an die Schafsboxen draußen im Schuppen, und ein sechstes, größeres mit einem Doppelbett und einem richtigen Schrank.

»Also, ich weiß nicht. Findest du eins davon schön, Helga?«

Helga musste ihrer Tante recht geben: Wirklich einladend wirkte keines der Zimmer. Die Möbel waren grob zusammengezimmert, und auf allem lag eine dicke Schicht Staub. Ständig hatte man das Bedürfnis, sich die Hände zu waschen, aber in dem kleinen Badezimmer neben der Treppe hing das Waschbecken nur noch an einem einzigen Nagel, und das Klo stank nach Urinstein, fast so schlimm wie die Mäusepisse unten in der Speisekammer. Wer immer hier vorher gewohnt hatte, musste sehr hastig ausgezogen sein, denn auf der Konsole über dem schiefen Waschbecken lagen noch eine Zahnbürste und ein Rasierer, und in der Kommode des letzten Kinderzimmers, dem auf der Westseite, fanden sie sorgfältig gestapelte Hemden und Unterwäsche. Fröstelnd zog Helga die Schultern hoch. Sie erinnerte sich plötzlich an das Gerede im letzten Herbst von einem verschwundenen Mann, einem gefundenen Boot, einem leeren Haus, alles nur geflüsterte Bemerkungen mit einem Seitenblick auf Margit, denn vor ihr durfte man von dem Mann und dem Boot nicht reden.

War das hier gewesen?

War deswegen die Luft voller Erinnerungen, die diesen schalen, vergeblichen Geschmack im Mund hinterließen?

Helga stieß alle Fenster auf, um gründlich zu lüften.

»Wenn wir hier richtig putzen, wird es bestimmt besser«, versprach sie mit gespielter Zuversicht.

»Ich frage mich, wo Karl nur bleibt«, sagte die Tante verzagt.

Statt Mist zu schaufeln, begann Helga also zu putzen. Mehr oder weniger lief es aufs Gleiche hinaus, auf jeden Fall war es genauso harte Arbeit. Wie gut, dass es wenigstens Sommer war, da konnten die Matratzen und Daunendecken auf der Veranda trocknen, und auf der Wäscheleine hingen die unzähligen Flickenteppiche, die in sämtlichen Zimmern verteilt gewesen waren. Irgendjemand musste seinerzeit sehr gerne gewebt oder sehr viele Stoffreste gehabt haben. Jetzt wusste Helga auch, woher die Mäusenester stammten, denn die Teppiche hatten große Löcher, durch die die Sonne schien. Manche lösten sich beim Waschen einfach auf. Als Helga die Trommel leeren wollte, lag dort nur noch ein Haufen Stofffitzel.

Die ehrwürdige Waschmaschine musste noch aus den siebziger Jahren stammen. »Bosch« stand in eckigen Buchstaben darauf, ein Kubikmeter Deutschland im Keller von Eplegard. Leider war das alte Gerät genauso schwierig wie die alte Tante. Mal startete das Programm nicht, dann pumpte das Wasser nicht ab, und schließlich gab es einen Kurzschluss. Jedes Mal hielt Helga die Luft an. Was sollte sie ohne Waschmaschine machen?

Doch letztendlich war eine Waschmaschine nicht so viel anders als ein Auto. Helga machte das Steuergerät wieder gängig, fand nach einigem Suchen die Wasserpumpe, die voller Stofffetzen von den Flickenteppichen stecke, isolierte das Kabel neu, das die Mäuse angenagt hatten, und schraubte zudem einen Haken an die Wand, damit das Kabel nicht mehr auf dem nassen Boden zu liegen kam.

Sie räumte die Küche auf, spülte sämtliches Geschirr und vertrieb die Mäuse aus den Besteckschubladen, putzte die Zimmer im Erdgeschoss und im ersten Stock und fegte die Spinnweben aus allen Winkeln und von den Zimmerdecken. Während Tante Beate mit den Hühnern im Garten umherspazierte, die selbsternannte Reiseleiterin für Chicken-Tours, wusch Helga nicht nur die Teppiche, sondern auch die Gardinen und schließlich sämtliche Laken, die in dem großen Schrank im Elternschlafzimmer lagen. Hier gab es Bettwäsche für Generationen, stockfleckig und vergilbt und sorgfältig geflickt. Der Stoff war dicht gewebt und ließ sich nach dem Waschen nur schwer bügeln, doch es war alles noch zu benutzen. Ein lang gehüteter Schatz.

Draußen auf der Veranda setzte sich Tante Beate der Reihe nach in alle Gartenstühle und entschied sich schließlich für einen knarrenden Korbsessel, der ihr Vogelgewicht gerade noch trug. Währenddessen befestigte Helga das Waschbecken wieder an der Wand, schrubbte das Klo und die Badewanne, in der ein dicker Schmutzrand und gelbe Kalkschlieren waren, und dann auch noch das Klo im Keller. Schließlich leerte sie die Speisekammer. Das meiste hatten sowieso die Mäuse und die Mehlmotten vernichtet. Nur eine Dose mit Keksen stand noch unberührt auf dem obersten Regal, wahrscheinlich schon seit Jahren. Helga trug den Müll hinaus und verbrannte ihn unten am Ufer.

Sie wusch die Fenster mit verdünntem Spiritus, fegte die Treppe vor der Haustür und scheuchte Marion aus dem Flur, das einzige Huhn, das sich so weit vorwagte.

Dann war sie fertig.

Nach einer Woche war das Haus immer noch alt und heruntergekommen, aber immerhin sauber. Es flüsterte nicht länger in den Ecken, und man hörte nachts keine fremden Schritte mehr auf der Treppe.

»Ah!«, sagte Tante Beate von ihrem Korbstuhl aus, den sie in die Sonne gerückt hatte. »Jetzt bin ich aber erledigt. Das war wirklich eine Menge Arbeit!«

»Weißt du was?«, fügte sie dann hinzu. »Ich habe Hunger.«

Helga gab ihr die Keksdose. »Ich weiß nicht, ob die noch gut sind, aber es ist alles, was wir noch haben«, sagte sie. »Das, und Eier natürlich.«

»Aber der Mann mit dem Auto hatte doch Essen für uns dabei.«

»Alles aufgegessen. Wir sind schließlich schon eine Woche hier.«

»Aber nein. Er war doch erst vor ein paar Tagen da.«

Onkel Roald war tatsächlich noch einmal gekommen. Verlegen drehte er eine Schachtel Konfekt in der Hand und versicherte, er sei nicht aus Neugierde hier, nein, nein, aber er wolle doch sehen, ob Helgas Tante sich gut erholt hätte. Letzten Montag sei die Dame so fürchterlich blass gewesen. Mit galanter Geste überreichte er der Tante seine Pralinen, und während Helga wieder ans Putzen ging, setzte er sich zu Tante Beate auf die Terrasse. Mit seinen paar Brocken Schuldeutsch versuchte er, ein Gespräch in Gang zu bringen, doch die Tante hörte gar nicht zu, sie war vollauf mit der Schokolade beschäftigt. Als die Schachtel leer war, wusste sie einen Moment nicht, wohin damit. Schließlich reichte sie sie Onkel Roald zurück, stand auf und ging ins Haus.

»Wer ist der Mann eigentlich, Helga?«, fragte sie. »Kennen wir den?«

Aber heute erinnerte sie sich plötzlich genau. »Er hatte Schokolade. Die muss doch irgendwo sein«, sagte sie.

»Die hast du auch schon aufgegessen.«

»Also, dann müssen wir bald einkaufen gehen!«

»Ja«, sagte Helga bedrückt. »Aber leider haben wir kein Geld.«

»Oh!«

»Meinst du ... also, meinst du, dass vielleicht noch etwas in den anderen Figuren ist?«

»Ich habe keine Ahnung.«

»Wir könnten nachsehen.«

»Meine Figurinen? Das würde Karl mir nie verzeihen!«

Zwei Tage lang blieb Tante Beate stur. Dann war die Keksdose leer, und sie hatten so viele Eier gegessen – hartgekochte Eier, wachsweiche Eier, Spiegelei, Omelett, verlorene Eier –, dass sie aus allen Knopflöchern nach Schwefel zu riechen begannen. Und hungrig waren sie trotzdem.

Als Helga am dritten Tag nach unten kam, fand sie ihre Tante im Wohnzimmer mit dem zweiten Gipsengel in der Hand. Hastig stellte Tante Beate die Figur zurück auf die Fensterbank zu dem übrigen Nippes und lächelte schuldbewusst.

»Ich habe nur mal geschaut, ob ich was sehe.«

»Und?«

»Nein.«

Verlegenes Schweigen breitet sich aus. Tante Beate sah starr aus dem Fenster. Ihr Magen knurrte. Endlich gab sie nach.

»Also gut. Aber nur diesen einen Engel.«

Noch im Nachthemd ging sie hinunter zum Strand und kam nach einer Weile mit einem faustgroßen Stein zurück.

»Es war gar nicht so leicht, einen guten zu finden«, sagte sie, nahm den Engel und zertrümmerte ihn draußen auf der Veranda.

Er war leer.

Tante Beate rührte mit den Fingern in den Scherben, aber nein, da war wirklich nichts.

»Vielleicht hier drin?«

Helga reichte ihrer Tante die Schäferin. Tante Beate schlug zu. Wieder nichts.

»Und der da?«

Diesmal war es ein weißer Porzellanpudel. Dann eine kleine Tänzerin. Eine Marienstatue. Eine junge Frau, die einen Blumenkranz wand. Ein Knabe mit Flöte. Ein Knabe mit einem Lamm auf dem Arm. Ein Miniaturgartenzwerg.

Alles leer.

Mit immer größerer Begeisterung schlug Tante Beate zu. Wie im Rausch zertrümmerte sie all die Kleinodien, die sie so viele Jahre gehortet und gehütet hatte. Nichts. Und nichts. Und nichts. Nur in dem Gartenzwerg steckten ein paar Fünfmarkscheine, die sie hier in keiner Bank umtauschen konnten. Ein leichter Sommerwind erfasste die Scheine und trieb sie von der Veranda in den Garten hinunter, ehe die Tante sie wieder einfing.

»Das war der Letzte«, sagte Helga. »Jetzt ist nur noch der gläserne Schwan übrig. Soll ich dir den auch noch geben?« Sie fühlte sich ganz taub vor Enttäuschung.

»Ach«, meinte Tante Beate vergnügt. »In dem Schwan ist auch nichts. Das sehe ich von hier, der ist ja durchsichtig. Aber es hat Spaß gemacht, oder?« Sie wog den Stein in der Hand und sah sich suchend um, ob es nicht noch etwas gab, das man zerschlagen konnte. Ah, da – eine alte Bierflasche, die halb vergraben im Gras lag.

Zufrieden betrachtete die Tante den Scherbenhaufen und sagte kichernd: »Eigentlich schade um die Schäferin, die war nämlich echtes Meißner Porzellan.« Und dann holte sie Handfeger und Kehrschaufel, fegte alles zusammen und schmiss die ganze Bescherung in den Mülleimer.

»Also, ich schlage vor, wir nehmen den Traktor und fahren in die Stadt. Hier draußen wirst du wohl kaum Arbeit finden«, verkündete sie.

Kapitel 18

Die Hühner liebten den alten Traktor. Nirgendwo sonst konnte man so gut Eier legen. Als Helga sie wegscheuchte, kakelten sie empört und trippelten dann nervös umher. Die Eier drückten im Bauch, und wo sollten sie sonst hingehen?

Helga wischte den gröbsten Dreck vom Kühler und untersuchte dann den Motor. Der Traktor zwar sicher dreißig, vierzig Jahre alt, früher einmal grün, jetzt vor allem rostig, aber ansonsten in überraschend gutem Zustand. Nachdem Helga das Wohnhaus in all seiner Verwahrlosung und Verlassenheit gesehen hatte, hatte sie für den Traktor eigentlich keine großen Hoffnungen gehegt. Nur Tante Beate zum Gefallen, die Traktorfahrten liebte, hatte sie sich das alte Teil überhaupt angesehen, und weil Helga bei der Vorstellung grauste, mit der trödelnden Tante die vier Kilometer von Eplegard nach Tingnese zu laufen und dann das Ganze wieder zurück. Doch ganz offensichtlich war der Traktor regelmäßig benutzt worden, und im Gegensatz zum Haus hatte der Jemand aus dem Westzimmer ihn auch liebevoll gewartet. Die Schmiernippel waren benutzt, die Achsen hatten neue Fettkragen, und etliche alte Schläuche waren ausgewechselt worden. In einem Fass in der Schuppenecke fand sich sogar noch Dieselöl, und daneben stand sorgfältig eine Kanne mit einem Trichter dazu. Nun musste sie nur den Tank auffüllen, das Öl wechseln und den Leerlauf einstellen, das brauchte nicht mehr als ein paar Stunden.

Helga startete den Motor. Hustend und spuckend erwachte der Traktor zum Leben. Die Hühner stoben empört in alle Richtungen davon. Das war nun wirklich die Höhe! Als Helga schließlich den Gang einlegte, rollte das Gefährt majestätisch aus dem Schuppen. Vor dem Haus hielt sie an, damit Tante Beate aufsteigen konnte. Die Tante hatte sich fein gemacht, mit Hut und prall gefüllter Handtasche. Wusste der Himmel, was sie da wieder mit sich herumschleppte.

Auf Setersholm war es nichts Ungewöhnliches, mit dem Traktor zu fahren. Alle taten das, vom Haus zur Schafweide und von da zum Hafen und wieder zurück. Aber in Tingnese war man zivilisiert, und die meisten nahmen das Auto. Wenn einer mit dem Traktor kam, war er entweder zu jung für den Führerschein oder einer der Setersholmer Deppen.

Selbstverständlich kannten die Tingneser Helga, wenn auch nur vom Sehen. Schließlich wohnte sie seit zehn Jahren auf Setersholm und kam regelmäßig zum Einkaufen. Eine schmale Frau, die immer einen gehetzten Eindruck machte und wenig redete. Normalerweise fuhr sie einen John Deere, denn sein kostbares Auto lieh Trond nicht einmal der eigenen Ehefrau. Doch heute kam sie auf dem alten, schäbigen Ding, das seinerzeit Birger Edgarsson gehört hatte. Hühnerfedern klebten daran, und auf dem Notsitz saß ihre alte Tante, lächelnd und winkend, als wäre sie Königin Sonja. Ja, von der Tante hatte man auch gehört. Trond Setersholm sollte sie halb totgeschlagen haben, und nun wohnten die beiden Frauen auf Margits altem Hof. Na ja, besser, als wenn Eplegard ein Asylantenheim würde, das war schließlich auch schon im Gespräch gewesen. Die alte Frau war zwar verrückt, sagte man, aber da draußen konnte sie wohl kaum viel Schaden anrichten.

In der Ortsmitte hielt Helga an.

Tingnese war klein und beschaulich. Nur einmal im Jahr, zum Tag des heiligen Olaf Ende Juli, gab es hier einen Markt, mit mittelalterlichem Kunsthandwerk für die Touristen und einem kleinen Jahrmarkt für die einheimischen Kinder. Und dann natürlich der Nationalfeiertag am siebzehnten Mai, da war die ganze Stadt auf den Beinen: erst der Umzug der Schulkinder und hinterher gab es Eis und Würstchen im Gemeindehaus. Und beim Jahrtausendwechsel vor zwei Jahren hatte der Bürgermeister am ersten Januar eine Rede gehalten. Leider hatte man so gut wie nichts davon hören können, denn es goss in Strömen, und statt des riesigen Feuerwerks, von dem man schon seit Wochen sprach, hatte es lediglich einen kleinen Puff gegeben, und dann waren alle wieder nach Hause gegangen.

Das restliche Jahr über war hier nicht viel los. Bis auf die Touristen im Sommer. Die ersten kamen gewöhnlich schon im April, dann aber ausschließlich Männer auf Angeltour. Den ganzen Tag über konnte man sie in winzigen Booten draußen auf dem Fjord dümpeln sehen, mindestens drei Mann per Boot mit eigenartigen karierten Hüten auf den Köpfen. Jedes Jahr ertranken ein oder zwei von ihnen, weil sie in den überladenen Booten nicht aufpassten und kenterten. Aber das waren Ausländersorgen.

In der Ferienzeit kamen gewöhnlich Familien. Entnervte Eltern mit ihren quengeligen Kindern, die schon viel zu lange im Auto gesessen hatten. Keiner mochte die Touristen sonderlich, ständig beklagten sie sich über das Wetter, die Preise, die schlechten Straßen, und entweder war es zu einsam oder nicht einsam genug. Aber das Geld mochte man schon in Tingnese, und deshalb bissen die Einheimischen die Zähne zusammen, bis Ende August die Touristen wieder verschwanden und der Campingplatz für dieses Jahr zumachte.

Helga und Tante Beate saßen auf ihrem Traktor und sahen auf Tingnese herunter. Es war genauso still wie immer. Ein paar Fremde suchten nach einem Andenkenladen. Ein paar Tingneser waren im Supermarkt. Mehr nicht.

Tante Beate stieß Helga in die Seite. »Los. Fang schon an!«

Zögernd stieg Helga vom Traktor herunter und ging auf den Supermarkt zu. Sorgfältig las sie alle Kleinanzeigen, die an dem Schwarzen Brett neben der Kasse hingen. Kinderwagen zu verkaufen, junge Katzen zu verschenken, jemand hatte einen Ring verloren, im Herbst würde der Kirchenchor neue Mitglieder brauchen. Nur eine tüchtige Hilfe suchte niemand.

»Frag doch einfach«, sagte Tante Beate hinter ihr.

Einfach fragen? Helga hatte seit Jahren nicht mit Fremden gesprochen. Einfach war das auf keinen Fall.

»Entschuldigen Sie«, sagte sie mit belegter Stimme. »Brauchen Sie vielleicht eine Kassiererin? Oder jemanden, der Regale einräumt. Ich könnte auch putzen.«

Doch die Sommeraushilfe hinter der Kasse wusste von nichts, und der Chef hatte schon Feierabend, schließlich war es nach vier.

Auch die Sparkasse hatte bereits zu.

Die Schule war während der Sommerferien sowieso geschlossen.

Der Campingplatz auf der anderen Seite des Ortes hatte eine Polin als Putzfrau.

Und im Tingneser Pub sagte der Wirt, ja, manchmal bräuchte er eine Aushilfe für das Wochenende, aber ganz sicher niemanden, der seine senile Tante mitbrachte.

Nun blieben nur noch die Leute mit Fremdenzimmern. Viele Tingneser vermieteten im Sommer. Eigentlich alle mit einem zweiten Badezimmer. Helga klingelte bei jedem, der ein Schild draußen hatte. Doch spätestens, wenn die Tingneser Hausfrauen Tante Beate sahen, die mit Hut und Handtasche neugierig in die Hausflure linste, wurden ihre Gesichter abweisend. Ja, vielleicht hätte man sich vorstellen können, eine Hilfe einzustellen, die Arbeit wuchs einem schließlich über den Kopf, aber mit der verrückten Deutschen, die Hühner klaute, wollte man sich ganz bestimmt nicht abgeben. Außerdem – war nicht Helga gerade erst ihrem Mann davongelaufen? Die Setersholmer mochten ihre Fehler haben, vor allem waren sie noch dümmer als ihre Schafe, aber die letzten tausend Jahre war man gut mit ihnen ausgekommen. Da war es das Beste, sie machten ihre Ehestreitigkeiten unter sich aus. Wenn man sich ungefragt einmischte, konnte es nur böses Blut geben.

»Leider«, sagte eine nach der anderen, »Bei uns ist gerade nichts. Aber vielleicht nebenan? Die vermieten doch auch.«

Auf diese Weise klapperte Helga ganz Tingnese ab, immer mit der Tante im Schlepptau. Allmählich wurden beide müde und schlecht gelaunt und begannen zu zanken. Schließlich waren sie beim letzten Haus angelangt. Immerhin würde diese demütigende Fragerei nun endlich ein Ende haben.

Kapitel 19

Vor dem letzten Haus stand ein roter Opel mit Berliner Kennzeichen und einer vierköpfigen Familie darin. Die Frau war ausgestiegen und verhandelte gerade mit der Wirtin in einer Mischung aus englischen und deutschen Wortfetzen. Sie sah erschöpft und verzweifelt aus, als bemühte sie sich mit letzter Kraft, freundlich und höflich zu bleiben. Die restliche Familie verfolgte die Unterhaltung apathisch vom Auto aus.

Als die Wirtin Helga und Tante Beate die Auffahrt hinaufkommen sah, rief sie abwehrend: »Wir sind voll. Das habe ich der Dame da auch gerade erklärt. In der Hochsaison muss man reservieren. Verstehen Sie überhaupt Norwegisch? Gehen Sie wieder. Wir haben nichts.«

»Ja, natürlich versteh ich Norwegisch. Und ich wollte nur fragen, ob Sie eine Hilfe brauchen«, sagte Helga. »Gerade wenn es jetzt so viel zu tun gibt«, fügte sie hoffnungsvoll hinzu.

Die Wirtin kniff die Augen zusammen und betrachtete Helga genauer, dann Tante Beate. »Ach, ihr seid die beiden von Setersholm. Ihr wohnt jetzt auf Eplegard, stimmt's? Nein, ich brauche keine Hilfe. Warum sollte ich Geld ausgeben, wenn ich doch gerade versuche, welches zu verdienen? Aber erklär der Frau da, dass sie reservieren muss. Die versteht mich einfach nicht. Oder sie will mich nicht verstehen. Sag ihr, dass sie nach Brodal fahren müssen, vielleicht ist da im Hotel noch etwas frei. Ich kann ihr auf jeden Fall nicht helfen.«

Die Frau aus Berlin war den Tränen nahe. »Wir sind schon den ganzen Tag gefahren. Please!«

Ihr Mann klopfte von innen an die Autoscheibe und winkte ärgerlich. Los, steig wieder ein, bedeutete er, hier vergeuden wir nur Zeit.

»Aber Moment mal«, sagte die Tingneserin, »wenn ihr jetzt auf Eplegard wohnt, dann müsst ihr doch jede Menge Platz haben. Warum nimmst du die Leute nicht mit? Die waren hier schon überall. Alles voll. Die stellen bestimmt keine großen Ansprüche mehr und bezahlen auch noch gut. Und morgen sind sie wieder weg. Und außerdem kannst du Deutsch mit ihnen sprechen, das ist doch bestimmt auch mal wieder schön.«

Tante Beate zupfte Helga am Ärmel. »Was sagt sie?«

»Sie will, dass diese Leute bei uns übernachten.«

»Aber warum sollten wir unbekannte Menschen einladen? Wir haben doch schon für uns nichts zum Essen.«

»Sie würden dafür bezahlen.«

»Oh! Na, dann.« Tante Beate drehte sich zu der Berlinerin um und sagte mit einem breiten Lächeln: »Gerne. Aber nur gegen Vorkasse.«

Familie Klump zahlte bereitwillig die Einkäufe im Coop und zuckelte anschließend dem Traktor hinterher, erst Richtung Ortsausgang und dann die schmale, kurvige Straße entlang. Ab und zu winkte Tante Beate ihnen, während sie vergnügt in ein Rosinenbrötchen biss, das nächste schon in der Hand.

142

»So gern ich die Hühner habe, ich muss zugeben, ich war die Eier doch ein wenig leid«, gestand sie Helga. »Außerdem scheinen die Leute ganz nett zu sein, oder?«

Eplegard lag in der Abendsonne. In dem schräg fallenden Licht sah das alte Haus fast ehrwürdig aus.

»Meine Güte, ist das schön hier!«, sagte Barbara Klump. »Da haben wir ja richtig Glück gehabt.«

Doch als Helga ihr die Zimmer zeigte, ließ Frau Klumps Begeisterung sichtlich nach, auch wenn sie versuchte, es nicht zu zeigen.

»Nun, das nenne ich skandinavische Schlichtheit«, bemerkte sie und schluckte.

Helga war nur froh, dass sie letzte Woche alles geputzt und gewaschen hatte. Sie war sich etwas albern dabei vorgekommen, weil es Tante Beate vollkommen egal zu sein schien.

»Dreck ist nur Materie am falschen Ort«, hatte die gesagt. »Ich verstehe nicht, warum du dir so viel Mühe machst. Das ist ja, als wolltest du die ganze Welt aufräumen.«

Aber jetzt konnte Helga saubere und gebügelte Bettwäsche aus dem Schrank holen, während die Klump-Kinder ein Bad nahmen. Nachdem sie die ersten zwei Nächte in der Küche geschlafen hatten, war Tante Beate vorige Woche in das große Elternschlafzimmer gezogen, und Helga hatte sich für das Westzimmer entschieden, zögernd zwar, vielleicht kam der Besitzer der Hemden und Unterhosen doch eines Tages zurück, und dann läge eine fremde Frau in seinem Bett. Doch das Westzimmer hatte den schönsten Blick und jetzt im Sommer Sonne bis abends um elf. Und schließlich hatten sie das Haus gekauft, oder?

Familie Klump bekam die beiden Zimmer in der Mitte und brachte Unmengen Gepäck nach oben, Koffer um Koffer, in denen Frau Klump sofort zu wühlen begann. Wie gut, dass in den kleinen Zimmern wirklich nur das Nötigste an Möbeln stand. Schon so war es fraglich, wie neben den vielen Kleidern auch noch vier Personen hineinpassen sollten.

Ihre Gäste blieben drei Tage.

»Wissen Sie«, sagte Frau Klump, »es ist ja nicht nur, dass es uns bei Ihnen so gut gefällt. Ehrlich gestanden, für meinen Geschmack ist es ein bisschen zu rustikal, vor allem das Badezimmer. Aber die Kinder mögen es hier, und ich kann den Gedanken nicht ertragen, wieder ins Auto zu steigen. Ich verstehe gar nicht, warum es in Norwegen keine anständigen Autobahnen gibt. Immer muss man auch noch die letzte Kurve vom letzten Fjord ausfahren. Verstehen Sie mich nicht falsch, landschaftlich ist das natürlich sehr schön, aber mit den Kindern hinten im Auto zieht es sich doch. Und dann fangen die beiden an zu streiten, und dann muss ich mich so viel umdrehen, und dann wird mir von all den Kurven schlecht. Wenn es Ihnen nichts ausmacht, bleiben wir noch eine Nacht.«

Frau Klump war eine *gute Mutter*. Mindestens einmal am Tag badete sie ihre Kinder, die vielleicht vier und sechs waren, und die restliche Zeit lief sie ihnen mit warmen Pullovern, trockenen Socken und kleinen Zwischenmahlzeiten hinterher, und dabei sang sie Kinderlieder oder sagte kleine, lustige Verse auf. Außerdem aßen sie Unmengen, die Klumps. Vielleicht kam es Helga auch nur so vor, nachdem sie und Tante Beate eine Woche lang nur von Eiern gelebt hatten. Die Mengen, die die Klumps verschlangen, erschienen ihr unmäßig und gierig, und schon am zweiten Tag musste sie wieder nach Tingnese fahren, um einzukaufen. Die Klumpkinder jagten die Hühner durch den Garten, fielen vom Bootssteg, obwohl das Betreten streng verboten war, rissen unreife Äpfel von den Bäumen, um sich damit zu bewerfen, und hatten nur vor Tante Beate Respekt, die ihnen drohte, sie würde sie im Meer ersäufen wie junge Katzen. Ja, die beiden verehrten Tante Beate geradezu und warteten morgens ergeben vor ihrer Zimmertüre, bis sie endlich herauskam, in Badeanzug und Morgenmantel, und huldvoll dem größeren der beiden, dem Mädchen, ihr Handtuch gab, während sie ihr Meerbad nahm. Hinterher rückte die Tante ihren Korbstuhl in die Sonne und erzählte den zwei Kindern Schauergeschichten von ertrunkenen Seeleuten, deren Seelen nie zur Ruhe kamen, weil ihnen ein christliches Grab fehlte. Zum Beweis zeigte sie die Zahnbürste und das Rasierzeug von dem Jemand-aus-dem-Westzimmer.

»Am besten, ihr geht nachts nicht aufs Klo«, flüsterte sie. »Sonst kann es sein, dass ihr ihn trefft, wie er dort steht und sein Totengesicht rasiert.«

Die Kinder waren fasziniert, aber Barbara Klump meinte, nun sei es genug. Vor allem, nachdem der kleine Junge ins Bett gemacht hatte, weil er sich im Dunkeln nicht auf die Toilette traute.

Unauffällig beobachtete Helga Frau Klump. Was, wenn das ihre Kinder wären und sie, Helga, nur zum Urlaub auf Eplegard? Den ganzen Tag auf zwei Kinder aufpassen, die Helgas Meinung nach ziemlich verzogen waren, und dafür mit Umarmungen und Küssen belohnt werden? Zwei Menschen, für die Helga der Angelpunkt ihrer Welt wäre, unlösbar mit ihr verbunden? Helga fühlte sich wie ein Voyeur, während sie Barbara Klump dabei beobachtete, wie sie ihren Kindern die Haare aus dem Gesicht strich oder ihre dreckigen Backen küsste, und trotzdem sah sie immer wieder hin. Wenn sie nur damals nicht gestürzt wäre. Wenn Trond rechtzeitig gekommen wäre, um sie ins Krankenhaus zu bringen, vielleicht würde dann ihr eigenes Kind hier durch den Garten toben.

Helga beobachtete, wie der kleine Klump-Junge angerannt kam, um den Kopf einen Moment lang im Schoß seiner Mutter zu vergraben, ehe er fröhlich wieder davonsprang. Frau Klump sah ihm sorgenvoll nach.

»Nicht bei der Scheune spielen, hörst du? Da sind Brennnesseln!«, rief sie ihm hinterher. »Kinder sind ja eine große Freude, aber man hat einfach keinen Augenblick Ruhe«, seufzte sie mit einem Blick zu Helga.

Diese nickte nur kurz, dann ging sie endgültig ins Haus. Es geschah nicht oft, dass sie sich solche Gedanken erlaubte. Dass die Jahre mit Trond ohne Liebe geblieben waren, das war eine Sache. Damit hätte sie sich abfinden können. Aber diese ewigen Wenns machten sie nur traurig.

Kapitel 20

Noch während Familie Klump auf Eplegard wohnte, kam auch Onkel Roald wieder. Er nahm den Weg durch den Garten, als auf sein Klopfen an der Haustür niemand reagierte, und traf auf die Klump-Kinder, die gerade die Hühner über die Wiese hetzten, und auf Herrn Klump, der mit unreifen Äpfeln Golfabschläge übte und nicht einmal aufblickte. Auch Tante Beate war so abweisend wie beim letzten Mal. Sie nahm zwar huldvoll das Schälchen mit Erdbeeren entgegen, die ersten der Saison und noch sündhaft teuer, aber dann erklärte sie von oben herab: »Also, guter Mann, ich glaube nicht, dass wir einander vorgestellt wurden.«

Sorgfältig suchte sie die größte Erdbeere heraus und steckte sie in den Mund. Die nächste warf sie nach dem kleinen Jungen. Er sollte endlich aufhören, die Hühner zu ärgern. Der Kleine schrie begeistert auf. Tante Beate hatte ihn genau am Ohr getroffen, und Erdbeersaft lief ihm in den Kragen. »Noch mal! Noch mal!«, rief er.

Für Onkel Roald blieb nur Barbara Klump zur Gesellschaft, die erschöpft in einem der Verandastühle zusammengesunken war. Sie lächelte leidend zu ihm hinauf, seufzte tief und faltete weiter Wäsche zusammen.

»Sie bezahlen für Kost und Logis«, erklärte Helga dem Onkel, als sie mit zwei Tassen Kaffee herauskam, die eine

Frau Klump reichte und die andere, auf die sie sich eigentlich schon selbst gefreut hatte, notgedrungen dem Onkel gab.

Onkel Roald beobachtete zweifelnd die gackernden Hühner, die allmählich in Panik gerieten. »Und findest du, das lohnt sich?«

»Bei uns ist es derzeit so knapp, da lohnt sich alles. Und ich glaube, Tante Beate findet es ganz lustig mit Besuch, erst recht, wenn er zahlt. Warum also nicht.« Helga zuckte unglücklich mit den Achseln. »Manchmal denke ich, vielleicht sind wir doch etwas überstürzt von Setersholm aufgebrochen. Ich weiß nicht, wie es weitergehen soll.«

Bei Tante Beates Namen hatte Roalds Gesicht aufgeleuchtet. »Ah, Beate«, sagte er, »ausländische Frauen haben mich schon immer fasziniert, und deine Tante ist eine echte Dame. Glaubst du, sie interessiert sich für mich?«

»Oh, also das, tja, das weiß ich nicht. Bislang hat sie nicht mit mir darüber gesprochen.« Onkel Roald war immer nett zu Helga gewesen, aber der Gedanke, dass er sich an Tante Beate heranmachte, war ... geschmacklos. Die Tante war alt und außerdem in Trauer! »Nein, sicher nicht«, ergänzte sie deshalb fest.

Doch Onkel Roald war kein Mann, der sich leicht entmutigen ließ.

»Das ist nur, weil sie mich nicht gut genug kennt«, meinte er munter. »Da muss ich einfach Geduld haben.«

Am Morgen des vierten Tages packte Barbara Klump endlich die Koffer, und Herr Klump trug sie zum Auto und stapelte sie sorgfältig in den Kofferraum, damit auch wirklich alles Platz fand. Dann zog er seine Brieftasche hervor und bezahlte mit säuerlicher Miene. Dieser Urlaub wurde um einiges teurer, als er sich vorgestellt hatte. Alles, was nicht gerade Gottes freie Natur war, ließen sich die Norweger wirklich in Gold aufwiegen. Zudem war die Gastronomie grausig in diesem Land. Und was sie hier bei dieser Deutschen essen mussten, hatte dem Fass den Boden ausgeschlagen. Wie gut, dass seine Frau schließlich das Kochen übernommen hatte. Da rackerte man sich das ganze Jahr über ab, nur um die Ferien in einer Art Jugendherberge zu verbringen.

Er scheuchte die Kinder auf den Rücksitz und schlug die Türen zu, jagte die Hühner aus dem Weg, stieg selbst ein, während seine Frau auf dem Beifahrersitz Platz nahm, und fuhr davon, ohne sich noch einmal umzudrehen. Nur die Kinder pressten die Gesichter noch lange an die Rückscheibe, um einen letzten Blick auf Tante Beate zu erhaschen.

Helga sah dem Auto hinterher. Nein, mit Frau Klump wollte sie eigentlich nicht tauschen. Immer in Sorge um alles und nichts und dann einen Mann, der ewig schlecht gelaunt war. Aber ohne die Kinder was es plötzlich sehr still auf dem Hof. Niemand rannte herum oder lachte, nur ein Huhn war zu hören, das sein tägliches Ei begackerte. Helga steckte das Geld ein und machte sich daran, die Betten abzuziehen. Berge von Dreckwäsche, Berge von Geschirr und überall Unordnung. Doch sie war zufrieden. Die letzten Tage hatten sich gelohnt. Wenn sie ehrlich war – sie hätte es auch für die Hälfte des Geldes getan.

Arbeit wollten die Tingneser Helga immer noch nicht geben. Aber nachdem Roald Setersholm ein gutes Wort für die beiden Frauen eingelegt hatte, vermittelten sie immerhin weitere Feriengäste nach Eplegard. Vor allem Deutsche, für die sie selbst keinen Platz hatten. Das konnte unmöglich ein Fehler sein, schließlich überließ man Helga ja nur die Reste, Gäste, für die man in Tingnese keine Verwendung hatte. In diesem Jahr waren mehr als sonst gekommen. Vielleicht war Norwegen plötzlich Mode geworden, vielleicht waren auch nur alle schon so oft an der Riviera gewesen, dass es ihnen langweilig wurde. Auf jeden Fall ergoss sich ein gleichmäßiger Strom an Wohnmobilen und ausländischen Personenwagen mit fröstelnden Touristen darin nach Tingnese. Da war es nur gut, dass man einige von ihnen weiterschicken konnte, wenn die Hütten auf dem Campingplatz ausgebucht und sämtliche Fremdenzimmer belegt waren.

So kam es, dass auf Eplegard plötzlich ein reges Kommen und Gehen herrschte. Mitte Juli trafen fast täglich neue Gäste ein, und für die allermeisten fand Helga noch irgendwo ein Plätzchen, nicht nur aus Mitleid, sondern auch wegen dem Geld. Seit Familie Klump sie mit einem Bündel norwegischer Kronen zurückgelassen hatte, ihr erstes eigenes Geld, war in Helga eine Gier erwacht, die ihr fast peinlich war.

»Also, das muss dir nicht peinlich sein«, sagte Tante Beate. »Wer weiß, was im Herbst kommt, wenn die hier alle wieder weg sind.«

Doch Helga hätte nie gedacht, dass sie so habsüchtig und geschäftstüchtig sein könnte. Wenn alle Zimmer voll waren, durften die Kinder auf alten Säcken in der Scheune schlafen, junge Pärchen zelteten auf der Wiese, und sie selbst zog in die enge, dunkle Kammer hinter der Küche, damit oben zwei weitere Betten frei wurden.

Ein Problem war natürlich das Badezimmer, das einzige im ganzen Haus. Unglaublich, wie häufig diese Touristen duschten und sich auch noch die Haare wuschen. Morgens und abends war das warme Wasser regelmäßig aufgebraucht. Zum Glück war wenigstens noch eine zweite Toilette im Keller, in einem Kabuff unter der Treppe, und für ganz verzweifelte Fälle stand das Klohäuschen draußen im Garten. Trotzdem gab es regelmäßig Streit und Unfrieden, und so oft konnte man das Bad gar nicht putzen, wie schon wieder Fußtapsen auf dem Boden waren, Zahnpaste im Waschbecken und Haare im Abfluss. Schließlich ermunterte Helga die Gäste, mit Tante Beate zusammen ein Morgenbad im Meer zu nehmen. Zusammen mit Onkel Roald stellte sie eine Tonne mit Süßwasser unten ans Ufer, dort konnte man hinterher das Salzwasser abwaschen und war im Handumdrehen das erste Mal für diesen Tag sauber.

»Ach«, erklärte Onkel Roald, »so ein Morgenbad mit Beate, das würde ich mir auch wünschen. Glaubst du, sie mag mich inzwischen ein bisschen?«

Helga selbst wusch sich gewöhnlich mitten in der Nacht, wenn sie mit der Hausarbeit einigermaßen fertig war. Wäsche waschen, putzen, Küche aufräumen – es nahm einfach kein Ende. Wie im Rausch arbeitete Helga in diesen Wochen, jeden Tag bis zwölf oder ein Uhr in der Nacht. Als Letztes wärmte sie einen Topf Wasser auf dem Herd und wusch sich in der Spüle. Dann war das übrige Haus zur Ruhe gekommen, und für die Dauer der kurzen Sommernacht hatte endlich einmal keiner Fragen und Wünsche an sie.

Helga gefiel das Halten von Touristen sehr viel besser als das Halten von fünfhundert Hühnern. Sie musste dar-

an denken, wie sie früher von einer eigenen kleinen Pension geträumt hatte. Wie lange das her war. Sie hatte sich
damals nicht vorstellen können, dass es so viel Arbeit sein
würde. Aber in einem hatte sie recht behalten: Die meisten Gäste waren tatsächlich freundlich und manche sogar
dankbar. Nachdem sie so viele Jahre lang alleine gearbei-
tet hatte – Tiere in Massentierhaltung waren irgendwie
keine rechte Gesellschaft, zu sehr mit sich und dem eigenen Überleben beschäftigt –, genoss Helga es, Leute um
sich zu haben, selbst wenn es Fremde waren, die bald wieder abreisten. Oder vielleicht war es gerade das, was es so
einfach machte. Helgas zurückhaltende Art schien den
Gästen Vertrauen einzuflößen. Sie erzählten ihr von den
Nöten mit den Kindern, den Sorgen um die alten Eltern,
der neuen Arbeitsstelle, die sie nach dem Sommer antre-
ten würden. »Nur unter uns« vertrauten sie Helga Liebes-
kummer an, in und außerhalb der Ehe, alte Familienfeh-
den, unerfüllte Träume. Und sobald sie abgereist waren,
vergaß Helga all diese fremden Geheimnisse wieder, klär-
te ihre Gedanken, genauso wie sie die Betten frisch bezog.
Sie wendete sich dem nächsten Gast zu, der ein Zimmer
wünschte und ein offenes Ohr.

Nur schade, dass das Haus so heruntergekommen war.
Manchmal schämte sich Helga direkt dafür, wie schäbig
alles aussah. Den Winter über würde sie die Zimmer streichen müssen und nach den Wasserleitungen sehen, in denen es immer so klopfte. Die Kellertreppe brauchte eine
neue Beleuchtung, denn die alte Lampe dort war viel zu
funzlig für Gäste, die die steilen Stufen nicht kannten, aber
eilig auf Toilette wollten. Und das Dach musste sie auch
kontrollieren. Auf dem Dachboden lagen zum Glück noch

Ziegel, mit denen sie die alten, zerbrochenen austauschen konnte. Wer wusste, was dort sonst noch alles lag? Jetzt im Sommer kam Helga nur zum Nötigsten. Alles andere, auch der Dachboden, würde bis zum Herbst warten müssen – und darauf, dass Helga genügend Geld auftrieb. Schon die Farbe für die Zimmer machte ihr Sorgen. Alles hing davon ab, ob der Warmwasserbehälter durchhielt. Immerhin, neulich hatte sie einem Gast den alten Dreschflegel aus der Scheune verkauft, zu einem Preis, der Helga die Schamröte ins Gesicht trieb, aber sie hatte endlich einen neuen Staubsauger anschaffen können.

Das Einzige, vor dem Helga wirklich grauste, war das Kochen. Jeden Mittag musste man irgendetwas auf den Tisch bringen. Doch obwohl sie sich ernsthaft Mühe gab und Stunden in der Küche verbrachte, war das Fleisch noch roh, die braune Soße angebrannt und die Kartoffeln waren zerkocht und grau. Ein Schwein müsste man haben, dachte sie traurig, wenn sie die Reste in den Mülleimer kratzte. Anfangs hatte Tante Beate versucht zu helfen. Sie war früher eine gute Köchin gewesen, aber das war, bevor sie krank wurde. Mit den norwegischen Zutaten und den großen Mengen kam sie überhaupt nicht zurecht. Letztendlich war es einfacher, Tante Beate auf die Veranda zu setzen, als sie die ganze Zeit zwischen den Füßen zu haben, mit ihren gutgemeinten, aber nutzlosen Ratschlägen.

Kurz vor dem Mittagessen war die Zeit, zu der auch Onkel Roald am liebsten kam. Helga war das eigentlich gar nicht recht, denn während des Kochens konnte sie auf keinen Fall auch noch ein Auge auf ihre Tante haben. Helga fand es reichlich taktlos, wie Onkel Roald ihr den Hof machte. Doch bislang war kein Grund zur Sorge. Für gewöhnlich stand Tante Beate nur ein paar Minuten später wieder in ihrer Küche.

»Auf der Veranda ist ein fremder Mann. Den habe ich hier noch nie gesehen«, beklagte sie sich dann. »Kann ich nicht lieber ein bisschen bei dir bleiben? Du brauchst doch bestimmt Hilfe.«

Doch allein mochte auch Onkel Roald nicht im Garten sitzen. Sowieso war es für ihn ungewohnt, mitten am Tag herumzulungern, erst recht auf einem Hof wie diesem, auf dem einen die Arbeit aus allen Ecken ansah. Früher oder später würde er Tante Beates Herz schon noch erobern, aber in der Zwischenzeit reparierte er eben die Regenrinne, damit das alte Haus nicht noch mehr verfiel. Er besserte die Stufen von der Veranda in den Garten hinunter aus und brachte auch ein Geländer an. Er räumte den Schuppen auf. Viele der alten Werkzeuge musste man wegwerfen, aber einige waren noch zu retten, wenn man den Rost abschliff und sie gründlich einölte. Onkel Roald hatte Zeit. Den eigenen Hof hatte letztes Jahr sein Sohn Einar übernommen, und der mochte es nicht, wenn der Vater sich einmischte. Helga war, nun ja, vielleicht nicht gerade dankbar für seine Hilfe, wahrscheinlich wusste sie gar nicht, was für einen Schaden eine lecke Dachrinne an einer Hauswand anrichten konnte. Aber immerhin war sie – geduldig war wohl das richtige Wort. Und selbstverständlich lud sie ihn zum Mittagessen ein, da er nun einmal um diese Zeit kam. Das allerdings entpuppte sich als zweifelhaftes Vergnügen. Zwar konnte Onkel Roald bei dieser Gelegenheit neben Tante Beate sitzen. Manchmal legte er wie zufällig seine Hand auf die ihre. Aber das Essen war eine Herausforderung. Man konnte über Trond sicher viel Schlechtes sagen. Seine Frau hatte er auf jeden Fall schändlich behandelt. Aber dass er lieber bei seiner Mutter gegessen hatte als zu Hause, das konnte Roald nachträglich verstehen. Er nahm den letzten Bissen und schluckte tapfer. Schwierig zu sagen, was da überhaupt auf dem Teller gelegen hatte.

Helgas Rettung wurde schließlich ein altes Schulkochbuch aus den siebziger Jahren, das sie im Küchenschrank fand und gewissenhaft studierte. Am Ende entschied sie sich für drei Gerichte, die ihr immerhin möglich erschienen, solange sie die Anweisungen sklavisch befolgte: Kartoffelbrei mit Spiegelei, Nudelauflauf mit Dosengemüse und Würstchen, Pfannkuchen mit Marmelade. Die kochte sie nun in immer gleicher Reihenfolge. Bis auf sonntags, da gab es belegte Brote. Da die meisten Gäste sowieso nicht lange blieben – nach zwei Tagen hatten die meisten genug von Helgas Kochkunst –, fiel das nur Tante Beate auf. Missmutig stocherte sie in ihrem Nudelauflauf und sagte: »Du brauchst nicht zu glauben, dass ich völlig verkalkt bin. Also, ich weiß ganz genau, dass wir den gleichen Auflauf letzte Woche auch schon zweimal hatten.«

Kapitel 21

Bei all dem Kommen und Gehen, den Ankünften und Abreisen, dem Hinein und Hinaus schien in der Gesamtbilanz trotzdem mehr zu kommen, als zu gehen. Als würde das Haus nicht mehr alles freigeben. Oder als würden die Gäste die Gelegenheit nutzen, unliebsame Dinge loszuwerden. Dreckige Socken unter den Betten sowieso. Und Shampoo im Badezimmer. Das Paar Schuhe, das unten im Windfang stehen blieb. Eine Mütze. Eine Regenjacke. Ein selbstgestrickter Pullover mit zu engen Armlöchern. Außer den Socken bewahrte Helga alles gewissenhaft auf, doch niemand kam je zurück, um es wieder einzufordern. Und vielleicht lohnte sich die Fahrt ja wirklich nicht nur für ein paar Kleider, selbst wenn die Schuhe noch sehr brauchbar aussahen und die Jacke sicher nicht billig gewesen war.

Aber einen Goldhamster – den würde doch sicherlich jemand vermissen? Als Helga kam, um die Betten abzuziehen, saß er in einer Zimmerecke und machte Männchen, und er hatte nichts dagegen, hochgenommen und in den alten Vogelkäfig gesetzt zu werden. Den Käfig hatten sie bei ihrem Umzug aus Setersholm mitgebracht. Stammte er von Tante Unni Setersholm oder ihrer Tochter Trude? Von Anfang an hatte Tante Beate ein Auge darauf geworfen.

»Wir könnten eine Maus darin halten«, schlug sie vor. »Oder am besten zwei: ein Männchen und ein Weibchen, dann können sie Junge kriegen.«

»Findest du nicht, wir haben hier schon mehr als genug Mäuse?«, antwortete Helga. »Warum sollten wir sie auch noch züchten?«

Doch wenn Tante Beate sich etwas in den Kopf gesetzt hatte, war sie kaum davon abzubringen. Erst recht, nachdem ihr Gedächtnis so löchrig geworden war, dass die paar Gedanken, die sich in den groben Maschen verfingen, groß und bedeutend wurden. Während Helga in der ersten Woche das Haus putzte, lauerte Tante Beate in dem Verschlag unter der Treppe, wo es besonders stark roch. Für ihr Alter war sie überraschend beweglich, und am zweiten Tag gelang es ihr tatsächlich, eine Maus zu packen. Sie hielt sie am Schwanz, während der Nager verzweifelt mit den Pfoten ruderte. Doch als Tante Beate versuchte, das Tier in den Käfig zu stopfen, drehte die Maus sich um und biss Tante Beate kräftig in den Finger. Bis aufs Blut. Gott sei Dank war das das Ende des Mausprojekts, zumal die Wunde sich entzündete und Tante Beate den Finger eine Woche lang morgens und abends in Salzwasser baden musste.

Für Tante Beate war der Hamster im Vogelkäfig daher ein großer Glücksfall. Für den Hamster allerdings nicht. Traurig hockte er in dem leeren Käfig, in dem es außer ein bisschen Sand nur eine Wasserschale und einen Futternapf gab. Manchmal lief er von einer Ecke in die nächste. Dann wieder zurück. Er erinnerte Helga an die Nerze in ihrer lebenslangen qualvollen Langeweile, und eines Nachts ließ sie ihn frei. Nachdem sie sich wie immer ge-

waschen hatte, stellte sie den Käfig auf den Küchenfuß-
boden und öffnete das Türchen. Am Morgen war der
Hamster fort. Nur einmal sah sie ihn noch hinter dem
Kehrichteimer. Er machte Männchen, doch als sie nach
ihm griff, lief er davon.

Noch mehr wunderte Helga sich über die zurückgelassene
Katze. Sie war klein und grau-braun getigert. Zitternd saß
sie weit hinten unter dem Bett und ließ sich nicht hervor-
locken, weder durch Rufen noch durch Schnalzen und
auch nicht mit kleinen Stückchen Wurst. Erst gegen Abend
kam sie plötzlich ins Wohnzimmer, wie zufällig und als
wäre sie schon immer hier gewesen. Sie sprang auf Tante
Beates Schoß und rollte sich dort schnurrend zusammen.

»Da bist du ja, Abigail«, sagte Tante Beate genauso
selbstverständlich.

Helga gegenüber blieb Abigail scheu und unnahbar, ja,
richtiggehend undankbar, obwohl sie sie doch jeden Tag
fütterte. Ihr eifersüchtiges Herz gehörte einzig und allein
Tante Beate, der sie vorwurfsvoll folgte, wenn sie zu den
Hühnern ging. »Wie kannst du nur?«, war ihr deutlich an-
zusehen, und sie drehte der Tante den Schwanz zu, bis
diese versicherte, dass Abigail die Schönste und Liebste
überhaupt sei. Immerhin zogen nun die letzten Mäuse
aus, und wahrscheinlich war die Katze auch das Ende des
Goldhamsters. Auf jeden Fall sah Helga ihn nicht mehr
wieder.

Wegen der Katze tat es Helga zum ersten Mal leid, dass
sie keine Adressen notierte. Die Gäste kamen, blieben ein
bis zwei Tage und gingen wieder. Bezahlt wurde bei Abreise. Die meisten stellten sich natürlich vor, doch Helga hat-

te weder für Namen noch Gesichter ein besonders gutes Gedächtnis. Auf Setersholm hatte es Monate gedauert, bis sie alle Setersholmer auseinanderhalten konnte. Selbst bei Trond war sie manchmal nicht ganz sicher gewesen, er sah seinen Cousins einfach zu ähnlich. Sie schnupperte dann unauffällig: Trond roch nach Nerz, später nach Schwein, seine Cousins nach Schaf.

Ein Paar Schuhe zurückzulassen, fand Helga, war eine Sache. Eine Katze, die sich in alle Betten legte, sobald man die Türen einen Spalt offen ließ, und die dazu noch einen schlechten Charakter hatte, eine andere. Nur zu gerne hätte sie die Besitzer angerufen und sich beschwert. Ihr Haus war doch keine Tierpension. Selbst wenn die Katze nicht wirklich störte, hier ging es ums Prinzip! Gäste mit Tieren, beschloss sie, würden von nun an Namen und Adresse angeben müssen. Am besten, man ließ sich gleich den Pass zeigen.

Doch dann vergaß Helga es in all dem Trubel wieder, und es fiel ihr erst bei dem Hund wieder ein. Ein schwarzer Labrador, der schon grau um die Schnauze wurde und humpelte. Vage erinnerte Helga sich an die Familie, zwei Kinder und eine Mutter, die sich genauso wie der Hund unablässig bemühten, es dem Vater recht zu machen. Sie hatten schon gestern Abend ihre Rechnung beglichen, um heute Morgen ganz früh aufzubrechen. Als Helga in den Garten kam, um die erste Maschine Wäsche aufzuhängen, saß der Hund auf der Veranda und klopfte verlegen mit dem Schwanz. Er war wirklich schon sehr alt. Seine Bewegungen waren wohlüberlegt und zögernd, und die paar Stufen hinunter in den Garten ging er nur, wenn er dringend musste. An Spazierengehen kein Gedanke. Am liebsten lag er in der Küche und war Helga im Weg, bis er sich mühsam aufrappelte und ihr in ihre Kammer folgte. Helga war nun schon seit vielen Jahren daran gewöhnt, alleine zu schlafen, erst recht in dem schmalen Bett hier unten. Doch sie konnte den Hund noch so oft von ihren Füßen herunterscheuchen, sobald sie einschlief, kletterte er trotz seiner arthritischen Hüften wieder hinauf. Schließlich gewöhnte sie sich an sein Gewicht und seinen ranzigen Geruch. Es war offensichtlich, dass ihm nicht mehr viel Zeit blieb. Vielleicht hatte er ja wie ein Mensch Angst, einsam zu sterben. Da sie seinen Namen nicht kannte, rief sie ihn einfach Hund.

Kapitel 22

Und dann kam sie eines Morgens aus ihrem Zimmer, verschlafen und noch im Nachthemd, und an ihrem Küchentisch saß ein Mann. Er war so alt und so grau wie Hund, und genauso beschämt.

Das geht nun aber wirklich zu weit, dachte Helga.

In ihrer Verwirrung zog sie sich wieder in ihr Schlafzimmer zurück. Im Nachthemd machte sie sich sowieso nur lächerlich. Doch als sie nach einigen Minuten zurückkam, diesmal vollständig angezogen, saß der Mann nach wie vor da und blickte auf seine Hände, die vor ihm auf dem Tisch lagen.

Ausnahmsweise wusste Helga genau, wer dieser Mann war. Erstens waren alle anderen Gäste jünger, und zweitens war er erst vor ein paar Tagen zusammen mit seiner Tochter und deren Lebensgefährten gekommen. Helga hatte noch gedacht, was für eine eigenartige Reisegesellschaft, zumal sie keinen fröhlichen Eindruck machten. Sie sprachen nur das Nötigste miteinander und nicht gerade freundlich.

Inzwischen war es bereits Anfang August, und der Besucherstrom wurde merklich dünner. Helga war deshalb nicht böse gewesen, als die Tochter das Westzimmer für sich alleine verlangte, natürlich gegen Aufpreis.

»Ich brauche Ruhe«, hatte sie erklärt. »Vor allem ganz viel Ruhe.« Und mit einem Blick auf die Männer sagte sie bissig: »Ihr könnt selbst entscheiden, ob ihr auch jeder ein Zimmer für euch wollt oder lieber knausert und eines teilt.«

Helga war beeindruckt gewesen. Nicht, weil ihr die Frau sympathisch war, sondern weil sie selbst nie auf die Idee gekommen wäre, sich so zu benehmen. Ihren Eltern gegenüber sowieso nicht. Aber auch Trond hätte ihr sofort eine gelangt, wenn sie auf diese Art zickig geworden wäre, so schnell konnte man sich gar nicht ducken.

Doch solange die Gäste zahlten, ging es einen nichts an, was sie trieben. Helgas persönlicher Meinung nach war zwar im Haus am meisten Lärm und Trubel, und sie verstand nicht, warum die Dame die ganze Zeit in ihrem Zimmer hockte, anstatt draußen spazieren zu gehen, wo es wirklich ruhig war. Aber vielleicht benützte sie ja Ohrenstöpsel. Ihr Mann war dafür ständig im Freien. Schon frühmorgens saß er auf der Wiese. Die Augen geschlossen und die Hände vor der Brust gefaltet, war er in eine Art Gebet versunken. Und wenn er damit fertig war, begann er zu turnen, lediglich mit einer kurzen Sporthose bekleidet.

»Yoga«, erklärte er auf Helgas fragenden Blick hin. »Beruhigt den Geist und kräftigt den Körper. Ich hatte vor ein paar Jahren einen Bandscheibenvorfall und dachte schon, ich würde nie wieder als Schreiner arbeiten können. Damals habe ich mit Yoga angefangen, und seitdem ich regelmäßig übe, habe ich keine Probleme mehr mit dem Rücken. Wenn Sie möchten, können Sie gern mitmachen. Ich bringe es Ihnen bei.«

Doch auch wenn Helga die Vorstellung gefiel, eine Weile lang einfach nur ruhig dazusitzen – wann kam sie sonst schon dazu? –, fand sie den Gedanken abwegig, halbnackt im Garten Gymnastik zu machen. Ehrlich gesagt, ihr wäre es lieber gewesen, wenn auch der Herr auf der Wiese etwas mehr angezogen hätte. Die kurze Hose erlaubte immer wieder sehr freizügige Einblicke, und schließlich waren hier noch andere Leute. Außerdem würde er sich eine Erkältung holen. Die Nächte waren schon recht kühl und das Gras morgens nass vom Tau.

Mit einem höflichen Lächeln lehnte sie ab. Sie musste das Frühstück vorbereiten. Aber dann fand sie doch immer wieder einen Vorwand, um auf die Veranda herauszukommen und einen Blick auf den fast nackten Mann zu werfen, der sich einsam unter den Apfelbäumen vergnügte, während seine Lebensgefährtin oben im Westzimmer schmollte.

Die drei blieben länger als die meisten, vier Tage lang, dann hatte sich Sybille – ja, genau, Sybille hieß sie, nun fiel es Helga wieder ein, Sybille Wowat – offenbar so weit erholt, dass sie ihr Zimmer wieder verlassen konnte. Vielleicht war ihr auch nur langweilig geworden. Der Mann immer im Garten und der Vater auf der Veranda, wo er sich stundenlang mit Tante Beate unterhielt. Keiner der beiden klopfte fragend an ihre Türe. Nicht einmal zu den Mahlzeiten rief man sie herunter.

»Sie wird schon kommen, wenn sie Hunger hat«, sagte der alte Herr Wowat. »Sie war schon als Kind schwierig mit dem Essen, aber jetzt ist sie dreißig, alt genug, um es selbst zu wissen. Und ich bin zu alt, um noch darüber zu streiten.«

Helga vermutete eher, dass Sybille heimliche Vorräte auf ihrem Zimmer hatte. Aus der Küche waren in der letzten Zeit Lebensmittel verschwunden.

Doch am Abend des vierten Tages tauchte Sybille am Abendbrottisch auf, nicht nur sorgfältig geschminkt und frisiert, sondern auch lächelnd. Ihr Blick wanderte hungrig über den Tisch, aber am Ende goss sie sich nur ein Glas Wasser ein.

»Papa, ich glaube, du musst dich leider von deiner *petite amie* verabschieden.« Sie nickte zu Tante Beate hinüber. »Bertram und ich müssen in ein paar Tagen wieder arbeiten. Höchste Zeit für die Rückreise, gell, Berti?«

»Mein Vater wohnt vorübergehend bei uns«, erklärte sie, obwohl Helga nicht verstand, was das die anderen Gäste um den Tisch herum anging. »In seinem Haus hat es ein Missgeschick gegeben. Ach, ich kann es auch gleich erzählen: Er hat die Herdplatte vergessen, und alles ist abgebrannt. Alles, alles einfach weg. Und ob die Versicherung zahlt, wissen die Götter. Jetzt schläft er bei uns auf der Gästecouch. Gell, Papa, einfach ist das für keinen von uns.«

»Sybille, es ist genug«, sagte Bertram leise.

»Aber warum denn? Ich meine, einen Hund kann man ins Tierheim geben. Aber den eigenen Vater, den nimmt man sogar mit in die Sommerferien. Damit er nicht auch noch die zweite Wohnung abfackelt. Ha, ha.«

Wortlos schob Herr Wowat seinen Teller von sich und ging aus dem Zimmer.

»Oh, das war ein Witz! Ich habe doch nur Spaß gemacht!«, rief Sybille ihm hinterher. »Immer ist er gleich gekränkt. Ich habe übrigens gelesen, das kann ein erstes Zeichen von Alzheimer sein. Auf jeden Fall, Helga, würden wir nachher gerne die Rechnung begleichen, damit wir morgen ganz früh von hier loskommen.«

Eigentlich, dachte Helga im Nachhinein, hätte sie in diesem Moment wissen können, was passieren würde. Es war das Gleiche wie bei Hund: So eine Abreise vor Tagesanbruch verhieß nichts Gutes. Mitten in der Nacht Getrappel auf der Treppe, Koffer, die über den Boden schleiften, eilige Stimmen, das Klappen von Autotüren, und bis man aufstand, war die Flucht gelungen, und zurück blieb ein weiteres trauriges Familienmitglied, für das niemand mehr Verwendung hatte.

Herr Wowat zog eine Hand vom Tisch. Darunter lag Geld.

»Meine Tochter lässt fragen, ob ich vielleicht noch eine Woche bleiben kann«, bat er schüchtern.

»Und dann kommt sie aus Deutschland und holt Sie wieder ab?«

»Nein, nein, sie fährt noch gar nicht nach Hause«, sagte der alte Mann eifrig. »Sybille und Bertram brauchten einfach ein bisschen Zeit für sich alleine. Und dann kommen sie und holen mich wieder ab.« Er schob die Geldscheine hinüber zu Helga. »Bitte! Ich weiß, was meine Tochter über mich redet. Aber ich bin nicht senil. Ich kann sehr gut auf mich selbst aufpassen. Lassen Sie mich einfach noch ein bisschen bleiben.«

Kapitel 23

Aber Sybille kam nicht. Nicht nach der ersten Woche und auch nicht nach der zweiten.

Der kurze Sommer war vorbei, und die Feriensaison ging ihrem Ende entgegen. Nach Tingnese kamen nur noch wenige Touristen, und die konnte man problemlos selbst unterbringen. Nach Eplegard kam gar niemand mehr. So viele Wochen hatten hier Trubel und Hektik geherrscht. Jetzt war es plötzlich ungewöhnlich still. Keine kreischenden Kinder, keine rufenden Eltern, keine eiligen Schritte, um schnell noch die Badetücher hereinzuholen, ehe es regnete. Bald würden die ersten Herbststürme kommen, aber noch war das Wetter mild und sonnig, so als tankte die Natur an diesen Spätsommertagen noch einmal Wärme, um sich vor dem kommenden Winter zu wappnen. Helga bügelte die Laken und verstaute sie im Schrank. Lüftete die Bettdecken. Wusch die Teppiche. Winkte dem letzten Auto hinterher.

Als einziger Gast war jetzt noch Herr Wowat übrig. Wie ein letztes Stück Kuchen auf der Platte, wenn alle schon satt sind.

In der ersten Woche fand Herbert Wowat das noch sehr gemütlich. Das Haus leerte sich allmählich, und jeden Tag waren sie weniger Personen um den großen Tisch im Wohnzimmer. Es wurde richtig familiär. Manchmal kam noch dieser Norweger mit seinem klapprigen Lieferwagen dazu. Herbert war sich nicht sicher, ob er ein Freund der Familie war oder eine Art Hausmeister. Ständig machte er sich an irgendetwas zu schaffen, mit einer Selbstverständlichkeit, als wohnte er hier. Herbert mochte den Mann nicht besonders, der in kaum verständlichem Deutsch Sachen zu ihm sagte wie »Ah, lange Ferien dieses Jahr?« oder »Geh mal zur Seite. Ich muss das Geländer reparieren«. Immer setzte er sich etwas zu dicht neben Frau Schlegel. Manchmal griff er sogar nach ihrer Hand und lächelte dabei ununterbrochen. Gott sei Dank war Beate Schlegel immun gegen seinen schmierigen Charme.

»Helga?«, rief sie unsicher. »Kennen wir den Mann?«

Doch in der zweiten Woche begann Herr Wowat langsam, sich Sorgen zu machen, zumal er kein Geld mehr hatte. »Brauchst du nicht, Papa, für die paar Tage«, hatte seine Tochter gesagt. »Hier gibt es doch Vollpension.«

Stundenlang saß er am Fenster und beobachtete die Auffahrt. Bald, dachte er, spätestens heute Nachmittag, spätestens morgen früh.

Aber nein.

In der dritten Woche hatte er immer öfter das Gefühl, Helga stünde direkt hinter ihm und würde gleich sagen: »Wir sind ein Hotel, Herr Wowat, kein Hospiz.« Doch wenn er sich erschrocken umdrehte, war da nur die Katze, Abigail, die sowieso keinen mochte. Bei den Mahlzeiten aß er jetzt so wenig wie möglich, eine halbe Scheibe Brot, winzige Mengen Auflauf, einen einzigen Pfannkuchen, aber ohne Marmelade, und nein, bitte kein Spiegelei. Er war fürchterlich hungrig. Neidisch beobachtete er die Hühner, die den restlichen Nudelauflauf pickten.

Und trotzdem, obwohl er so vorsichtig gewesen war, so bescheiden, so unsichtbar wie möglich, schlug Helga gegen Ende der dritten Woche plötzlich wütend auf den Tisch. Herbert Wowat war gerade dabei, sich zu bedienen. Völlig auf das Essen konzentriert, handelte er mit sich selbst aus, wie viel er wohl nehmen dürfe, ein bisschen mehr, nein, vielleicht doch ein bisschen weniger, na ja, einen winzigen Löffel ...

»Herr Wowat, was denken Sie denn eigentlich von mir?«, herrschte Helga den alten Mann an. »Glauben Sie wirklich, ich würde Sie vor die Tür setzen, nur weil Sie sich zu viel vom Kartoffelbrei nehmen?«

Erschrocken hielt Herbert Wowat mitten in der Bewegung inne. Er schluckte hart, dann legte er den Vorlegelöffel behutsam zurück in die Schüssel und stieß mit zitternder Stimme hervor: »Jeden Tag denke ich, meine Tochter kommt mich holen. Ich habe keinen Pfennig mehr in der Tasche. Selbst wenn ich wollte, ohne Geld kann ich hier nicht weg. Wissen Sie, wie ich mich fühle, wenn ich so auf Ihre Barmherzigkeit angewiesen bin? Völlig hilflos.«

Und dann brach er in Tränen aus.

»Da siehst du, was du angerichtet hast, Helga. Immer musst du gleich so grob sein«, rief Tante Beate. »Sie meint es nicht so. Sie ist einfach nur ein bisschen jung.« Die Tante strich Herrn Wowat begütigend über den Rücken. »Sie werden sehen, das ordnet sich alles. Das tut es am Ende immer, sagt Karl. Aber in einem hat meine Nichte recht: Anständig essen muss man. Sie fallen ja völlig vom

Fleisch.« Sie nahm die Schüssel und füllte seinen Teller reichlich mit Kartoffelbrei. Dazu zwei Eier. »Und alles aufessen. Vorher gehen Sie mir nicht vom Tisch!«

Zögernd griff Herr Wowat nach seinem Besteck und schob sich unter Tränen die erste Gabel in den Mund. Eine zweite. Eine dritte. Er hörte auf zu weinen und schniefte nur noch von Zeit zu Zeit, während er immer weiter aß. Schließlich lächelte er und lehnte sich zurück.

»Das war gut«, seufzte er.

Die ersten gelben Blätter fielen von den Birken und landeten sanft im Meer. Die Äpfel wurden langsam reif. Sybille kam auch in der vierten Woche nicht. Selbst der Norweger tauchte nun seltener auf. Wahrscheinlich wartete er in aller Ruhe ab, bis er, Herbert, endlich verschwunden wäre und damit die letzte Konkurrenz aus dem Weg. Das einzige Auto, das die schmale Straße entlangfuhr, gehörte dem Postboten. Er kurbelte sein Fenster herunter und rief Herrn Wowat zu: »Are you Herbert?«

Einen Brief in der Hand, kam Herr Wowat in die Küche.

»Meine Tochter hat mir meine Pension geschickt«, sagte er überrascht. »Oder zumindest das, was sie ›meinen Anteil‹ nennt.«

Er leerte den Umschlag auf dem Tisch aus. Zu dritt standen sie drum herum und betrachteten das Geld.

»Was werden Sie jetzt machen?«, fragte Tante Beate.

Herbert Wowat zählte das Geld. Dann nahm er sich zwei kleinere Scheine – »Für Schokolade«, gestand er errötend – und schob den restlichen Haufen zu Helga hinüber. »Als Allererstes möchte ich meine Schulden begleichen. Und außerdem hoffe ich, es langt auch noch für ein paar Wochen mehr. Meine Tochter hat gerade so schrecklich viel zu tun, schreibt sie, und da passt es nicht so gut mit einem Gast auf dem Sofa.« Er wurde noch röter.

Nun zählte auch Helga das Geld. Dann schob sie Hälfte zu Herrn Wowat zurück.

»Nachsaison«, bemerkte sie wie nebenbei. »Das reicht dicke.«

Aber er konnte sehen, wie erleichtert sie war, als sie ihren Teil in der Schürze verstaute.

Kapitel 24

Die Äpfel auf Eplegard waren ein seltener Überfluss in diesem kargen Land. Jeder hatte schon davon gehört. Früher waren die Leute von weit her gekommen, um sie zu bestaunen und zu kaufen, und die Kinder ließen sie sich schenken, einen Apfel in jede Hand.

Inzwischen waren die Bäume alt, und etliche der morschen Stämme vom Wind einfach umgeblasen. Die übrigen hatte seit Jahren niemand mehr gepflegt. Dünne Zweige schossen gakelig in die Höhe und kreuz und quer durch die Kronen. Aber der Sommer war schön gewesen und ungewöhnlich warm. Die Äste bogen sich unter Mengen von Äpfeln, und bereits Mitte September waren sie reif und saftig.

Zu dritt machten sie sich an die Arbeit, auch wenn Tante Beate immer nur kurze Zeit bei der Sache blieb. Sie pflückte ein paar Äpfel, dann half sie einem Huhn, das sich vielleicht verirrt hatte, bewunderte einen verspäteten Schmetterling, lauschte Herrn Wowat, der über ihr auf der Leiter stand und einen alten Schlager sang.

»Ach«, sagte sie. »Ich fühle mich wieder ganz jung. Es ist aber auch zu schön hier.«

Und sie machte ein kleines Päuschen, um den klaren Herbsttag zu genießen. In der tiefstehenden Sonne warf jeder einzelne Grashalm seinen eigenen, scharf gestochenen Schatten.

Doch Helga arbeitete schnell und hartnäckig wie immer. Das Pflücken von Äpfeln erinnerte sie an das Sammeln von Eiern. Man musste genauso vorsichtig sein, wenn man sie in die Holzkisten packte, und sie lagen genauso rund und voll in der Hand. Schon seit Wochen hatte Helga sich auf diesen Moment gefreut. Sie füllte die letzte Kiste – nicht, dass es keine Äpfel mehr gegeben hätte, aber die Kisten waren aufgebraucht – und stapelte sie auf den Anhänger.

»Wären Sie vielleicht so freundlich und würden ein Auge auf meine Tante haben?«, bat sie Herrn Wowat. »Nur dass sie nicht auf den Bootssteg geht oder so.«

»Herbert hat immer ein Auge auf mich«, kicherte Tante Beate, und Helga fragte sich, wann aus Herrn Wowat wohl Herbert geworden war. Aber egal, denn jetzt fuhr sie endlich in die Stadt.

Vor dem Coop hielt sie an, und die Besitzerin Tone Ödegard kam mit ihr hinaus, um die Ware zu begutachten. Prüfend wog sie einen Apfel in der Hand, drehte und wendete die Frucht, warf sie nachlässig in die Kiste zurück und nahm eine andere, während Helga zusah, erst voller Stolz und dann voller Zweifel.

»Was ist das für eine Sorte?«

»Das weiß ich nicht. Die Sorte, die schon immer dort gewachsen ist.«

Tone biss prüfend in seinen Apfel und verzog den Mund. »Wir verkaufen hier entweder Jonathan Gold oder Granny Smith. Diese hier sind nicht süß genug. Und außerdem« – sie wühlte in der Kiste – »haben sie Schorfstellen. Und Flecken. So was kauft hier keiner. Da bleibe ich drauf sitzen.«

172

»Dafür sind es Äpfel direkt von Eplegard, nicht aus Spanien oder Chile oder von sonst wo. Und ungespritzt.«

»Na und?«

»Und man kann sehr gut Apfelmus aus ihnen kochen. Sie sind ganz mürbe.«

»Apfelmost?«

»Nicht Most. Mus – Apfelmus.«

»Warum sollte man das kochen? Davon habe ich noch nie gehört, dass das jemand macht.«

Doch als Tone Helgas Enttäuschung sah, sagte sie freundlicher: »Eine Kiste kannst du ruhig hierlassen. Davon backe ich einen Apfelkuchen zum Wochenende. Und du bleibst einfach ein bisschen neben dem Laden stehen. Ich bring dir ein paar Tüten. Vielleicht kauft dir ja noch jemand was ab.«

Tone brachte ihr außer den Tüten auch Kaffee und Plunderstückchen. Sie setzte sich sogar einen Moment dazu, samstags half ihr Mann immer im Laden, da konnte sie ruhig einmal für zehn Minuten Pause machen und ein paar Worte mit dieser Deutschen wechseln. Wenn man den Gerüchten glauben mochte, lebte die inzwischen sogar mit einem Mann zusammen. Allerdings einem alten. Nun, Tone konnte schlecht fragen, was ein fremder Mann auf Eplegard zu suchen hatte. Stattdessen versuchte sie, den Tingnesern Helgas Äpfel schmackhaft zu machen – Äpfel von Eplegard, so wie schon seit hundert Jahren! –, aber vergeblich.

Bis zum Abend hatte Helga gerade mal eine halbe Kiste verkauft. Nicht einmal geschenkt wollten die Leute es haben, dieses merkwürdige Obst. Ein paar Münzen klingelten armselig in Helgas Tasche, und der Anhänger sah noch genauso voll aus wie bei der Hinfahrt. Es blieb ihr nichts anderes übrig, als alles wieder mit nach Hause zu nehmen und die Äpfel vorläufig im Keller zu lagern. Die vom Traktor und die, die noch an den Bäumen hingen. Jetzt verstand Helga auch, warum hier unten ringsum an allen Wänden Holzregale standen. Sie füllte Fach um Fach. Dann spülte sie die alten Einmachgläser, kochte die Deckel aus, kaufte neue Gummiringe, und weil Helga keine Ahnung hatte, was sie sonst mit diesem Segen anfangen sollte, begann sie, aus mehreren hundert Kilo Äpfeln Apfelmus zu kochen. Regalbrett für Regalbrett, Tag für Tag, bis das Haus vom Keller bis zum Dachboden duftete, die Haare, die Kleider, selbst Hund. Beglückt dachte sie, wie viel besser die Äpfel rochen als zum Beispiel Hühnerscheiße und dass sie im Winter ihr Apfelmus verkaufen würde, auf dem Kirchenbasar am zweiten Advent.

Über Wochen gab es für Helga nur diese Äpfel. Sie mussten verarbeitet werden, ehe sie im Keller faulten. Man konnte doch diesen Reichtum, diesen Überfluss nicht einfach verkommen lassen, nur weil die Bewohner von Tingnese kein Obst mit Stellen kauften. Helga vergaß alles andere, manchmal sogar das Kochen. Wer Hunger hatte, konnte Apfelmus essen. Davon gab es schließlich genug.

Aber eines Tages hatte Helga tatsächlich die allerletzte Frucht kleingeschnitten, gekocht und durchs Sieb gestrichen.

Sie war fertig.

Es waren auch genug Äpfel für einen Herbst gewesen. Ihre Finger waren rissig und braun vom Fruchtsaft, und sie hatten dicke Schwielen. Der Rücken schmerzte.

Im Keller standen einhundertachtundsiebzig Gläser Apfelmus.

Erleichtert putzte Helga die Küche, dann band sie sich die Schürze ab und ging hinüber ins Wohnzimmer, auf der Suche nach Tante Beate und Herrn Wowat. Ursprünglich hatte sich Helga darauf gefreut, wieder alleine mit ihrer Tante zu sein. Es war mühsam genug, sich um diese zahlenden Gäste mit all ihren Ansprüchen zu kümmern. Doch Herr Wowat war ein angenehmer Mensch. Ein ernster, stiller Mann, der sich nach jeder Mahlzeit höflich für das Essen bedankte und seinen Teller selbst in die Küche trug. Einmal im Monat, wenn Post kam, zahlte er seinen Beitrag zum Haushalt, und sonst saß er stundenlang da und spielte Mensch ärgere Dich nicht mit Tante Beate, während Helga ungestört ihren Pflichten nachging. Was er über seine Tochter dachte und darüber, dass sie ihn einfach hier abgeladen hatte, sagte er nie. Nur wenn ein Auto die Straße entlangkam, schreckte er auf.

»Ich bin fertig!«, rief Helga und stieß die Türe zum Wohnzimmer auf.

Tante Beate und Herr Wowat saßen auf dem Sofa. Sie hielten sich eng umschlungen. Sie küssten sich.

Als Helga hereinkam, richtete sich Herr Wowat schnell auf und wurde über und über rot. Doch Tante Beate lachte nur und zog ihn wieder zu sich heran.

»Aber Herbert«, sagte sie. »Das ist doch nur Helga.«

Nur Helga? Nur Helga?

Helga stapfte aus dem Zimmer und schlug die Türe hinter sich zu. Wie konnten die beiden das tun? Tante Beate, die immer von Onkel Karl redete, als wäre er nur mal kurz einkaufen, und Herr Wowat – wahrscheinlich war er ein

Erbschleicher, der es auf Eplegard abgesehen hatte, wo sein eigenes Haus doch futsch war. Da machte man sich Sorgen wegen Roald Setersholm, und die Tante ging hin und fing mit dem nächstbesten Deutschen etwas an, schlimmer als ein Teenager.

Wie blind sie, Helga, gewesen war. Und wie taub.

Mit einem Mal wurde ihr klar, was die Schritte bedeuteten, die sie Abend für Abend hörte. Herr Wowat musste nicht noch mal auf Toilette, nein, er wechselte das Schlafzimmer. Jetzt, wo sie wusste, worauf sie lauschen sollte, hörte sie das vertraute, intime Gelächter der beiden und das Quietschen der Bettfedern und Tante Beates zufriedenes Seufzen. Helga brannten die Backen. In dem Alter! Und die eigene Tante!

Plötzlich bemerkte Helga tausend kleine Zeichen der Zuneigung. Wie Herr Wowat Tante Beate den Kragen zurechtzupfte und ihr anschließend über die Wange strich. Wie sie einander kurz an den Händen fassten. Wie sie sich nach dem Mittagessen auf ein Schläfchen zurückzogen, mit einem verschwörerischen Lachen. Wie die beiden darauf achteten, dass der andere auch genug aß.

Und keines dieser Zeichen galt ihr, Helga. Für Helga blieb nur Hund, der seine Schnauze tröstend in ihre Hand bohrte.

»Glaubst du, Onkel Karl fände das richtig?«, fragte sie die Tante bissig.

»Karl ist tot«, antwortete Tante Beate. »Ich glaube nicht, dass es ihn noch stört.«

»Ja, gerade mal ein halbes Jahr ist er tot. Lange hast du ja nicht getrauert.«

»Meine Trauer geht dich nichts an.«

»Ich habe die Verantwortung für dich. Natürlich geht es mich etwas an, wenn du dich mit fremden Männern einlässt. Woher willst du wissen, dass er deinen – äh – Zustand, deine Krankheit nicht nur ausnutzt, um dich in sein Bett zu kriegen und dir dein Geld zu stehlen. Hast du daran schon einmal gedacht?«

Früher, als Helga noch ein Kind war und die Tante eine junge Frau, konnte Tante Beate sehr böse werden. So böse, dass Onkel Karl die Tränen kamen und er um Verzeihung bat, egal ob er nun Schuld hatte oder nicht. So wütend, dass Vera und Helga sich die Ohren zuhielten und aus dem Zimmer rannten. Doch hier in Norwegen hatte Helga die Tante bisher nur sanftmütig und geduldig erlebt, als hätte sie das Bösewerden genauso verlernt wie das Kochen.

Nun, das hatte sie nicht.

Tante Beate richtete sich zu ihrer vollen Größe auf und gab Helga eine Ohrfeige. Einen lauten Klatsch mitten auf die Backe.

»Was fällt dir ein, so hässlich über mich zu reden?«, rief sie. »Wenn Karl noch lebte, wäre ich gar nicht hier, sondern zu Hause, wo ich hingehöre. Stattdessen bin ich in einem fremden Land. Ich muss mich von dir hierhin und dorthin schleppen lassen. Ich bin nur noch eine Bürde, die auf den Tod wartet. Warum sollte ich mir nicht ein letztes bisschen Liebe gönnen? Nur weil du dich daran stören könntest? Meinst du, in meinem Alter hat man keine Lust mehr? Meinst du, ich muss alt und vertrocknet sein, nur weil du unglücklich bist? Du findest mich also frivol? Weißt du was – es könnte mich nicht weniger kümmern!«

Tante Bea holte tief Luft. Und dann sank sie in sich zusammen. Ihr Blick wurde flatternd wie sonst, wenn sie sich an etwas zu erinnern versuchte, aber nicht konnte. Sie sah sich in der Küche um, als wäre sie zum ersten Mal hier. Sah in Helgas erschrockenes Gesicht, deren linke Wange den Abdruck ihrer Finger trug.

»Ach, Helga«, sagte sie traurig. »Du bist noch so jung.«

Und dann wollte sie etwas hinzufügen. Aber die Worte waren aus ihrem Kopf verschwunden.

Sommer

2003

Kapitel 25

Im Sommer darauf waren Sybille und Bertram plötzlich wieder da. Fröhlich hupend fuhren sie auf den Hof. Sybille sprang aus dem Auto und breitete die Arme aus.

»Papa!«, rief sie.

Aber Herbert Wowat blieb auf der Veranda sitzen.

»Ah«, sagte er lediglich. »Ihr seid es.«

Schon das Umdrehen, um zu sehen, wer da rief, schien ihm lästig zu sein. Dann nahm er die Würfel wieder auf. Er war mitten in einer seiner unzähligen Partien Mensch ärgere Dich nicht mit Tante Beate. Gerade jetzt passte es schlecht.

Sybille stand noch einen Moment da. Schließlich ließ sie die Arme sinken.

»Nimm die Koffer!«, herrschte sie Bertram an und stakste ins Haus.

Es war Mitte Juni und Eplegard bereits gut mit Gästen gefüllt. Einige waren schon letztes Jahr da gewesen und kamen jetzt wieder, doch die meisten hatten über Bekannte davon gehört. Eigenartig, wie schnell sich das rumsprach. Für die überzähligen Touristen aus Tingnese war kaum noch Platz.

»Leider«, sagte Helga. »Das Westzimmer ist belegt. Eigentlich ist im Augenblick nur ein einziges Zimmer frei. Das werden Sie sich teilen müssen.«

»Oh, das ist überhaupt kein Problem. Oder vielleicht hast du Lust, dir wieder ein Zimmer mit Papa zusammen zu nehmen, Bertram?«

»Ihr Vater wohnt den Sommer über im Zimmer meiner Tante. Aber wenn Sie möchten, kann natürlich einer von Ihnen in der Scheune schlafen. Das machen manchmal ein paar von den älteren Kindern.«

»Möchtest du in der Scheune schlafen?«

»Nein. Warum sollte ich?« Bertram packte die großen Koffer fester und stieg entschlossen die Treppe hinauf.

»Nach links und dann die erste Türe auf der rechten Seite«, rief Helga ihm hinterher.

Es war wirklich das letzte Zimmer. Die alte Abstellkammer, die Helga den Winter über freigeräumt hatte. Ein Etagenbett passte so gerade eben rein, aber sonst nichts. Ein schmales Fenster ging nach Norden hinaus, und dazu lag das Zimmer direkt neben dem Bad, getrennt nur durch eine dünne Bretterwand. Helga hatte es als Ausweichquartier gedacht, für Kinder, denen so etwas nichts ausmachte.

»Wissen Sie«, sagte Sybille, »nach der langen Fahrt würde ich sehr gerne alleine schlafen. Haben Sie nicht doch noch etwas?«

»Leider nein.«

»Übrigens, ich habe zu Hause eifrig die Werbetrommel für Sie gerührt. Überall erzählt, wie nett die Aufnahme bei Ihnen war. Vor allem für Senioren. Papa hat es so gut bei Ihnen, dass er gar nicht wieder heim will, habe ich gesagt. Da kann man mal richtig Ferien von der Familie machen. Ha, ha, ha.« Sybille trällerte ein Lachen. »Da habe ich mir doch eigentlich einen kleinen Rabatt verdient, oder. Ha, ha, ha. Also, vielleicht einen Raum im Keller? Bertram macht sich sowieso nichts aus Komfort.«

Aber Helga schüttelte nur den Kopf, und Sybille stieg seufzend hinter ihrem Lebensgefährten die Treppe hinauf.

Als Herbert Wowat am nächsten Morgen mit seiner Kaffeetasse auf die Veranda kam, so früh am Tag wollte er weder etwas essen noch fremde Leute sehen, saß seine Tochter bereits da. Zwar bleich und unausgeschlafen, aber tapfer lächelnd klopfte sie auf den Platz neben sich.

»Papa«, sagte sie, »wie schön, dass wir ein paar Minuten allein haben. Freust du dich denn nicht, dass wir hier sind?«

»Nein. Letztes Jahr hätte ich mich gefreut. Aber jetzt finde ich es einfach nur reichlich spät«, antwortete Herbert abweisend.

Einen Moment lang war Sybille aus dem Konzept gebracht, aber dann versuchte sie es noch einmal: »Also, ich bin auf jeden Fall froh, dass ich dich endlich wiedersehe. Du hast mir gefehlt, weißt du?«

»Ach?«

»Du brauchst gar nicht so ›ach‹ zu sagen. Du könntest mir dankbar sein. Letztendlich habe ich dafür gesorgt, dass du jeden Monat deine Pension bekommst, obwohl du gar nicht zu Hause warst. Weißt du, ob du überhaupt pensionsberechtigt bist, wenn du im Ausland lebst?«

»Nun, vorsichtshalber hast du ja auch nicht alles geschickt.«

»Na ja, ich hatte schließlich auch Ausgaben, gell? Für Porto zum Beispiel. Und die Unkosten, während du bei uns gewohnt hast. Und für den Anwalt.«

»Welchen Anwalt? Was genau willst du von mir?«

»Aber Papa, ich will doch gar nichts von dir. Ich wünsche mir nur, dass du wieder heimkommst. Wir sind doch extra gekommen, um dich abzuholen. Ein bisschen später als abgesprochen, das ist richtig – ha, ha, ha –, aber besser spät als nie, gell? Weißt du, ich habe dir noch gar nicht erzählt, dass die Versicherung jetzt doch zahlt. Und dafür brauchten wir den Anwalt. Da sind wir uns wohl einig, oder? Und ich dachte, na ja, ich dachte, jetzt, wo wir all das Geld bekommen, könnten wir ...«

»Du bist also gekommen, weil du Geld brauchst? Kannst du nicht warten, bis ich tot bin?«

»Nein, das kann ich nicht. Ach Papa, das klang jetzt dumm. Ganz anders, als ich es gemeint habe. Natürlich bin ich nur wegen dir gekommen. Ich dachte, auf die Dauer brauchst du doch ein neues Dach über dem Kopf. Das hier« – sie machte eine verächtliche Bewegung zu dem Haus hinter ihr – »ist ja wohl kaum besser als ein Zeltplatz. Stell dir vor, die Wirtin hat uns allen Ernstes angeboten, in der Scheune zu schlafen. Hier kannst du unmöglich bleiben. Und gerade jetzt hat sich eine fantastische Gelegenheit aufgetan. So günstig kommen wir nie wieder an einen Bauplatz, und da dachte ich ...«

»Ich will aber gar nicht zurück nach Frankfurt. Warum sollte ich? Meinst du, ich will noch einmal unter deiner Fuchtel leben? Mir gefällt es hier, und außerdem würde ich Bea nie alleine lassen.«

»Ich habe dich aufgenommen, als du im wahrsten Sinne des Wortes abgebrannt warst.«

»Trotzdem nein. Und damit ist das Thema erledigt.«

»Herrgott noch mal, jetzt mach doch nicht alles immer

so kompliziert. Schließlich bin ich deine Tochter! Ein bisschen Unterstützung bist du mir wohl schuldig!«, rief Sybille.

»Ich bin dir überhaupt nichts schuldig. Aber du – du schuldest mir eine Entschuldigung. Mich hier einfach so sitzenzulassen! Pfui, schäm dich!« Jetzt schrie auch Herbert.

»Lieber solltest du dich schämen. Der erstbesten alten Schachtel das Bett zu wärmen!«

»Raus! Oder von mir aus rein. Aber mach, dass du fortkommst!«

»Mit dem größten Vergnügen! Da kannst du lange drauf warten, dass ich mich noch mal um dich kümmere!«

Drinnen im Wohnzimmer, in dem der große Esstisch ausgezogen war, um Platz für alle Gäste zu schaffen, hatte man die lauter werdende Unterhaltung mit Interesse verfolgt. Doch als Sybille jetzt mit steinerner Miene vorbeirauschte, senkten alle schnell die Köpfe über die Teller.

Nur Tante Beate fragte besorgt: »Alte Schachtel? Meint sie etwa mich? Du findest du mich nicht alt, Helga, oder?«

Kapitel 26

Bertram saß still zwischen den Apfelbäumen. In der Nacht war starker Tau gefallen, und jetzt drang die Nässe unangenehm durch seine Sporthose. Aber frühmorgens war die beste Zeit, da hatte er den Garten für sich.

Augen schließen. Einatmen – ausatmen.

Ein frischer Wind stellte die Härchen auf seinen Armen auf und ließ ihn frösteln.

Einatmen – ausatmen.

Im Haus rief eine Mutter nach Fabian und Julia. Die Hühner gackerten. Und Sybille stritt mit ihrem Vater auf der Veranda.

Einatmen – ausatmen.

Man verstand jedes Wort.

Einatmen – ausatmen.

Natürlich ging es um Geld. Es ging *immer* um Geld.

Einatmen ...

Ach, zum Teufel! Wie sollte man sich konzentrieren, wenn die ganze Nacht die Klotür klappte und ab vier Uhr morgens der Hahn krähte, den Helga in diesem Frühjahr gekauft hatte. »Weiße Italiener legen nur ein, zwei Jahre Eier, dann sind sie erschöpft. Wenn ich nicht ständig Hühner nachkaufen will, züchte ich am besten selber welche«, hatte sie Bertram gestern erklärt, während sie ihm stolz den großen, bunten Hahn präsentierte. Offensichtlich

186

hatte die Anschaffung sich gelohnt, denn eine Glucke
führte gerade fünf gelbe und ein schwarzes Küken an Bertram vorbei, während sie eifrig nach rechts und links pickte, um ihren Kindern zu zeigen, wie man das machte. Bertram beobachtete die Henne eine Weile, dann sah er, wie
Sybille aufstand und ins Haus stürmte. Herbert blieb auf
der Veranda zurück, endlich allein. Mit einer ärgerlichen
Geste kippte er den restlichen Kaffee ins Gras.

Bertram beschloss, gleich zu den Turnübungen überzu-
gehen. Vielleicht wurde ihm dann wenigstens warm, und
vielleicht würde es ihn aufmuntern. Das Schlimmste war
eigentlich nicht die klappende Klotür gewesen. Das
Schlimmste war Sybilles ständiges Genörgel. Die halbe
Nacht lang tropften ihre Klagen aus dem oberen Bett auf
ihn herunter. Über das Zimmer, über Eplegard, letztendlich über gesamt Skandinavien und ihn, Bertram, dazu.
Woher diese ständige Verbitterung? Schon lange konnte
es ihr keiner mehr recht machen. Vor allem Bertram nicht.
Nein, er schon gar nicht.

Letztes Jahr war noch Herbert an allem schuld gewesen.
Ein Sündenbock hinten im Auto, eine einzige Plage. Man
musste schon Mutter Teresa sein, um mit dem eigenen Vater in Urlaub zu fahren, der kaum ein Wort sagte und so
lange versuchte, es einem recht zu machen, bis man
schreien könnte.

Natürlich war es Bertrams Vorschlag gewesen, den alten Mann mit nach Norwegen zu nehmen. Sybille hätte es
besser gewusst. Aber eine Reise in den Norden hatte Herbert sich schon immer gewünscht, und warum sollte er
alleine in der Frankfurter Wohnung bleiben, in der es im
Sommer so unerträglich heiß wurde? Er kannte doch gar

niemanden in der Stadt. Warum nicht zu dritt? Das war doch nett? Aber dann waren die Ferien ein Fiasko geworden. An der Küste zu viel Wind und im Inland zu viele Mücken, und Herbert nahm im Auto die halbe Rückbank ein, so dass gar nicht genug Platz fürs Gepäck blieb. Und da wollte man einfach mal ganz spontan unterwegs sein, und dann war alles schon voll. Überall Leute mit ihren grässlichen Kindern. Eplegard war schließlich der absolute Tiefpunkt der letztjährigen Reise gewesen. Schäbig und nicht einmal Zimmerservice. Was immer Sybille brauchte, musste sie sich selbst holen, heimlich, während alle anderen beim Essen saßen.

»Er oder ich«, hatte Sybille am letzten Abend gesagt. »Du kannst es dir aussuchen. Entweder nimmst du morgen Papa mit oder mich, aber zu dritt in dem Auto – das mache ich nicht mehr. Es ist ja nur für kurz«, fügte sie begütigend hinzu. »Ein paar Tage lang einfach mal wieder zu zweit sein. Es würde uns guttun, meinst du nicht? Und wir setzen Papa ja nicht gerade in der Wildnis aus. Ihm gefällt es hier. Erstaunlich genug.«

Er oder ich – Bertram lag es noch immer auf der Seele. Die ersten Tage alleine waren traumhaft gewesen. Sie fuhren südwärts. Die Landschaft wurde lieblich und das Wetter wärmer, und Bertram dachte sich nichts weiter dabei, außer dass sie hinterher die ganze Strecke wieder zurück müssten, um den Schwiegervater abzuholen, aber das war die Sache wert. Wenn Sybille guter Laune war, konnte das Leben wunderbar sein. Erst als sie schon fast bei der Fähre waren, wurde er misstrauisch.

»Aber nein«, sagte Sybille. »Weißt du nicht, dass Papa mit dem Zug nachkommt? Das haben wir doch ausgemacht. Erinnerst du dich nicht? Na ja, vielleicht warst du gar nicht dabei, als wir darüber gesprochen haben.«

Und dann: »Übrigens geht das nur meinen Vater und mich etwas an. Misch dich nicht in fremder Leute Angelegenheiten.«

Jetzt stellte sich heraus, dass nie die Rede von einer Zugfahrt gewesen war. Wenn er die Unterhaltung dort drüben richtig deutete, hatte Herbert hier gesessen und auf Sybille und ihn gewartet, als sie beide schon lange wieder in Frankfurt miteinander stritten. Denn der schöne Frieden hatte natürlich nicht lange gehalten. Im Gegenteil. Seit dem Morgen, an dem sie auf die Fähre nach Dänemark fuhren und Herbert endgültig in Norwegen zurückließen, war er, Bertram, an allem schuld. Ganz einfach.

Bertram seufzte. Sybille war nicht immer so gewesen, dachte er. Aber das stimmte nicht. Natürlich war sie schon immer so gewesen. Nur hatte es früher auch Zeiten gegeben, in denen Bertram noch ein *echter Schatz* für sie war.

Erst viele.

Dann weniger.

Dann keine mehr.

Kapitel 27

Seit Anfang Juni war Eplegard durchgehend voll belegt. Aber diesmal war Helga auf Gäste vorbereitet. Über den Winter war es so ruhig auf Eplegard gewesen, dass sie rastlos wurde. Nur der Haushalt für drei Personen und ab und zu die paar Hühner ausmisten – fast war sie dankbar dafür, dass es an dem alten Haus genug zu tun gab. Bei den wackligen Betten mussten die Beine festgekeilt werden, damit sie nicht mehr bei jeder Bewegung knarrten. Auch die meisten Stühle brauchten Leim. Außerdem strich Helga die Zimmer neu. Die Ölfarbe fraß ein Gutteil ihrer Ersparnisse auf, und Onkel Roald, der unbedingt helfen wollte, hinterließ auf allen Treppenstufen weiße Fußstapfen. Aber dafür sah das Obergeschoss jetzt sehr proper aus, vor allem das Bad, das vorher Wasserflecken an Wänden und Decke gehabt hatte. Auch den Dachboden hatte Helga endlich ausgemistet. Leider fanden sich keine verborgenen Schätze dort, das meiste wanderte direkt auf den Müll. Alle größeren Reparaturen würden bis zum nächsten Herbst warten müssen, wenn Helga wieder Geld hatte. Bis dahin galt es, die kurze Saison so gut wie möglich zu nutzen. Vorsichtig hatte Helga die Zimmerpreise erhöht. Aber bislang hatte sich niemand beschwert, denn im Gegensatz zum letzten Jahr kamen diesmal kaum Familien mit Kindern, sondern hauptsächlich ältere Ehepaare mit ihren noch älteren Eltern. Schrumpelige, altersfleckige Mütter, die misstrauisch die fremde Umgebung musterten. Ab und zu ein Vater, Witwer, dem die Einsamkeit aus allen Knopflöchern schaute. Wie bei Herbert blieb man ein paar Tage gemeinsam, dann fuhren die Ehepaare weiter, und die Eltern blieben allein auf Eplegard zurück. Im Gegensatz zu Herbert wurden sie zwar alle nach ein, zwei Wochen auch wieder abgeholt. Nichtsdestotrotz ähnelte das Haus zeitweilig mehr einem Tierheim für Senioren als einem Hotel. Helga wusste nicht so recht, was sie davon halten sollte. Einerseits waren diese alten Leute leicht zufriedenzustellende Gäste. Sie beschwerten sich nicht über das einzige Badezimmer, weil sie sowieso nur einmal die Woche duschten, und auch das Essen war recht, solange es Nachtisch gab. Andererseits machten sie furchtbar viel Arbeit, denn ständig musste man hinter irgendjemandem herlaufen, damit er nicht ins Wasser fiel oder einen langen Spaziergang unternahm, von dem er nicht zurückfand. Helga war jedes Mal froh, wenn sie wieder einen ihrer betagten Besucher wohlbehalten bei seinen Kindern abliefern konnte.

Und jetzt auch noch Herberts Verwandtschaft.

Sybille war kein Problem. Nach dem Streit am ersten Morgen war sie einfach wieder in ihr Zimmer verschwunden und damit aus dem Weg.

Aber ihr Mann. Dieser Bertram.

Wenn Helga morgens die Wäsche aufhängte, saß er bereits unter den Bäumen und gab vor zu meditieren. Doch sie wusste, dass er sie hinter halbgeschlossenen Lidern beobachtete. Seine Blicke folgten Helga bei jedem Wäschestück, das sie aus dem Korb nahm. Wenn sie neue

Gäste begrüßte. Wenn sie den Tisch deckte. Sich in dem kleinen Gemüsegärtchen abmühte, das sie im Windschatten der Scheunenwand angelegt hatte.

Ihr Garten auf Setersholm war das Einzige, wonach Helga manchmal Heimweh hatte. Obwohl er doch hauptsächlich Ärger gemacht hatte. Wie oft hatte eine Sturmflut die Arbeit von Monaten zunichtegemacht. Oder das Wetter blieb so lange kalt und nass, bis die Samen in der Erde verfaulten, und die Setzlinge, die Helga mühsam auf der Fensterbank vorzog, wurden von den Schnecken gefressen. Aber Helga war hartnäckig. Vom Festland hatte sie eine Heckenrose mitgebracht. Die krallte sich seitdem in die Ecke zwischen Mauer und Hauswand, wo es am wärmsten war. Ob es die wohl noch gab? Und ob sie jetzt blühte? Ob die Johannisbeeren in diesem Jahr gut angesetzt hatten, endlich wieder ungestört von Hühnern?

Den ganzen Winter über hatte Helga sich darauf gefreut, hier auf Eplegard die ersten Beete anzulegen. In dem milden Klima der Bucht musste es doch eigentlich ein Kinderspiel sein. Doch Helga hatte nicht nur die Tante mit nach Eplegard gebracht, sondern auch deren Federvieh. Sobald sie den Spaten nahm, kamen die Hühner angerannt, obwohl sie doch nun ganz Eplegard hatten, um sich zu amüsieren. Eines entdeckte sie immer und alarmierte freudig gackernd den Rest. In dem Machtkampf zwischen Helga und Hennen waren bislang die Hennen Sieger geblieben. Sie scharrten alles auf, da war Helga mit dem Pflanzen noch nicht einmal fertig. Nur wenn Helga schimpfend und den Besen schwingend aus dem Haus gelaufen kam, stoben sie empört in alle Richtungen davon. Das letzte Huhn erwischte sie gerade eben mit dem

Besen am Hinterteil, so dass es einen beleidigten Hüpfer machte, aber natürlich war es wieder zu spät: Helga blieb mit ihrem verwüsteten Beet zurück. Ihr Blick fiel auf Bertram, der sich mühsam das Lachen verkniff.

Sogar abends, wenn das Haus zur Ruhe gekommen war und Helga sich wusch, war sie nicht sicher, ober er nicht doch noch im Treppenhaus herumlungerte und auf einen Spalt in der Küchentür hoffte. Eigentlich war dies Helgas liebste Stunde. Die späte Dämmerung, die unbemerkt in eine kurze, atemlose Sommernacht hinüberglitt. Das lauwarme Wasser. Ihre Nacktheit nach einem Tag der Hetze und des Sich-zur-Verfügung-Haltens. Vorigen Sommer war Hund noch bei ihr gewesen. Wenn sie mit ihm sprach, die letzten Gedanken des Tages, klopfte sein Schwanz freundlich auf den Boden. Aber Hund war im Winter gestorben, am Ende hatte er kaum noch gehen können, und nun war sie nachts alleine. Ab und zu redete Helga noch immer mit der leeren Küche, und ihre Hand suchte nach seiner alten, grauen Schnauze.

Doch jetzt lauerte vielleicht jemand hinter der Türe und hörte sie. Der Zauber war dahin. Keine Gespräche mit toten Hunden.

Helga wusch sich rasch und zog sich in ihre Kammer zurück. Drehte den Schlüssel. Dann lag sie da und starrte in die Dunkelheit. Was würde sie tun, wenn er die Klinke probierte? Schreien oder öffnen?

Am nächsten Morgen zog sich um das Beet an der Scheunenwand ein Zaun. Einer der Gäste – Helga konnte sich schon denken, wer – hatte sich einfach an den Brettern bedient, die vom alten Bootshaus übrig waren und unten am

Strand vor sich hin moderten. Lange würde es nicht halten, aber für den Augenblick waren die Hühner ausgesperrt, und noch war es früh genug im Jahr für einen zweiten Versuch mit Radieschen und Spinat. Helga ärgerte sich über sich selbst. Wie eine Maus, die dem Käse in der Falle nicht widerstehen konnte, hockte sie in dem Beet und legte Radieschensamen in sauberen Reihen aus, während die Hühner zwischen den Zaunlatten hindurchlinsten und vorwurfsvoll gluckerten.

»Da baut einer einen Zaun um ein leeres Gemüsebeet und denkt, ich brauche das«, sagte sie böse zu der Wiese hinter sich. »Aber was ich wirklich bräuchte, wäre ein Gatter, das den morschen Bootssteg absperrt. Da müsste ich nicht immer aufpassen, dass mir keiner ertrinkt.«

Am Tag darauf war auch das Gatter da.

Als Helga morgens in den Garten kam, versperrte ein funkelnagelneues Tor den Zugang zum Bootssteg. Scharniere und Riegel glänzten in der Sonne. Dazu ein Schloss. Der Schlüssel steckte. Helga zog den Schlüssel ab und stapfte zu den Apfelbäumen hinüber.

»Waren Sie das?«

Bertram nickte. Wegen der Scharniere war er gestern Nachmittag extra nach Tingnese gefahren, und sobald es hell wurde, hatte er sich heimlich wie ein Heinzelmännchen aus dem Haus geschlichen und mit der Arbeit angefangen, während alle anderen noch schliefen. Er lächelte. Die Überraschung war gelungen.

»Keine Ursache. Ich bin schließlich Schreiner.«

»Mir wäre es lieber, wenn Sie fragen würden, ehe Sie sich hier zu schaffen machen«, sagte Helga. Dann drehte sie sich um und ging zurück ins Haus.

Wie, um Gottes willen, ging man mit einem Mann um, der freundlich war? Der Helga hoffen ließ, er stände tatsächlich sehnsuchtsvoll nachts vor der Küchentüre, während sie einen lasziven Tanz mit Waschschüssel und Handtuch vorführte?

Helga schnaubte. In Wirklichkeit hockte seine Frau beleidigt oben im Nordzimmer – sie nannte es »Ich habe noch zu arbeiten« –, und sein Schwiegervater wollte weder mit der Tochter noch mit seinem Schwiegersohn reden. Langeweile: Das war der Grund.

Von nun an achtete Helga darauf, dass sie Bertram immer den Rücken zudrehte, so als gäbe es seine Blicke gar nicht.

Obwohl sie da waren. Kleine, warme Lichtkegel, die ihr von Zimmer zu Zimmer folgten.

Und nach denen sie Ausschau hielt. Nur um gleich wieder wegzuschauen.

Am folgenden Morgen schlug Bertram Yogaunterricht vor. Natürlich nicht für sie, Helga hatte genug zu tun, das wusste er, sie brauchte keine Freizeitbeschäftigung.

Nein, er verkündete beim Frühstück: »Ich würde die älteren Herrschaften nachher gerne zu einer Stunde Yoga einladen. Ich selbst mache seit Jahren Yoga – und sehen Sie nur, wie jung und fit ich bin.«

Die alten Damen kicherten. Der junge Mann sah wirklich sehr vital aus. Eine Augenweide. Und dazu noch so höflich.

»Wir machen ein paar Übungen im Stehen und im Sitzen«, sagte Bertram. »Da können alle mitmachen. Ich stelle draußen Stühle auf. Und wem das lieber ist, der sieht einfach zu.«

Helga machte die Betten. Sie putzte das Badezimmer. Sie holte zwei Gläser Apfelmus aus dem Keller und verteilte es auf kleine Glasteller. Apfelmus zum Nachtisch mochten ihre Gäste am liebsten, aber wenn man es nicht gerecht verteilte, gab es hinterher nur Streit. Sie schälte sogar noch Kartoffeln. Kein einziges Mal musste sie das Messer hinlegen, nach draußen laufen und eine alte Dame wieder zum Haus führen, die ihr freundlich erzählte, sie wolle nur kurz Knöpfe kaufen. Auch die übrigen Alten schnell durchzählen, dann zurück in die Küche und weiterschälen, immer mit einem Auge zum Fenster – heute war das alles nicht nötig. Nein, ihre Gäste waren mit Bertram draußen im Garten, gut aufgehoben und bewacht. Zum Mittagessen aßen alle mit Appetit, und hinterher machten sie ein Mittagsschläfchen, während Helga ein paar Minuten auf der Veranda saß, zum ersten Mal in diesem Sommer.

»Danke«, sagte sie zu niemandem Bestimmten. Irgendwo würde er schon sein.

In der Nacht schlug das Wetter um. Wochenlang war es warm und trocken gewesen, fast schon zu trocken, nur ein paar Spritzer Regen hier und da. Doch als Helga aufwachte, schlugen die Tropfen hart gegen die Fenster, und ein ungemütlicher Wind bog die Bäume. Ihr sank das Herz. Sie hatte sich schon auf einen Hausputz gefreut. Oder nicht gefreut, der Hausputz war leider nötig. Worauf sie sich gefreut hatte, war die Ruhe beim Arbeiten, während die Gäste mit Bertram im Garten turnten. Darauf, nur eine Sache auf einmal machen zu müssen. Fertig zu werden, ehe das Nächste anstand. Bei Regen würden die Feriengäste im Haus herumlungern, ihr überall im Weg sein und sich streiten.

Aber Bertram trug die Stühle einfach in die Scheune hinüber, gefolgt von einer eifrigen Schar alter Damen in Sportbekleidung, die schon beim Frühstück über nichts anderes als ihre Atemtechnik gesprochen hatten. Später schlug er Helga vor, doch auch das Essen gleich dort zu servieren. Sowieso war Sonntag, Schnittchentag, wie für ein Picknick gemacht. Als Helga mit dem Kaffee kam, sah sie in lauter frohe Gesichter.

An diesem Abend machte Helga sich auf die Suche nach Bertram. Sie schämte sich, dass sie ihm weder für den Zaun um ihr Beet noch für das Gatter am Steg gedankt hatte, das ihr so viele Sorgen abnahm. Im Gegenteil, sie war dazu noch unfreundlich gewesen. Und trotzdem hatte er sich ihrer Gäste angenommen, gestern und heute wieder, als täte er es gern. Als täte er es ihr zuliebe.

Helga wusste nicht, was sie von Bertrams Aufmerksamkeiten halten sollte. Ganz bestimmt hatte sie auf keinen Bertram gewartet. Aber undankbar wollte sie nun auch nicht sein. Der Wind hatte nachgelassen, und es nieselte nur noch leicht. Vielleicht hatte er ja Lust auf einen Spaziergang? Wenn man die Straße weiterging, kam man zur nächsten kleinen Bucht. Um diese Zeit blühten überall Storchenschnabel und Kuckuckslichtnelken und an manchen Stellen wilder Eisenhut. Vielleicht mochte er Blumen. Oder es würde ihn freuen, mit ihr allein zu sein.

Helga suchte eine ganze Weile. Schließlich fand sie Bertram auf dem Parkplatz. Er und Sybille luden Koffer ein.

»Für die ganze nächste Woche ist Regen gemeldet, und mein Vater will sowieso nicht mit uns reden. Was sollen wir also noch hier«, erklärte Sybille. »Wir fahren morgen gleich nach dem Frühstück. Zu Hause gibt es genug zu tun. Diese ganze Reise war reine Zeitverschwendung. Nicht diese Tasche, Bertram! Die brauche ich doch heute Abend noch!«

Gehorsam nahm Bertram die Tasche wieder aus dem Kofferraum, dann drehte er sich zu Helga um.

»Guten Abend«, sagte er höflich.

»Ich wollte mich bei Ihnen bedanken«, stieß Helga hervor. »Für das Gatter und so.«

»Für welches Gatter denn?«, mischte Sybille sich ein.

»Ihr Mann hat ein Gatter für mich gebaut. Damit die Gäste nicht auf den alten Bootssteg gehen.«

»Nur mein Lebensgefährte. Wir sind nicht verheiratet«, korrigierte Sybille automatisch. »Davon hast du gar nichts gesagt, Schatz. Wie umständlich. Warum reißen Sie den Bootssteg nicht einfach ab, wenn sowieso keiner drauf darf? Aber was geht mich das an, nicht wahr? Ha, ha, ha.«

»Danke schön«, wiederholte Helga und hielt Bertram die Hand hin.

»Also, ich geh dann schon mal wieder rein. Hier wird man ja ganz nass«, verkündete Sybille. Doch sie blieb trotzdem stehen und sah zu, wie Bertram Helgas Hand ergriff und sie verlegen schüttelte.

»Kommst du? Es regnet.«

Bertram zog seine Hand zurück und folgte Sybille ins Haus.

Kapitel 28

Bertram und Sybille fuhren ohne Abschied davon, denn Herbert kam nicht einmal aus seinem Zimmer.

»Er hat Angst, dass sie ihn einfach mitnimmt, wo er doch jetzt so reich ist«, meinte Tante Beate. »Aber ihm gefällt es hier bei uns. Außerdem will er mich nicht allein lassen, und ich will dich nicht allein lassen, und was sollten wir schon alle drei in Frankfurt? Ich glaube, das wäre Sybille auch gar nicht lieb.«

»Nun, sie hätte mich wenigstens fragen können«, erwiderte Helga böse. »Lässt ihren Vater einfach hier, und ich kann auf ihn aufpassen!«

Obwohl es nicht stimmte. Helga wusste das. Herbert konnte sehr gut auf sich selbst aufpassen. Im Gegenteil, seine regelmäßigen Zahlungen hatten sie durch den letzten Winter gebracht, und Helga hätte froh sein sollen, dass sie nun auch für diesen Winter einen Grundstock hatten. Aber sie ärgerte sich trotzdem.

»Kommen und gehen hier einfach, wie es ihnen passt«, schimpfte sie.

»Also, wir sind schließlich ein Hotel, oder nicht?«, sagte Tante Beate. Dann strich sie Helga über die Wange. »Er hat eine Frau. Das bringt doch nur Unglück«, fügte sie hinzu.

Ja, ja. Helga wusste auch das. Und trotzdem. Eplegard wirkte seltsam leer. Freudlos. Herbstlich, obwohl es doch erst Juli war. Vielleicht lag es ja nur am schlechten Wetter, dachte sie. Sybille hatte leider recht behalten. Die nächsten Tage regnete es weiter, dicke, traurige Tropfen in langen Schnüren. Im Wohnzimmer wurde es eng und ungemütlich. Immer wieder fing jemand Streit an, aus lauter Langeweile und Überdruss. Immer wieder musste Helga schlichten und oft genug auch Tränen trocknen. Die Kartoffeln blieben halb geschält. Die Milch kochte über. Und das Apfelmus stellte Helga einfach im Glas auf den Tisch. Sie hatte beim besten Willen keine Zeit, es in hübsche Schälchen zu füllen, sie kam ja kaum zum Tischdecken.

Sofort brach neuer Streit aus, und zwei Teller gingen zu Bruch. Rutschten beim Kampf um den Nachtisch über die Tischkante und zersprangen mit lautem Klirren auf dem Boden.

Schlagartig wurde es still. Betreten betrachtete die Versammlung die Splitter, die in alle Richtungen gespritzt waren. Die, die noch Teller hatten, löffelten unauffällig weiter, aber keiner bat um Nachschlag. Für den Moment herrschte Frieden.

»Vielleicht können wir nachher in die Stadt gehen und neues Geschirr kaufen?«, schlug ein Gast hoffnungsvoll vor.

»Sie gehen bitte nirgendwohin«, sagte Helga entnervt. »Aber alle heben mal die Füße, damit ich hier fegen kann.«

Helga fegte die Scherben auf, während die Gäste artig die Füße hoben.

»Nehmen Sie die Finger weg! Sie schneiden sich noch«, herrschte sie eine alte Dame an, die ihr helfen wollte. Dann saugte sie schnell das gesamte Wohnzimmer durch, da sie sowieso schon dabei war. Anschließend räumte sie den Tisch ab und schlug die Küchentür hinter sich zu. Heute wollte sie am liebsten gar niemanden mehr sehen. Helga erledigte den Abwasch und putzte notdürftig die Küche. Nachmittags musste sie noch ein Zimmer vorbereiten, zwei Maschinen Wäsche waschen, die Einkaufsliste schreiben, außerdem das Abendessen machen und dann ...

Im Wohnzimmer wurde es schon wieder laut. Erbost warf Helga den Wischlappen in den Eimer, stürmte hinüber, stemmte die Hände in die Hüften und holte tief Luft für das nächste Donnerwetter. Doch dann klappte sie den Mund zu und ließ die Arme wieder sinken. Noch vor ein paar Tagen hatten alle so vergnügt in der Scheune drüben gesessen. Und jetzt diese trübe Versammlung.

Sie selbst hatte nur ganz selten ein paar Minuten für sich, zumindest jetzt im Sommer. Dann saß sie für einen Moment auf der Veranda, sah den Hühnern zu, dachte darüber nach, was alles noch zu tun war, und nach kurzer Zeit stand sie schon wieder auf und machte sich erneut an die Arbeit. Für ihre Gäste war das offenbar genau andersherum. Die saßen den ganzen Tag. Warteten, obwohl es nichts zu warten gab. Außer vielleicht auf das Mittagessen. Darauf, dass die Toilette frei wurde. Dass es aufhörte zu regnen. Da war es noch besser zu streiten, denn dann kam Helga aus der Küche angerannt, schimpfte, tröstete, und manchmal hatte sie einen Teller mit Keksen dabei.

Danach wieder gar nichts.

Bis zum nächsten Streit. Mehr als einmal Kekse gab es aber selten.

Was nützte es also, wegen Langeweile und schlechter Laune zu schimpfen?

»Was halten Sie davon, wenn wir einen Spaziergang machen und ein bisschen an die frische Luft kommen«, schlug Helga stattdessen vor. »Nehmen Sie Ihre Regenjacke oder einen Schirm. Zurzeit blüht alles so schön, und es ist nicht weit bis zur nächsten kleinen Bucht. Dort nisten Austernfischer und ein Reiherpaar. Vielleicht packen dafür nachher alle mit an, und wir machen das Abendessen gemeinsam? Sonst werde ich mit der Arbeit leider nicht fertig.«

Von jetzt an war Helga nie mehr alleine. Ständig tauchte irgendjemand hinter ihr auf und bot seine Hilfe an. Nicht dass es unbedingt praktisch gewesen wäre. Allein kam Helga gewöhnlich schneller voran. Aber gut. Sie ließ sich Wäscheklammern anreichen und servierte sandigen Salat, und letztlich war es egal, ob die Wäsche Kante auf Kante gefaltet war. An einem sonnigen Vormittag lud sie zum Unkrautjäten ein. Es war das endgültige Ende der diesjährigen Gemüseernte, denn ein älterer Herr zog sämtliche Radieschenpflanzen heraus und legte sie sorgfältig und in Reih und Glied auf die Erde. Dann ließ er auch noch das Gatter offen, und die Hühner zerscharrten seine schönen Reihen und fraßen alles auf.

Kapitel 29

Solange tagsüber Geschäftigkeit herrschte, lagen abends alle zufrieden in ihren Betten. Bis auf Helga, die auch müde war, aber nicht zur Ruhe kam. Die halbe Nacht wirtschaftete sie noch, endlich einmal ungestört. Im Vergleich dazu war die Hühnerhaltung praktischer gewesen: Tag für Tag die gleiche Arbeit, das ganze Jahr über. Jetzt gab es im Winter zu wenig und im Sommer viel zu viel zu tun. Sosehr Helga sich auch abmühte, es blieb immer etwas liegen. Den Kühlschrank auswaschen zum Beispiel, in dem schon wieder Milch ausgelaufen war. Oder abgerissene Knöpfe an die Bettwäsche nähen, wusste der Himmel, wo die immer blieben. Oder das Bügeln. Das tat Helga sowieso ungern und schob es jedes Mal hinaus, bis der Wäschekorb überquoll und sie Stunden dafür brauchte.

Und wenn Helga endlich im Bett lag, selten einmal vor Mitternacht, war sie zu müde zum Einschlafen. Tausenderlei Sorgen geisterten dann durch ihre kleine Kammer wie Fledermäuse durch die Dämmerung.

Erst gestern hatte einer der Gäste beim Mittagessen gefehlt. Ein leerer Stuhl am Tisch, wo sonst Herr Decker saß, und keiner wusste, wo er war. Helga hatte in tausend Ängsten geschwebt. Nun war also doch passiert, was sie schon immer befürchtet hatte: Ein Gast war ihr abhandengekommen wie ein verlorener Handschuh. Egal, wie alle riefen und suchten, der Mann blieb verschwunden. Erst nach einer Stunde tauchte er plötzlich wieder auf. Wie selbstverständlich schlenderte er herein. Da war Helga schon ins Wasser gewatet, bis es ihr bis zu den Hüften reichte, um Ausschau nach einer treibenden Leiche zu halten. Wenn sie daran dachte, schauderte sie immer noch: das kalte Wasser und ihre zähneklappernde Angst. Herr Decker verstand die ganze Aufregung nicht. Er sei nur ein wenig länger gegangen als sonst, berichtete er. Dort, wo die Schotterstraße aufhörte, gab es noch einen kleinen Trampelpfad den Berg hinauf, natürlich nichts für Personen mit Gehhilfe, aber dafür mit herrlicher Aussicht über das Meer und die Hügel ringsum mit Wasserfällen, die sich steile Klippen hinabstürzten. Nach dem Regen letzte Nacht hatte man von dort oben eine fantastische Fernsicht gehabt. Er hätte ja nicht gewusst, dass die Wirtin sich so bald Sorgen machte, und mit dem Essen brauchte man doch auch nicht auf ihn zu warten.

Es wurde einfach zu viel für eine Person. Auf die Dauer schaffte Helga es nicht. Die ersten Sommerwochen waren ja noch gegangen, da war sie ausgeruht gewesen vom langen Winter und einem Frühjahr, in dem der Garten sich in ein Meer von Apfelblüten verwandelt hatte. Doch mit der Zeit fühlte sie sich wie ein überdehntes Gummiband, ausgeleiert und erschlafft. Ein zweites Paar Hände hätte sie gebraucht, jemanden, der die Verantwortung für all die senilen Gäste mit ihr teilte, die plötzlich heranströmten. Oder zumindest eine Putzfrau, ein paarmal die Woche. Angenommen, sie hätte das Geld – wobei, natürlich hatte sie Geld, sie trennte sich nur ungern davon –, ob es in Tingnese überhaupt Putzfrauen gab? Helga hatte noch nie davon gehört, dass jemand sich als Zugehfrau anbot. Außer sie selbst natürlich, letztes Jahr, als sie mit Tante Beate durch den Ort gezogen war, völlig vergeblich. Offenbar machte in Tingnese jeder seinen Dreck selbst weg.

Mehrere Nächte lang grübelte Helga über dieses Problem. Schließlich beschloss sie, Tone zu fragen, die Besitzerin des Coops. Zwar gab es im nächsten Ort auch noch einen Spar, größer und mit einem richtigen Parkplatz, aber wer nicht so weit fahren wollte, ging zu Tone, die jeden kannte und alles wusste. Jetzt im Sommer fuhr Helga sowieso jeden zweiten Tag zum Einkaufen, meistens noch irgendeinen Gast dabei, der sich interessiert in dem engen Laden umschaute und Preise ausrechnete (Kostete Milch wirklich zwei Euro der Liter, das waren vier Mark, da lohnte sich ja eine eigene Kuh. Und erst das Bier!). Seit Helga so häufig zum Einkaufen fuhr, hielt sie immer mal wieder einen Schwatz mit der Ladenbesitzerin. Sonst kannte Helga ja keinen in Tingnese. Die letzten zehn Jahre hatte sie das Einkaufen immer so schnell wie möglich erledigt, ehe Trond seinen Traktor vermisste und es wieder Ärger gab. Außerdem waren die Tingneser Fremden gegenüber fast so zurückhaltend wie die Setersholmer. Doch wenn sonst wenig Kunden da waren, mitten am Tag war es meist ruhig, fragte Tone so dieses und jenes, während sie die Waren über die Kasse zog. Wie stand es denn um die Apfelernte? Dieses Jahr war das Wetter wirklich viel zu kühl und viel zu nass. Und was stellte Helga bloß mit all dem Apfelmus an, das sie auf dem Weihnachtsbasar angeboten hatte? Was machte man denn mit pürierten Äpfeln im Glas?

Bei Tones Großmutter hatte es manchmal so einen Nachtisch gegeben, Zwieback, Apfelmus und Sahne geschichtet, ›Verschleiertes Bauernmädchen‹ nannte die Großmutter das, aber heute aß so was kein Mensch mehr. Und ob Helga genügend Gäste hätte, fragte Tone natürlich auch. Angeblich waren das alles deutsche Rentner, wie auf einem Kreuzfahrtschiff. Ganz Tingnese wollten gerne wissen, was man auf Eplegard eigentlich trieb, aber aus Roald Setersholm bekam man ja nichts Anständiges heraus. Helga trug ihr Herz leider auch nicht gerade auf der Zunge, aber etwas gab es immer zu erzählen, kleine Brocken merkwürdiger Geschichten, Ausländerdinge eben, die Tone später den anderen Tingneser Hausfrauen weiterfütterte. Da war man als Ladenbesitzer wie ein Friseur: Reden gehörte einfach dazu.

Doch an diesem Tag war Helga gesprächiger als sonst, wenn auch mit tiefen Ringen unter den Augen. Immerhin wirkte die junge Deutsche nicht mehr so gehetzt wie zu der Zeit, als sie noch auf Setersholm wohnte. Ständig hatte sie damals einen Blick über die Schulter geworfen, als erwarte sie, ihren Mann hinter sich zu sehen. Hatte ihre Einkäufe an sich gerafft und war so schnell wie möglich auf ihre Insel zurückgefahren. Nein, seit Helga mit ihrer Tante auf Eplegard lebte, war sie richtig aufgeblüht. Manchmal lächelte sie sogar, dann sah man, wie jung sie noch war.

Heute allerdings nicht. Mager und abgespannt legte Helga die Waren aufs Band. Und kaum hatte Tone gefragt: »Guten Tag. Wie läuft das Geschäft?«, brach es aus ihr heraus: So viele Feriengäste hatte sie, und alle wollten essen, und alle machten sie Dreck, und jeder einzelne wünschte sich, dass die Wirtin gerade zu ihm besonders freundlich wäre. Jeder wollte der Lieblingsgast sein, und dann gingen sie auch noch die ganze Zeit verloren.

»Ich weiß kaum noch, wo mir der Kopf steht«, klagte Helga, während sie unauffällig die Süßigkeiten zurücksortierte, die ihr Gast in den Wagen gelegt hatte. »Alleine schaffe ich es einfach nicht mehr. Ich bräuchte dringend eine Hilfe über den Sommer, aber wo soll ich die finden? Dazu noch in der Ferienzeit.« Mitten im Laden brach sie in Tränen aus.

Verlegen tippte Tone weiter die Preise in ihre Kasse. Die junge Frau tat ihr leid, wie sie mit zuckenden Schultern dastand, und versuchte, sich zusammenzureißen. Draußen auf Setersholm, ja, da hatte sie es bestimmt nicht leicht gehabt. Aber war jetzt nicht alles besser? Nun, es gab solche Tage, jede Frau kannte das. Trotzdem peinlich, wenn es einem in der Öffentlichkeit passierte. Zum Glück war außer dem deutschen Touristen, den Helga mitgebracht hatte, gerade sonst keiner im Laden. Eine heulende Kundin fand niemand angenehm. »Ich habe eine Nichte«, schlug Tone schließlich vor, »die ist gerade mit der Schule fertig. Jetzt sitzt sie zu Hause rum und guckt fern. Die braucht sowieso etwas zu tun.«

Ganz wohl war Tone nicht dabei. Hildegund war träge und langsam. Als Aushilfe im Laden war sie nicht zu gebrauchen, nur um ein Beispiel zu nennen. Immer wieder gab es deswegen Streit mit ihrer Schwester, die fand, das Mädel wäre reines Gold, und es von vorne bis hinten verwöhnte. Doch ein bisschen Arbeit würde Hildegund nur guttun, und vielleicht kamen diese Deutschen ja besser mit ihr zurecht als die eigene Familie. Zucht und Ordnung – genau das konnte Hildegund brauchen. Und au-

207

ßerdem hatte Helga jetzt mit dem Weinen aufgehört, gerade rechtzeitig, denn draußen fuhr eben der Molkereiwagen mit seiner Lieferung vor.

»Ich dachte an jemanden mit Erfahrung im Haushalt, der …«, sagte Helga mit belegter Stimme.

»Hildegund ist alt genug, die kann das. Ich schicke sie dir vorbei. Dann könnt ihr euch kennenlernen.«

»Ich weiß nicht, ob …«

Aber nachdem Tone eine so schöne Lösung gefunden hatte, noch dazu gleichzeitig für ihre Nichte und für Helga, zwei Fliegen mit einer Klappe, wollte sie nicht weiter darüber diskutieren. Bereits auf dem Weg hinaus, um die Waren entgegenzunehmen, rief sie über die Schulter zurück: »Versuch es einfach. Eine Woche zur Probe, von nächstem Montag an.«

Tatsächlich kam Hildegund am folgenden Montag. Um neun Uhr stand sie plötzlich vor der Türe, ein achtzehnjähriges Mädchen, das plump und unbeholfen wirkte und kaum richtig grüßte, nur seinen Namen murmelte. In einer Tüte hatte Hildegund Hausschuhe mitgebracht. Wie es sich gehörte, stellte sie die dreckigen Straßenschuhe in den Flur und schlüpfte in ihre Schlappen. Das allerdings war der beste Teil. Den restlichen Vormittag schlurfte sie im Haus herum und begaffte dessen Bewohner. Alle halbe Stunde verschwand sie auf eine Zigarette, und gegen elf verlangte sie einen Lunch, um diese Zeit hätte sie immer Hunger.

»Es wäre schön, wenn du Zimmer zwei für den nächsten Gast vorbereiten könntest«, schlug Helga vor, während sie für Hildegund ein paar Brote schmierte. »Staubsaugen, überall mal kurz drüberwischen und das Bett frisch beziehen. Laken sind in dem Schrank im größten Zimmer, da wo meine Tante wohnt. Das sind noch richtige Laken. Die musst du ordentlich ziehen, fest umschlagen und dann die Ecken mit Sicherheitsnadeln feststecken, damit es hält.«

»Ich glaube nicht, dass ich das kann«, erklärte Hildegund kauend. »Mama sagt, ich brauche nichts zu machen, wo ich mich überfordert fühle.«

Überfordert? Am liebsten hätte Helga Hildegund sofort wieder nach Hause geschickt. Ganz bestimmt brauchte sie auf Eplegard nicht noch eine Person, die an ihren Nerven zerrte. Aber würde sie es sich dann nicht mit Tone verscherzen? Eine Woche Probezeit hatten sie ausgemacht, da konnte Helga unmöglich schon am ersten Tag aufgeben. Derzeit kamen zwar mehr als genug Gäste, doch wer wusste schon, wie bald sie wieder auf die Hilfe der Tingneser Frauen angewiesen wäre, und Tone wusste immer, wen man fragen konnte. Schlimm genug, dass Helga neulich im Laden die Fassung verloren hatte. Jetzt musste sie zur Strafe mit diesem schwerfälligen Mädchen auskommen, das Helga daran erinnerte, wie linkisch sie selbst in diesem Alter gewesen war. Es hatte sie damals zu Tode erschreckt, in ein Haus zu kommen, in dem man nicht einmal ihre Muttersprache sprach. Aber Helga hatte sich wenigstens nicht gegen Arbeit gesträubt, im Gegenteil, sie hatte vom ersten Tag an geschuftet.

Tätigkeiten zu finden, die für Hildegund gleichzeitig akzeptabel und simpel genug waren, das war gar nicht einfach. Sobald ihr etwas nicht passte, schob das Mädchen die Hände in die Taschen und erklärte: »Mama sagt, nur ich bestimme über mich.«

Schließlich fand Helga heraus, dass Hildegund bügeln konnte oder immerhin willig war, es auszuprobieren. Sie plazierte das Mädchen im Wohnzimmer, sonst war nirgendwo Platz für das Bügelbrett, und von da an schob Hildegund mit leerem Blick das Bügeleisen hin und her, langsam und beharrlich, nur von Zigaretten- oder Essenspausen unterbrochen, während um sie herum das Leben seinen gewohnten Gang ging. Helga war sich nicht sicher, ob Hildegund wirklich dumm war oder nur zu faul zum Denken, aber auf ihre Weise wirkte das Mädchen genauso verloren auf dieser Welt wie Tante Beate. Fast hätte sie Helga leidgetan, aber dann dachte sie wieder an das schöne Geld, das sie für eine Haushaltshilfe bezahlen musste, die gar keine Hilfe war. Eine Woche würde sie Hildegund geben. Auf keinen Fall mehr. Mit etwas Glück wäre das Mädchen bis dahin wenigstens mit der Bügelwäsche durch.

Doch am Donnerstag rannte plötzlich eine Ratte durch die offen stehende Verandatüre. Abigail jagte immer mal wieder Ratten ins Haus. Um eine Ratte zu töten, dazu war sie zu klein, aber das hielt die Katze nicht davon ab, sie zu jagen, und jedes Mal war die Aufregung groß. An diesem Tag kam die Ratte in vollem Galopp über die Veranda und sprang ins Wohnzimmer. Dort blieb sie stehen, verwirrt von den vielen Füßen und dem aufgeregten Geschrei. Zitternde Schnurrhaare nach rechts und links. Wohin jetzt?

Hildegund nutzte den Moment, griff sich den nächstbesten Gehstock und erschlug die Ratte mitten auf dem Teppich. Dann nahm sie das blutige Tier am Schwanz und trug es hinaus, wo sie die Ratte ein paarmal über ihrem Kopf kreisen ließ, ehe sie sie mit viel Schwung und einem

Schrei hinunter in den Garten schleuderte. Leider verfing sich die tote Ratte in den Ästen des nächsten Apfelbaums und hing dort, bis sie von den Krähen gefressen wurde. Trotzdem applaudierten die Gäste laut. Hildegund sah verblüfft in die begeisterten Gesichter, als hätte sie gar nicht gemerkt, dass hier noch andere Leute saßen. Schließlich lächelte sie zum ersten Mal und deutete eine Verbeugung an.

»Ich habe keine Lust mehr zu bügeln«, erklärte sie Helga, als sie später für den Lunch in die Küche kam. »Vielleicht versuche ich es doch einmal mit so einem Zimmer.« Und während sie kaute, summte sie ein Lied vor sich hin, das vom Nordlicht handelte und von Schiffen im Eismeer und von einem frühen Wintereinbruch, der sie alle verschlang.

Kapitel 30

Das Wetter blieb unbeständig und feucht. Morgens lagen die Wolken tief und grau über der Bucht. Möwen riefen klagend. Feine Tröpfchen hingen im Laub der Apfelbäume. Die Wiese hätte dringend gemäht werden müssen, auf dem Weg hinunter zum Ufer holte man sich nasse Füße. Doch im Gegensatz zu den Familien mit Kindern, die im letzten Jahr auf Eplegard gewohnt hatten, waren Helgas diesjährige Gäste nicht wählerisch, was das Wetter anbelangte. Unverdrossen stapften sie in Gummistiefeln und Regenjacke durch die satte, grüne Landschaft. Wie schön es hier war. Die schmale Straße, auf der kaum einmal ein Auto fuhr. Der kleine Hafen mit den Holzbooten, von denen die Hälfte gar nicht mehr benutzt wurde, sondern halb versunken im Wasser lag. Walderdbeeren am Wegrand für den, der sich noch bücken konnte. Die allerersten Himbeeren mit dem Geschmack nach lang verlorener Kindheit. Stundenlang hätte man den Vögeln zuschauen können. Vor allem die Austernfischer schienen das regnerische Wetter geradezu zu genießen. Unermüdlich suchten sie auf der Wiese mit ihren langen roten Schnäbeln nach Würmern.

Beschämt dachte Helga, dass sie nun schon ein ganzes Jahr lang hier auf Eplegard wohnte und bislang selbst kaum etwas von der Gegend gesehen hatte. Touristen wollten doch bestimmt nicht immer nur die Straße entlang Richtung Tingnese laufen, dann umdrehen und am Haus wieder vorbei bis zur nächsten Bucht, wo der Weg in Schotter überging und kurz darauf ganz endete. Selbst wenn Helgas betagte Feriengäste sich nicht beschwerten, die meisten waren sowieso nicht gut zu Fuß, immer nur hin und zurück, wurde das nicht langweilig?

Doch selbst Onkel Roald hatte keinen besseren Vorschlag.

»Du weißt doch, wie viel Arbeit es zu Hause immer gibt, mit den Schafen und allem«, sagte er. »Das ist genau wie hier. Diese Straße endet bei der Weide vom alten Larsen, weil danach nichts mehr kommt. Nur ein Abhang mit Steinen. Warum sollte man dort hingehen? Wäre mir früher auch nie eingefallen, weiter zu laufen als unbedingt nötig. Ja, früher gab es für mich immer etwas zu tun.«

Traurig sah Roald auf seine abgearbeiteten Hände hinunter. Dann nahm er die Sense wieder auf. Anders war dem hohen, nassen Gras unter den Apfelbäumen nicht beizukommen, und sonst gab es hier keinen, der mit der Sense umgehen konnte. Die beiden Frauen nicht und dieser komische Deutsche schon gar nicht.

Letzten Herbst war Roald Setersholm eine Zeitlang gar nicht mehr nach Eplegard gekommen. Da hatte er sich treu den ganzen Sommer über bemüht, Helgas Tante über ihren großen Verlust hinwegzuhelfen – Roald wusste, wovon er sprach, schließlich war er selbst Witwer –, und dann ging Beate Schlegel hin und warf sich dem nächstbesten Landsmann an den Hals. So schamlos, als gäbe es kein Morgen. Saß händchenhaltend auf dem Sofa. Ein Küsschen im Treppenhaus. Wahrscheinlich teilten sie sogar das Bett. Das wollte Roald sich nicht ansehen. Da war er auf Setersholm besser aufgehoben.

Erst in der Novemberdunkelheit hatte sich sein verletzter Stolz allmählich erholt. Vielleicht wurde es zu Hause auch nur zu einsam. Auf dem Hof gab es für ihn nichts Rechtes zu tun, besser gesagt: Seinem Sohn Einar war es am liebsten, der Vater ließ die Finger davon und kam auch nicht mit guten Ratschlägen. Nichts konnte man dem Jungen recht machen.

Jedenfalls tauchte Roald gegen Weihnachten wieder bei Helga auf. Zuerst nur selten und immer unter einem Vorwand. Er wolle nur mal hören, ob ihnen im Sturm gestern nicht das Dach davongeflogen sei. Musste Helga nicht wieder einmal einkaufen fahren? Bei dem kalten Wetter war es in seinem Auto doch bequemer als auf dem Traktor ohne Führerkabine, ja, eigentlich ohne jeglichen Komfort. Und Margit fragte, ob es die geblümte Zuckerdose noch gäbe, eines der wenigen Erbstücke ihrer Mutter.

Margit schien sich überhaupt vieles zu fragen, vor allem wie die Schwiegertochter mit dem alten Haus zurechtkam, in dem es während der Winterstürme überall zog und klapperte und wo eigentlich nur die Küche richtig zu heizen war. Auch deshalb kam Onkel Roald, hob den schweren Werkzeugkasten von der Ladefläche und »ging den Damen etwas zur Hand«, wie er sagte. So als wäre Herbert gar nicht da. Die Werkzeuge durfte er jedenfalls nicht anfassen, und Hilfe brauchte Roald auch nicht.

Doch am Ende fanden sich die beiden Männer miteinander ab. Der eine würde bleiben, der andere immer wieder kommen. So war das nun eben. Zwei oder drei Mal die Woche tauchte Roald auf Eplegard auf, machte sich im Haus zu schaffen, als wäre es sein eigenes, und nahm nach dem Mittagessen gerne auch noch eine Tasse Kaffee.

Seit im Juni die ersten Gäste angekommen waren, hatte Roald Setersholm gespannt den Strom älterer Damen verfolgt, der sich nach Eplegard hinein- und wieder hinausbewegte. Sein Herz verlor er nicht mehr, nein, nein, von der Liebe war er endgültig kuriert. Aber neugierig durfte man trotzdem sein. Schließlich bewohnten die Herrschaften die Zimmer, die Roald im Frühjahr gestrichen hatte, die Wände weiß und den Fußboden hellgrau, damit man den Schmutz nicht so sah. Besonders eine Frau Weber hatte es ihm angetan, eine stattliche Frau mit einem himbeerroten Regencape und feiner Lebensart, die Mitte Juli anreiste. Eplegard war schön und gut, bedeutete sie ihm, die Landschaft geradezu bezaubernd, wenn auch das Wetter etwas feucht, aber das Essen – nun, dafür fehlten ihr die Worte. Man wunderte sich, warum die Wirtin so lange in der Küche stand und dann mit Spiegeleiern auftauchte, von denen bei der einen Hälfte das Eiweiß noch glibberig war, während sich bei der anderen Hälfte der Rand bereits hart und vertrocknet nach oben bog. Und die Pfannkuchen – dicke, klumpige Fladen. Am besten war noch Schnittchen-Sonntag. Das war doch kein Zustand!

Als Helga am nächsten Tag wieder ihren berühmten Nudelauflauf ankündigte mit diesen widerlichen Dosenwürstchen, war das Maß voll. Ohne lange um Erlaubnis zu fragen, drängte sich Frau Weber zu Helga in die Küche und band sich die einzige Schürze um.

»Schauen Sie gut zu und lernen Sie!«, befahl sie und machte statt des Auflaufs ein Eins-a-Soufflé mit grünen Erbsen als Beilage, selbst wenn diese auch aus der Büchse kamen. Helga hatte gar nicht gewusst, dass Eiweiß sich in eine steife, luftige Masse verwandelte, wenn man es nur lange genug schlug.

Leider herrschte auf Eplegard nicht die Disziplin, die Frau Weber sich gewünscht hätte, und bis endlich alle am Tisch saßen, war das Soufflé zusammengefallen und die Erbsen waren kalt. Doch das war nur ein vorübergehender Rückschlag, denn am folgenden Tag kochte sie Fischklöße in weißer Soße und am Tag darauf eine raffiniert gewürzte Karottensuppe mit Krabben als Einlage.

Onkel Roald kam nun jeden Tag. So lecker hatte er sein ganzes Leben noch nicht gegessen. Willig fuhr er Frau Weber – Gisela! – zum Coop nach Tingnese und suchte mit ihr zusammen den ganzen Laden nach Kapern für Königsberger Klopse ab. Unwahrscheinlich, dass der Coop so etwas führte, Roald selbst hatte noch nie von Kapern gehört. Aber warum nicht, er hatte schon nutzlosere Vormittage verbracht.

Nach dem Einkaufen wurde Helga in die Küche zitiert: Kochschule. Elegant und selbstsicher bewegte Frau Weber ihren mächtigen Körper vom Herd zum Tisch zum Kühlschrank zum Herd, schnippelte hier etwas und hackte dort jenes. »Schauen Sie gut zu und lernen Sie!« Aber das war gar nicht so einfach. Helga versuchte, an dem breiten Rücken vorbei und unter den Achselhöhlen durch zu sehen, was die fremde Frau eigentlich machte. Schälte sie wirklich Tomaten? Nun, das brauchte sich Helga schon einmal nicht zu merken. Tomaten gab es sowieso nur ausnahmsweise und ausschließlich zur Dekoration, die waren viel zu teuer. Solange Frau Weber Tomaten schälte, konnte Helga kurz im Wohnzimmer nach dem Rechten sehen. Hildegund bezog inzwischen zwar die Betten frisch und putzte, aber als Aufpasserin war sie nicht zu gebrauchen. Zu Helgas Überraschung kam das Mädchen gut mit den alten Leuten zurecht. Obwohl Hildegund kaum Deutsch sprach, schwatzte und lachte sie mit ihnen, verstummte aber schlagartig, sobald jemand Jüngeres den Raum betrat, Helga zum Beispiel, oder Herbert oder ihre Mutter, die sie abends mit dem Auto abholte. Aber leider hatte sie für die Dummheiten, die sich Helgas senile Gäste mitunter ausdachten, allzu großes Verständnis. Es kam sogar vor, dass Hildegund selbst diejenige war, die die Gäste zu Unfug anstiftete. Neulich hatten sie alle zusammen Gefängnisausbruch gespielt und kichernd versucht, aus dem Wohnzimmerfenster in den Garten zu klettern, bis Helga das Schlimmste verhindern konnte. Doch heute waren alle, wo sie sein sollten und zufrieden. Nur eine Brille wurde verzweifelt gesucht, die fand sich schließlich auf der Anrichte, da, wo man doch schon dreimal nachgeschaut hatte. Als Helga endlich zurück in die Küche kam, war es leider schon Zeit zum Tischdecken, und sie fand nie heraus, wie die geschälten Tomaten zu einem Bett für gedämpfte Makrelenfilets geworden waren. Immerhin, wie man die Salzkartoffeln zubereitete, die es als Beilage gab, das hatte sie nun gelernt. Genügend Salz ins Wasser, und am Ende aufpassen wie ein Luchs, dass sie nicht wieder verkochten, das war das Geheimnis.

Eine ganze Woche lang kochte Frau Weber für die Pension Eplegard. Schimpfend verbrachte sie den Morgen beim Einkaufen. In dem einzigen Supermarkt am Ort gab es ja kaum die nötigen Grundnahrungsmittel. Einen Metzger hätte man gebraucht und einen anständigen Gemüsehändler. Frau Weber schämte sich fast, so fantasielose Gerichte auf den Tisch zu bringen. Königinnenpastetchen stellte sie sich vor oder Heilbutt an Sauce Béarnaise. Aber Kalbfleisch war hier nicht zu bekommen, und Estragon fand sie auch nicht. E-s-t-r-a-g-o-n? Die Bedienung im Coop schüttelte nur gelangweilt den Kopf. Sie war daran gewöhnt, dass Ausländer merkwürdige Wünsche hatten, es interessierte sie schon lange nicht mehr. Doch sobald Frau Weber sich an den Herd stellte, besserte sich ihre Laune. Noch dazu hatte sie jetzt die Pensionswirtin als Kochlehrling, die man wunderbar hin- und herschicken konnte. Es war allerdings erschreckend, wie wenig Helga Schlegel vom Kochen verstand. Kein Wunder, dass sie eine so schmale und blasse Person war. Sicher völlig fehlernährt. Wenigstens konnte sie inzwischen Karottensuppe kochen, auch wenn sie überhaupt kein Augenmaß hatte. Für alles und jedes brauchte sie ein genaues Rezept: pro Person ein halbes Pfund Karotten und so weiter. Mühsam. Auch die Zubereitung einer Tomatensoße hatte Frau Weber der Wirtin beigebracht. Leider aus Büchsentomaten, das wurde natürlich nur zweitklassig. Aber die Soße konnte man auf tausenderlei Arten variieren und zu Reis oder Nudeln reichen. Gestern hatten dann Bratkartoffeln auf dem Lehrplan gestanden. Bei Bratkartoffeln zeigt sich, wer die Gabe der Geduld besitzt. Frau Schlegel – nun ja, Schwamm drüber.

Morgen würde Frau Webers letzter Tag sein, dann holte ihr Sohn sie ab, und schon lange dachte sie darüber nach, welchen krönenden kulinarischen Abschluss ihr Aufenthalt hier haben sollte. Zu gerne würde sie den Gästen in bester Erinnerung bleiben. Heilbutt an Sauce Béarnaise, das hatte ja leider nicht geklappt. Weder Estragon noch

Heilbutt in diesem gottverlassenen Nest. In Trondheim, wo ihr Sohn die letzte Woche zum Angeln gewesen war, sollte es vor der Küste noch wilden Heilbutt geben, und wenn man Glück hatte, wog so ein Fisch einhundert Kilo und musste mit dem Kran ins Boot gehievt werden.

An diesem Nachmittag kam es zu einem riesigen Streit zwischen Frau Weber und Tante Beate. Die Tante erwischte den Gast mit einem Huhn unter dem Arm – Tante Beate schwor, es sei Miriam gewesen – und in der anderen Hand bereits die Axt, auf der Suche nach einem Hackklotz. Tante Beate war außer sich. Da aß man doch lieber Nudelauflauf, als eine Mörderin unter dem eigenen Dach zu beherbergen. Nur gut, dass Frau Weber einen so auffälligen Regenmantel trug. Wie ein übergroßes Himbeerbonbon hatte sie durch die Apfelbäume geschimmert, während sie nach einem geeigneten Platz für ihr Verbrechen suchte. Das Huhn hatte nur einmal kurz gegackert, als Frau Weber es losließ, und dann den Zwischenfall augenblicklich vergessen, aber Tante Beate wollte und wollte sich nicht beruhigen. Nicht einmal Frau Webers Tränen konnten sie besänftigen. Für ein Hühnerfrikassee brauche es nun einmal ein Huhn, aus dem man Brühe kochen konnte, Hühnerbrüste, zwei und zwei in Plastikschälchen eingeschweißt, taten es da nicht. Aber dafür hatte die Tante gar kein Verständnis.

Das große Abschiedsessen fiel also aus. Da aber Sonntag und das Wetter ausnahmsweise einmal freundlich war, packte Helga ein Picknick in die Schubkarre. Alle zusammen zogen sie zum Hafen hinüber und aßen belegte Brote, während sie auf die versunkenen Boote blickten. Was für ein schönes Bild für die Vergeblichkeit menschlichen Strebens. Das musste sogar Frau Weber zugeben.

Von nun an sah der Wochenplan so aus: Montag Tomatensoße mit Nudeln, Dienstag Karottensuppe mit harten Eiern, Mittwoch Pfannkuchen, Donnerstag Kartoffelbrei mit Spiegelei, Freitag Tomatensoße mit Salzkartoffeln (Reis brannte immer an), Samstag Nudelauflauf und sonntags Schnittchen, die aßen alle gerne. Nach wie vor war Helga froh, wenn die Mittagsmahlzeit überstanden war. Sehnsüchtig dachte sie an die Zeiten zurück, als sie noch eine Mikrowelle besessen hatte. Während der Teller sich friedlich drehte, konnte man alles Mögliche erledigen, und beim Pling lief einem das Wasser im Munde zusammen wie einem Pawlowschen Hund. Für bis zu vierzehn Personen ging das natürlich nicht. Aber die ganze Kocherei stahl einem so viel Zeit, zumal die Gäste gleichzeitig unterhalten werden wollten.

Wie sie das früher alles ohne Hildegund geschafft hatte, war Helga schleierhaft. An manchen Tagen kam sie sich vor wie eine Kindergartentante. Morgens und nachmittags ein kleiner Spaziergang für die, die wollten und konnten, aber mindestens einmal am Tag musste jeder vor die Türe. Alte Damen, die das Lesen verlernt hatten, durften Helga beim Kartoffelschälen helfen oder Handtücher falten. (So viele Handtücher auf einem Haufen, und damals, nach dem Krieg, da hatte man nicht ein einziges gehabt.) Einkaufsfahrten nach Tingnese waren besonders beliebt. Leider hatte der Traktor nur den einen Notsitz. Abends dann Brettspiele oder gemeinsames Singen. Meistens fand sich jemand, der dem alten, verstimmten Klavier ein paar dünne Töne entlockte. Das Instrument stammte noch aus der Zeit, als Eplegard ein herrschaftlicher Hof mit viel Land gewesen war, doch weder Edgar Edgarsson noch seine zahlreichen Kinder hatten darauf gespielt. In den letzten Jahren hatte es Birger Edgarsson als Ablage für seine Angelhaken und einer Mäusefamilie als Wohnung gedient.

»Aber ein Klavier bleibt immer ein Klavier.«, sagte Tante Beate.

Statt Frau Weber wohnte nun eine Frau Burhaupt in Zimmer Nummer drei, die in ihrer Kommode Zwieback hortete, extra aus Deutschland mitgebracht. Im Laufe ihres Aufenthaltes kamen zu dem Zwieback noch die Brotknüstchen hinzu, die beim Frühstück immer übrig blieben und die Helga sonst den Hühnern gab. Dazu eine Schokoladentafel, die ein anderer Gast lange und vergeblich gesucht hatte, und eine Dose Kekse, von der niemand wusste, woher sie stammte, doch zum Einkaufen durfte sie seitdem nicht mehr mitfahren.

Frau Burhaupt hatte sich lange gesträubt, aus Sigmaringen wegzufahren, wo sie in einer Zweizimmerwohnung wohnte, aber mit ihren Vorräten fühlte sie sich sicherer. Wenigstens verhungern würde sie nicht gleich. Im Haus hielt sie trotzdem nichts, auch nicht Helgas Besorgnis, dass sie sich verlaufen könnte. Stundenlang streifte Frau Burhaupt durch die Gegend. Doch die malerischen Klippen in der Reiherbucht, der weite Himmel, der sich am Horizont mit dem Meer vereinte, die Regenbogen, die sich doppelt und dreifach über dem Wasser aufspannten, das war ihr alles egal. Frau Burhaupt hatte den Blick immer am Boden, auf der Suche nach Essbarem, und kam von ihren Spaziergängen mit Liebstöckel zurück, den sie zwischen dem Unkraut hinter dem Klohäuschen gefunden hatte. Dort musste es einmal einen Gemüsegarten gegeben haben, denn außer dem Liebstöckel wuchsen da auch noch Rhabarber, für den war es jetzt natürlich schon zu spät im Jahr, und völlig verwilderte Salatrauke, so scharf, dass es einem die Tränen in die Augen trieb. Auch die Boote im Hafen waren Frau Burhaupt wurscht, was sollte an vernachlässigten Booten romantisch sein? Lieber hätte sie ein Boot gehabt, mit dem man zum Angeln fahren konnte, Ausrüstung gab es ja offensichtlich im Haus. So blieb ihr nur das, was sie am Ufer fand, Miesmuscheln und Blasentang und kleine Taschenkrebse, an denen kaum etwas dran war. Nur schade, dass die Saison für Möweneier schon vorbei war.

Aber die von Frau Burhaupt geernteten Meeresfrüchte wollte niemand essen. Sowohl den Muscheln als auch den Krebsen musste sie am Ende die Freiheit wiederschenken. Lediglich mit den Himbeeren hatte sie Erfolg. Gleich nach dem Frühstück war sie losgezogen, ein Eimerchen vor den Bauch geschnallt, damit sie beide Hände frei hatte, und arbeitete sich systematisch von Eplegard in Richtung Tingnese vor. Denn auch Himbeerenpflücken betrieb Frau Burhaupt nicht leichtfertig. Wo sie pflückte, hing hinterher keine rote Beere mehr. Nach anderthalb Stunden war der Eimer randvoll. Am liebsten hätte sie den ganzen Segen zu dem Zwieback in die Kommode gepackt, ihren roten, duftenden Schatz. Aber das ging ja wohl schlecht. Deswegen gab es an diesem Tag zum Nachtisch gezuckerte Himbeeren mit Milch. Frau Burhaupt löffelte ihre Portion in sich hinein und antwortete nicht auf den Dank der anderen Gäste. Wenn sie alle so gern Himbeeren aßen, warum pflückten sie dann nicht selbst? Aber am nächsten Morgen war sie trotzdem wieder draußen.

An einem Vormittag begleitete Helga Frau Burhaupt, stahl sich die Zeit, glücklich wie ein Kind, das, statt Hausaufgaben zu machen, zum Spielen darf. Himbeeren pflücken, das erinnerte Helga an ihre Mutter, die für Küchenarbeit nie etwas übriggehabt hatte, außer fürs Einmachen.

»Weil es so gut riecht«, hatte sie immer gesagt. »Der Geruch ist das Beste an Marmelade.« Und Helga durfte ihr das Cellophanpapier reichen und hinterher den Kochtopf auslecken.

Schweigend pflückten die beiden Frauen nebeneinander. Selbst das Wetter war still. Die Sonne wärmte angenehm durch eine dünne Wolkenschicht. Über den Himbeeren tanzten die wolligen Samen der Weidenröschen. Plötzlich hörten sie rauhe Vogelrufe über sich. Ein Keil Wildgänse zog mit kräftigen Flügelschlägen südwärts. *Jetzt schon?*, dachte Helga. Aber die Gänse zogen jedes Jahr Anfang August. Und jedes Jahr dachte Helga, dass es doch noch viel zu früh dafür war. Der Sommer hier oben im Norden war kurz. Schon wurden die Schatten wieder lang und scharf. In ein, zwei Wochen wäre der Herbst da.

»Unsere Eimer sind voll«, sagte sie zu Frau Burhaupt, als die Vögel endgültig in der Ferne verschwunden waren. »Was machen wir nun damit? Ich habe noch nie selbst Marmelade gekocht, aber ich würde es gerne versuchen, falls Ihnen Ihre Himbeeren dafür nicht zu schade sind. Leider habe ich nicht einmal Gelierzucker, den gibt es hier nicht. Aber vielleicht geht es trotzdem, wenn wir alles lange genug kochen lassen?«

Frau Burhaupt reckte den müden Rücken. Sechsundsiebzig Jahre harte Arbeit und dazu noch Osteoporose.

»Lassen Sie mich nur machen. Ich koche ihnen sogar ein Stuhlbein ein, wenn das nötig ist«, erklärte sie stolz. »Wenn wir von den halbreifen Johannisbeeren bei Ihnen im Garten welche dazunehmen, ist das gar kein Problem.«

An diesem Abend ergänzte Frau Burhaupt ihre Vorräte durch drei Gläser Himbeermarmelade, ihren gerechten Anteil an der Beute. Nun gut, Frau Schlegel war großzügig gewesen und hatte ihr die größten Gläser überlassen. Die Schublade war jetzt fast voll, genügend Essen für mehrere Tage. Zum ersten Mal auf dieser Reise schlief Frau Burhaupt sorgenfrei.

Das Geschäft ging gut. Helga hatte sich ein Heft angeschafft, in das sie bereits Vorbestellungen für das nächste Jahr eintrug. Eine alte Dame hatte sogar gefragt, ob sie im Oktober zur Apfelernte kommen dürfe.

»Ich koche so gerne Apfelmus«, gestand sie. »Und meinen eigenen Garten habe ich aufgeben müssen.« Dann fügte sie nach einer kleinen Pause enttäuscht hinzu: »Aber von Bielefeld aus ist es natürlich viel zu weit. Das hatte ich ganz vergessen. Sie heben mir ein Glas auf, versprochen?«

Als Helga nickte, stellte sich die alte Frau auf die Zehenspitzen und drückte ihr einen trockenen, kühlen Kuss auf die Wange.

»Das darf nur ich«, sagte Tante Beate eifersüchtig. »Nur ich bin deine Tante.«

Kapitel 31

Es war bereits Mitte August. Die Saison ging deutlich ihrem Ende entgegen. Beim Abendessen waren sie nur noch zu fünft, und auch die letzten beiden alten Damen sollten im Laufe der Woche abgeholt werden. Selbst Hildegund würde Ende des Monats aus Tingnese wegziehen. Sie ging nach Oslo, um dort eine Ausbildung zur Altenpflegerin zu machen und – wie sie Helga anvertraute – um nicht wieder zurückzukommen. Schlimm genug, in einem Nest wie Tingnese seine Kindheit vergeudet zu haben.

Helga zögerte den Abschied von dem Mädchen hinaus. Die hektischen Sommermonate waren zwar vorbei, und eigentlich gab es für eine Haushaltshilfe gar nicht mehr genug zu tun auf Eplegard, aber das Haus würde sehr still werden ohne Hildegund. So viel mühsam gezähmte Wildheit in einem Menschen! Wochenlang hatten Helgas Gäste gehofft, dass noch einmal eine Ratte auftauchen würde oder doch zumindest eine Maus, eine Spinne, irgendetwas, das das Mädchen erlegen könnte. Inzwischen war die Geschichte so oft erzählt worden, dass Hildegund darin gar keinen Stock mehr brauchte, nein, sie hatte einer kaninchengroßen Ratte mit bloßen Händen das Genick gebrochen.

Abends, wenn Helga sich für die Nacht fertig machte, summte sie Hildegunds Lied vor sich hin. Hinterher war es umso schöner, ins warme Bett zu krabbeln.

Der Kiel zerbarst in einsamer Nacht
Hat dreißig Männern den Tod gebracht
Hat dreißig Frauen zu Witwen gemacht
Im Eise, im Eise.

Eines Tages tauchte Trond auf. Er klingelte nicht an der Haustüre, sondern kam durch den Garten. Plötzlich stand er auf der Veranda, schwankte in dem frischen Wind, der von Westen blies, wahrscheinlich war er wieder einmal betrunken, und klopfte an die Scheibe.

»Mach auf!«, rief er.

Neben ihm stand ein kleiner Junge.

»Mach auf, verdammt noch mal!«

Herbert erhob sich und packte das Brotmesser.

»Lass nur«, sagte Helga. »Ich erledige das schon.« Sie schlüpfte hinaus auf die Veranda und schlang die Arme um sich gegen den kalten Wind. Trond roch nach Bier. Nicht nur sein Atem, auch seine Kleider, sein Schweiß. Helga hatte schon gehört, dass er viel trank, noch mehr als früher.

»Was willst du?«

»Dich besuchen. Schließlich ist es das Haus meiner Mutter. Mein Haus. Und du bist meine Frau. Da werde ich ja wohl zu Besuch kommen dürfen.« Er griff nach ihrem Arm.

»Das Haus gehört meiner Tante, und du hast hier nichts verloren.« Sie schüttelte seine Hand ab.

»Ach komm, Helga, jetzt sei nicht so stur. Ich wollte dir übrigens meinen Sohn vorstellen. Trond – das ist Helga. Sag guten Tag!«

Das Kind starrte sie böse an.

Trond gab ihm einen Schubs. »Los, gib ihr die Hand, habe ich gesagt!«

Aber der Junge verschränkte die Hände hinter seinem Rücken. Er mochte vier oder fünf Jahre alt sein. Ein mageres Kerlchen mit spitzen, verkniffenen Gesichtszügen.

»Du hast einen Sohn?«

»Seine Mutter behauptet das. Sieht zwar nicht aus wie ich, hat aber dafür meinen Namen. Ha, ha!«

»Seine Mutter?«

Trond wurde rot. »Natürlich hat er eine Mutter«, sagte er giftig.

»Und wo ist sie jetzt?«

»Was weiß ich. Abgehauen. Genauso wie du. Alle verlassen mich.« Seine Stimme wurde weinerlich. Er bekam feuchte Augen. Zog den Rotz hoch und spuckte aus.

»Hör auf mit dem Theater«, fuhr Helga ihn an. »Am besten, du gehst. Verschwindet! Alle beide.«

»Jetzt sei doch nicht gleich so zickig. Schau mal, die Mutter vom kleinen Trond hier ist gerade verreist, deswegen ist er für ein paar Wochen bei mir, und …«

»Was heißt, sie ist verreist? Gerade hast du noch gesagt, sie hätte dich verlassen?«

»Na ja, sie hat jemanden kennengelernt. Und jetzt ist sie für eine Zeitlang in Spanien. Da konnte sie den Kleinen schlecht mitnehmen. Stattdessen hat sie ihn mir vor die Türe gesetzt. Einfach so, stell dir vor! Was soll ich denn mit einem Kind? Meine Mutter schmeißt mich raus, wenn ich mit einem Bastard ankomme. Die weiß ja nicht einmal, dass es ihn gibt. Und da dachte ich, wo du dir doch immer Kinder gewünscht hast …«

»Mach, dass du wegkommst! Aber schnell!«, sagte Helga kalt.

»Bitte, Helga, sei kein Unmensch. Wenigstens für diesen Abend. Ich hole ihn morgen früh auch wieder ab. Oder wenn du willst noch heute Nacht. Ich nehme ihn einfach auf dem Heimweg mit. Er kann doch schlecht mit mir einen trinken gehen, dafür ist er nun wirklich noch zu klein. Ha, ha!«

»Ich will nichts damit zu tun haben.« Helga drehte sich um, ging ins Haus, zog die Verandatüre hinter sich zu und schloss ab.

»Helga!«, brüllte Trond ihr hinterher. »Du bist immer noch meine Frau. Komm sofort wieder raus! Helga!« Er trommelte mit den Fäusten gegen die Scheibe.

Mit zitternden Händen zog Helga den Vorhang vor, strich sorgfältig die Falten glatt und atmete tief, um ihr klopfendes Herz zu beruhigen. Die alten Damen hinter ihr hatten ihre Gabeln beiseitegelegt und verfolgten die Szene, blass, aber doch mit Interesse.

»Brauchen Sie Hilfe, Liebes?«, fragte die eine. »Sonst würde ich schon mal den Tisch abdecken.«

»Ja, ja, keine Ehe ist einfach«, fügte ihre Tischnachbarin hinzu.

228

Kapitel 32

Als Helga ein paar Stunden später die Hühner einsperrte, stand das Kind noch immer auf der Veranda, neben sich eine Einkaufstasche, aus der Kleider quollen. Trond hatte es einfach dort gelassen und war in die Kneipe abgezogen. Am liebsten hätte Helga den Traktor genommen und den Jungen ebenfalls nach Tingnese gebracht. Mal sehen, was Tronds Kumpels dazu sagten, dass er sein eigenes Kind in fremden Gärten zurückließ, nur weil er Durst hatte. Aber Tronds Trinkkumpane wurden immer jünger. Seine Kameraden von früher waren längst verheiratet und hatten Familie, die sahen samstagabends mit ihren Ehefrauen fern. Inzwischen trank Trond mit Burschen, die halb so alt waren wie er selbst. Vor allem trank er viel. Oft genug schlief er irgendwo in den Büschen am Tingneser Hafen und fuhr erst nach Setersholm zurück, wenn am frühen Morgen die Kälte und ein heraufziehender Kater ihn weckten.

»Komm rein«, sagte Helga zu dem Jungen und nahm seine Tasche.

Sie brachte das Kind in die Küche und gab ihm zu essen, während sie sein mageres Gepäck nach einem Schlafanzug durchwühlte. Sie setzte ihn aufs Klo, wusch ihm das verschmierte Gesicht und brachte ihn schließlich in eines der Gästezimmer. Gehorsam und ohne ein Wort zu

sagen, ließ der kleine Trond gehorsam alles über sich ergehen.

»Licht an oder aus? Tür auf oder zu?«, fragte Helga. »Wie
hast du es am liebsten?«

Trond starrte nur an die Decke und antwortete nicht.

»Ich lasse die Türe einen Spalt offen, dann hast du Licht
vom Flur, ja?«

Stille.

Doch später in der Nacht hörte Helga Kinderweinen,
und als sie kam, schlang er die Arme um sie und wollte
nicht mehr loslassen. Am Ende schlüpfte sie zu ihm unter
die Decke und schlief dort die restliche Nacht, eng umschlungen, als hätte sie einen sehr kleinen, sehr leiden-
schaftlichen Liebhaber.

So früh wie möglich machte sich Helga am nächsten Morgen auf den Weg nach Setersholm. Es war unangenehm
genug, dorthin zu fahren. Seit jenem Mittsommerfest im
letzten Jahr war Helga nicht mehr auf der Insel gewesen,
und jetzt sollte sie Trond seinen Sohn zurückbringen, den
er bei ihr abgestellt hatte wie einen überzähligen Stiefel?
Helga wollte es gerne hinter sich bringen. Dem kleinen
Trond hingegen schien es egal zu sein. Er mampfte sein
Frühstück in sich hinein und sagte kein Wort, lächelte
nicht einmal, als Tante Beate versuchte, ihn mit ihren
Schauergeschichten aufzumuntern. Wahrscheinlich verstand er gar kein Deutsch. Vielleicht war es ihm auch
gleichgültig, was die Erwachsenen redeten. Aber bereitwillig ließ er sich seine Jacke anziehen und kletterte auf
den Notsitz des Traktors. Helga stellte ihm die Einkaufstasche auf den Schoß.

»Pass auf, dass du nichts verlierst.«

Die Straße von Eplegard nach Tingnese war wenig befahren und schon lange nicht mehr ausgebessert worden. Sie rumpelten von Schlagloch zu Schlagloch. Wie eine Stoffpuppe ließ sich der kleine Trond durchschütteln.

»Ich dachte, es würde dir Spaß machen, Traktor zu fahren«, meinte Helga. »Nein? Tut es nicht?«

Trond drehte nicht einmal den Kopf. Stur sah er geradeaus, während sie durch Tingnese fuhren und dann nach rechts abbogen, Richtung Brücke.

Setersholm leuchtete auf der anderen Seite in der Morgensonne. Es war Sonntag, und in einer Stunde würde der Gottesdienst anfangen. Helga hörte die Kirchenglocke über die Bucht, die die Setersholmer Bürger ermahnte, dass es höchste Zeit zum Aufstehen war. Gott überließ nichts dem Zufall.

Sie rumpelten über die Brücke, an dem kleinen Strand vorbei, am Hafen vorbei und schließlich an Onkel Roalds altem Haus, das jetzt leer stand, denn Trond wohnte nun wieder ganz bei seiner Mutter. Helga bremste, nahm den Gang heraus und sah sich um. Zehn Jahre hatte sie in diesem Haus verbracht. Jedes Jahr ein bisschen schlechter, ein bisschen vergeblicher als das davor. Jedes Jahr ein bisschen weniger Helga und ein bisschen mehr Geradegut-genug-zum-Mistschaufeln. Der Garten war noch da. Die Heckenrose trieb ein paar späte Blüten, und irgendjemand musste Kapuzinerkresse und Wicken gesät haben, die sich jetzt die Mauer hinaufrankten. Nach links ging der Weg zum Haus von Mutter Margit hinauf. Margit, die bestimmt die Blumen gesät hatte, aber so selten lachte, als wäre Freudlosigkeit ein elftes Gebot. Helga sah den kleinen Trond an, der mit leerem Gesicht auf dem Sitz kauerte und sich an sein Gepäck klammerte. Auf seine Weise würde dieses mickrige, stumme Kind gut zu den beiden passen.

Los jetzt! Helga legte den Gang ein.

Dann nahm sie ihn wieder heraus. Betrachtete erneut den Jungen, der sich ganz in sich selbst verkrochen hatte. Sie spürte noch seine Arme um ihren Hals, hartnäckig wie ein Schraubstock, letzte Nacht. Würde der Junge heute freundlicher aufgenommen werden als Helga seinerzeit? Was, wenn ihn Margits harte Worte trafen? Oder die Faust seines Vaters? Es war doch jetzt schon kaum noch etwas von ihm übrig. Konnte so ein Kind einfach verschwinden? Unsichtbar werden für alle außer für denjenigen, der es am meisten hasste?

Nein, hier konnte der Junge nicht bleiben. Das brachte sie einfach nicht übers Herz. Helga wendete den Traktor.

»Hast du vielleicht noch eine andere Großmutter?«, fragte sie. »Eine Tante? Einen Onkel? Irgendwelche Verwandte? Es muss doch jemanden geben.«

Der kleine Trond rührte sich nicht.

»Du! Ich hab dich was gefragt! Kannst du nicht wenigstens einmal antworten? Irgendjemand, bei dem du bleiben kannst?«

Der Junge umklammerte die Tasche fester. Seine Knöchel schimmerten weiß.

Am liebsten hätte sie ihn geschüttelt. Stattdessen seufzte Helga nur laut, obwohl sich Trond für ihre Sorgen nicht zu interessieren schien. Dann fuhr sie mitsamt dem Kind zurück nach Eplegard. Was blieb ihr auch anderes übrig?

Kapitel 33

Von jetzt an hatte Helga die Verantwortung für zwei Seelen, mit denen sie nicht einmal verwandt war: eine alte angeheiratete Tante und den unehelichen Sohn ihres Ex-Mannes. Wobei die Tante das genaue Gegenteil von dem wortkargen Kind war. Den lieben langen Tag schwaddelte Tante Beate vor sich hin und konnte einem mit ihrem Gerede ziemlich auf die Nerven gehen. Helga hörte schon lange nicht mehr zu, denn das meiste war belanglos, und da die Tante immer vergesslicher wurde, sagte sie es später sowieso noch einmal. Letzten Herbst, frisch verliebt in Herbert, war es besser gegangen. Tante Beate glich plötzlich wieder der Frau, die sie früher gewesen war, energisch und voller Witz. Helga dachte schon, es sei vielleicht nur der Kummer um den toten Onkel Karl gewesen, der die Tante so schusselig werden ließ. Doch der Aufschwung war von kurzer Dauer. Bereits im Winter wurde deutlich, dass ihr Gedächtnis weiter nachließ, langsam, aber unaufhaltsam, und die Zeit geriet mehr und mehr aus den Fugen. Manchmal war sie wieder ein kleines Mädchen, und manchmal nannte sie Herbert Karl und schimpfte mit ihm, weil er so spät von der Arbeit kam. Und manchmal gingen ihr die Worte ganz verloren, und sie war plötzlich stumm und verzweifelt.

Helga verstand gut, warum die Tante Herbert und Karl miteinander verwechselte, ihren ersten Mann und ihren zweiten. Wie Karl geleitete Herbert sie mit freundlichen Worten durch die Momente, in denen die Wirklichkeit löchrig und durchscheinend wurde. Mit zärtlichen Gesten erinnerte er sie daran, dass sie seine Bea war und er, Herbert, an ihrer Seite. Manchmal, wenn Helga die beiden Arm in Arm von einem Spaziergang zurückkommen sah, stieg ihr die Eifersucht wie Galle in den Mund. Was hatte die Tante an sich, dass sie eine solche Hingabe verdiente? Diese alte Frau, die im Leben doch schon fünfzig Jahre Liebe bekommen hatte? War nicht sie selbst, Helga, endlich auch einmal an der Reihe?

Dann wurde sie rot. Onkel Karl hatte Tante Beate schon als Siebzehnjährige gekannt, ihr Verfall war der letzte Abschnitt eines langen gemeinsamen Lebens.

Doch Herbert nahm sich liebevoll und ausschließlich Tante Beates Alters an, als wäre er froh, wenigstens diesen Teil von ihr zu bekommen.

»Aber nein«, erklärte er, »es ist leicht, Bea gernzuhaben. Wer hätte gedacht, dass ich alter, einsamer Knochen noch einmal eine so liebenswerte Person treffe. Wenn ich sie sehe, klopft mir das Herz im Hals wie einem jungen Mann.«

Ohne Herbert gäbe es nur Helga mit ihrer Ungeduld und niemals Zeit und Tante Beate mit ihren Tränen, die immer leichter flossen, je kränker sie wurde. Das wären viele Tränen geworden.

Außerdem lehnte seit seinem Einzug einmal im Monat diskret ein Briefumschlag an der Kaffeedose. Außerhalb der Touristensaison ihre einzigen Einnahmen. Helga hatte damit sogar die alten, störrischen Betttücher durch Spannbettlaken ersetzen können, die viel schneller trockneten und die man nicht zu bügeln brauchte. Diesen

Herbst würde Helga extra Geld brauchen, denn der kleine Trond besaß kaum mehr, als er am Leib trug, und selbst das wurde ihm bereits zu klein.

Der Junge war jetzt schon seit drei Wochen da und sprach noch immer nicht. Widerstandslos ließ er über sich ergehen, was immer Helga veranstalten mochte. Nach Setersholm fahren und wieder zurück – für ihn war es anscheinend einerlei. Er aß, was sie ihm vorsetzte, und wenn sie ihn zum Spielen in den Garten schickte, wartete er geduldig auf der Wiese, bis sie ihn wieder hereinrief. Er stand auf, wenn Helga ihn morgens weckte, und ging zu Bett, wenn sie fand, dass es Zeit dazu war. Aber er sagte kein Wort.

Nur nachts, da weinte er.

Nacht für Nacht wachte Helga von seinem Weinen auf, und wenn sie kam, klammerte das Kind sich an sie wie ein Ertrinkender. Helga wohnte noch immer in der Kammer hinter der Küche. Letzten Herbst, nach Ende der Touristensaison, hatte sie wieder nach oben ziehen wollen. Aber damals war Hund schon so gebrechlich, dass er die steile Treppe in den ersten Stock nicht mehr hinaufkam. Stattdessen saß er unten, winselte und klopfte mit dem Schwanz, bis Helga sich seiner erbarmte und ihr Bettzeug wieder nach unten trug. Dann, nach Hunds Tod im Spätwinter, hatte sie sich nicht aufraffen können, die Kammer zu verlassen, in der noch immer sein Geruch nach fettigem Fell hing. Küche und Kammer waren ihr beider Reich gewesen. Doch jetzt wurde Helga es bald leid, jede Nacht durch das kalte Haus zu tapsen. Genauso gut konnte sie gleich im Zimmer des kleinen Trond schlafen, und wenn er von seinen Alpträumen geweckt wurde, schlüpfte er einfach hinüber in ihr Bett.

235

Nachts wäre Trond am liebsten in Helga hineingekrochen. Doch tags vermied er Berührungen, sein Blick wich immer aus, und er blieb stumm. Anfangs versuchte Helga, ihn auf alle möglichen Arten zum Reden zu bringen. Das Kind musste doch endlich etwas sagen! Sie erzählte ihm Witze, erst auf Norwegisch, dann auf Deutsch. Sie lauerte ihm unter der Treppe auf, um ihn zu erschrecken. Sie beschloss, dass er nur noch zu essen bekäme, wenn er laut und deutlich darum bat. Alles vergeblich. Sie entlockte ihm weder ein Lächeln noch Schreckensschreie, und offensichtlich war sein Hunger nicht so groß wie sein Wunsch zu schweigen. Das ganze Abendessen über saß er vor seinem leeren Teller, scheinbar ungerührt. Schließlich hielt Helga es nicht mehr aus, der kleine Trond war sowieso viel zu dünn, und schmierte ihm ärgerlich ein Brot mit dick Käse darauf. Immerhin, drei tägliche Mahlzeiten füllten sein spitzes Gesicht allmählich auf. Er sah nicht mehr aus wie ein alter, gramgebeugter Mann, sondern nur noch wie ein trauriges Kind und seinem Vater mehr und mehr ähnlich.

Am Ende gewöhnte sich Helga an seine Art. Sie fand sich damit ab, in ein Kindergesicht zu blicken, das in ihr lauter schlechte Erinnerungen wachrief, und weil sie den Namen Trond ungern benutzte, nannte sie ihn Knöpfchen oder Kleiner Kuchen oder Schnüppa. Dem kleinen Trond war alles recht. Helga gewöhnte sich sogar an sein Stummsein. Im Gegensatz zum großen Trond schrie das Kind wenigstens nicht herum. Aber es blieb lästig, dass er nicht antwortete, wenn man ihn rief. Stattdessen stand er wie ein kleiner Geist plötzlich vor einem oder hinter einem, und immer wieder stolperte sie über ihn.

Mit Menschen wollte der kleine Trond nichts zu tun haben. Doch nach Tieren war er ganz verrückt. Leider war diese Begeisterung einseitig. Die Hühner rannten gackernd davon, wenn er sie zu fangen versuchte, und die Katze Abigail ließ sich nicht ein einziges Mal von ihm streicheln. Für sie gab es nach wie vor nur Tante Beate auf dieser Welt. Wenn Abigail nicht gerade auf einem ihrer vielen Streifzüge war, lag sie bei der Tante auf dem Schoß oder neben ihr im Bett und fauchte böse, falls das Kind ihnen zu nahe kam.

Die Tante ruhte nun auch tagsüber immer öfter. Das Wetter war endgültig umgeschlagen, Herbstregen hatte eingesetzt, und der Wind kam in bösartigen Böen von Westen. An solchen Tagen wurde die Tante traurig. Dann lag sie auf ihrem Bett und klagte Karl ihr Heimweh. So verloren fühlte sie sich in diesem kalten, fernen Land, dass sie ihr Strickzeug wieder hervorholte. Sie strickte nur noch Schals. Mützen, Socken, Handschuhe, alles, wo man Maschen auf- oder abnehmen musste, war viel zu kompliziert für sie geworden. Doch das vertraute Klappern der Nadeln und das Hin und Her der Reihen beruhigte die Tante, denn es erinnerte sie angenehm an ihr früheres Leben.

Auch Herbert war traurig an diesen Tagen, wenn seine Bea sich ganz in die Vergangenheit zurückzog, wo nur für Karl Platz war. Im Haus mochte er dann nicht sein. Er trotzte Regen und Wind und stapelte unten am Wasser die halbmorschen Planken des ehemaligen Bootshauses, sortierte die schlechtesten aus und lagerte die noch brauchbaren auf Rundhölzern, damit sie nicht in nassem Gras und Brennnesseln lagen. Oder er saß auf der Veranda, die immerhin teilweise überdacht war, und schnitzte an irgendeinem Stück Holz herum, das er gefunden hatte. Erst mit kurzen, ärgerlichen Bewegungen und verkniffenem Gesicht, dann, mit der Zeit wirkten seine Bewegungen zufriedener, wenn seine Hände das Stück Holz drehten und wendeten, und er pfiff tonlos vor sich hin.

Als Herbert eines Nachmittags zum Kaffeetrinken hereinkam, stellte er dem kleinen Trond eine geschnitzte Katze auf den Teller, mitten zwischen die Kekse. Das Kind zuckte zusammen und wich zurück. Misstrauisch musterte Trond das Holztier, während er vorsichtig nach seinen Plätzchen fischte. Schließlich war der Bauch voll und der Teller leer. Trond rutschte von seinem Stuhl. Doch im letzten Augenblick schnappte er nach der Katze, und sie verschwand in seiner kleinen, dreckigen Faust.

Herbert schnitzte ihm ein Huhn. Ein Lamm. Ein Schwein. Einen Fisch, zumindest ungefähr, mit Fischen kannte er sich nicht sehr gut aus. Noch ein Huhn. Und noch eines, denn die Hühner gefielen dem kleinen Trond am besten. Es war das erste Mal, dass das Kind Verlangen nach etwas zeigte. Das erste Mal, dass es lächelte. Trond trug die Tiere ständig mit sich herum, und nachts kam Helga auf Kanten und Spitzen zu liegen, wenn ihm sein Schatz aus den schlafenden Händen rutschte.

Dann beruhigte sich das Wetter, und Tante Beate bekam wieder Lust, mit Herbert Mensch ärgere Dich nicht zu spielen. Sie saßen im Wohnzimmer oder, in viele Decken gehüllt, draußen. Und zu Herberts Füßen hockte Trond mit all seinen Tieren. Vorerst würde es keine neuen Hühner geben, das war klar, doch Trond war daran gewöhnt, dass gute Zeiten nie lange dauerten. Unter einem Stuhl richtete er einen Stall ein, und er selbst wurde der Bauer, der die Tiere auf die Weide brachte und abends wieder in den Stall führte.

Durch die geöffnete Küchentüre hörte Helga das Klacken der Tiere auf dem Fußboden. Offenbar war das Herein- und Heraustreiben eine ernsthafte und komplizierte Angelegenheit. Doch dann hörte sie, zwischen all dem Geklackere, noch etwas anderes: Tronds Stimme. Ganz leise, fast flüsternd, unterhielt er sich mit seinen Holztieren. Er selbst sprach norwegisch, und die Tiere antworteten auf Deutsch.

Beim Aufwachen am nächsten Morgen fischte Helga ein Holzhuhn unter sich hervor und fragte es, ob Frau Henne vielleicht ein paar Regenwürmer zum Frühstück wünsche. Und tatsächlich – das Huhn kicherte und bestellte ein Marmeladenbrot.

Selbst wenn der kleine Trond noch immer mit keinem der Erwachsenen sprach, konnte man sich von nun an immerhin mit seinen Tieren unterhalten. Anfangs waren ihre Antworten einsilbig und vorsichtig. Aber mit der Zeit fassten die Tiere Mut und wurden ganz zutraulich. Abends, wenn Helga das Kind ins Bett brachte, sagte sie auch den Holztieren gute Nacht. Jedes von ihnen bekam einen Kuss auf die Schnauze, und Trond wachte eifersüchtig darüber, dass sie auch keines vergaß. Jeden Abend beobachtete er argwöhnisch, was Helga mit den Tieren anstellte, während er sich sorgfältig aus Helgas Reichweite hielt. Bis er eines Abends, als sie schon gehen wollte, seinen Kopf vorstreckte. Sie strich ihm leicht über das Haar und küsste seine Nasenspitze, als wäre er einer seiner Holzgefährten.

Wer hätte gedacht, dass man davon so glücklich werden könnte.

Kapitel 34

Meine Tochter hat sich von ihrem Schreiner getrennt«, sagte Herbert. In der Hand hielt er einen Brief. Er bekam jetzt nur noch selten Post, denn seit dem Sommer hatte er sich ein norwegisches Konto eingerichtet und ließ sich seine Pension direkt überweisen. Obwohl das einiges an Gebühren kostete, kam auf diese Weise mehr an als vorher.

»Sie schreibt etwas von – Moment – inkongruenten Lebensentwürfen. Du liebe Güte. Auf jeden Fall hat sie ihn rausgeworden. Behauptet sie.« Herbert faltete den Brief zusammen und schob ihn zurück in den Umschlag. »Ich glaube ja eher, er hatte endgültig genug und ist gegangen. Ich liebe meine Tochter, aber sie ist leider ein schwieriger Mensch. Schade. Ich mochte Bertram. Sehr sogar. Ein netter Mann und dazu noch ein tüchtiger Handwerker. So haben die beiden sich überhaupt kennengelernt: Er hat ihr ein Regal gebaut. So eines, das genau unter die Dachschräge passt.«

Tante Beate schaufelte sich Kartoffelbrei auf den Teller. Nach spätestens der Hälfte würde sie satt sein, und dann musste Herbert den Rest essen, aber es hatte keinen Sinn, sie daran zu erinnern. Wenn die Tante Hunger hatte, war sie gierig, und es war ihr egal, ob die anderen auch noch etwas bekamen.

»Also, da weiß ich noch jemanden, der ihn sehr mochte«, sagte sie mit vollem Mund. »Gell, Helga, dich freut es doch?«

Helga wurde rot. Mit glühenden Wangen funkelte sie die Tante an, die seelenruhig weiteraß. »Das tut es nicht!«

Die Tante kicherte und kratzte ein Herz in ihren Kartoffelbrei. »Von Herzen. Mit Schmerzen. Ein wenig. Klein wenig. Gar nicht«, deklamierte sie, während sie das Herz Happs für Happs aufaß. Dann schob sie ihren Teller zu Herbert hinüber, musterte Helga mit zusammengekniffenen Augen und verkündete: »Wart nur ab, der taucht hier mit Sack und Pack auf, schneller, als du glaubst.«

Helga schnaubte und begann, den Tisch abzuräumen, obwohl die anderen noch gar nicht fertig waren. Als sie es merkte, stellte sie verlegen die Teller wieder hin, faltete ihre Serviette zusammen, wieder auseinander, erneut zusammen und zog sich schließlich in die Küche zurück.

Doch seit diesem Tag brannte eine kleine, warme Lampe der Hoffnung in ihr.

Der Sommer war schon lange vorbei und die Gäste bis zum nächsten Jahr auf und davon wie Zugvögel. Wenn sie Geld hätte, überlegte Helga, könnte sie ein kleines Boot kaufen und die Saison im nächsten Jahr bereits im April starten, mit Angelgästen, diesen Herren mit karierten Hütchen und großem Bierdurst. Allerdings bräuchte sie dann auch eine Gefriertruhe, wo man den Fisch bis zur Abreise lagern konnte. Denn ohne Gefriertruhe musste man ihn essen, den Fisch. Aber das einzige Fischgericht, das Helga konnte, war *Findus Fiskegrateng*, in der Aluschale zum Aufwärmen im Ofen. Und sie stellte sich vor, dass die Herren bei ihrem eigenen Fang keinen Spaß verstanden. Jede Mahlzeit die Krönung eines Jagdtriumphes. Die erwarteten wahrscheinlich Fischsuppe, Fischbouletten, Fisch im Teigmantel ...

Also lieber doch kein Boot. Eigentlich schade, denn Angelgäste zahlten sehr gut. Männern war nichts zu teuer, wenn es um sie selbst ging.

Doch vorläufig war es Ende September. Helga kochte Apfelmus, und da sie nun einmal keine Gefriertruhe besaß, sterilisierte sie die Einmachgläser im Backofen, bis das gesamte Haus dampfte. Verkaufen ließ sich das Mus übrigens genauso wenig wie die Äpfel in ihrem Naturzustand. Letzten Winter war Helga mit ihren einhundertachtundsiebzig Gläsern auf den Tingneser Weihnachtsbasar gefahren und mit einhundertfünfundsiebzig Gläsern wieder zurückgekommen. Ein Glas hatte der Pfarrer gekauft, der grundsätzlich an jedem Stand etwas erstand, und zwei eine Frau, die glaubte, es sei Marmelade. Doch Helgas betagte deutsche Sommergäste hatten das Apfelmus mit Appetit gegessen, bis zum letzten Glas. Es war der erste wirkliche Erfolg, den Helga je mit einem Küchenprodukt erzielte, und es erfüllte sie mit einem unbekannten Stolz. Die Apfelernte war in diesem Jahr nicht ganz so reichlich wie im letzten. Der zweite Teil des Sommers war kühl und regnerisch gewesen, und die Früchte blieben klein und herb. Aber es war noch immer genug, um Helga für Tage am Herd zu halten. Schneiden, Kochen, Passieren und Einwecken.

Während sie wartete.

Nach dem Einkochen putzte Helga das Haus. Überall waren klebrige Fingerabdrücke und Fußstapfen. Vor allem der kleine Trond verteilte Apfelmus in allen Räumen. Die leerstehenden Zimmer wurden noch ein letztes Mal für dieses Jahr gelüftet und Bettdecken und Kissen über den Winter in Müllsäcke gepackt, um sie vor Motten und Feuchtigkeit zu schützen. Nebenbei kochte Helga Mittagessen und machte die Wäsche. Und abends las sie Trond vor. Ihm war egal, was Helga las, deutsch, norwegisch, Kinderbücher oder die zerfledderte Ausgabe des Neuen Testamentes, die sie unter einem Schrank gefunden hatte – Trond genoss es. Zu einem Ball gerollt, lag er auf dem Sofa, den Kopf in Helgas Schoß, den Daumen im Mund.

Helga las, und mit einem Ohr lauschte sie in die herbstliche Dunkelheit. Waren da nicht Schritte vor dem Haus? Nein, doch wieder nur der Wind im toten Laub.

Das Gemüsebeet musste vorbereitet werden, denn nächstes Jahr wollten sie es wieder damit versuchen, Helga und Onkel Roald, das hatte er ihr fest versprochen. Dieses Mal an dem ursprünglichen Platz neben dem Plumpsklo, wo die alte Jauchegrube den Rhabarber düngte, so dass er Blätter groß wie Regenschirme hervorbrachte. Sobald Helga irgendwo zu graben begann, kamen natürlich auch die Hühner. Es gab nichts Schöneres als lockere Erde, in der man Würmer und Larven finden konnte. Helga würde den Zaun von seinem Platz hinter der Scheune hierher zum Klohäuschen versetzen müssen. Aber das hatte Zeit bis zum Frühjahr, wenn die Setzlinge in den Boden kamen. Erst einmal karrte sie Mist heran. Ein Salatbeet wollte sie haben und vielleicht auch eines mit Blumenkohl, die brauchten Dünger. Hühnermist hatten sie schließlich genug, obwohl von den fünfzehn Weißen Italienern zwei bereits gestorben waren. Das eine Huhn lag morgens einfach tot auf der Wiese, und das andere musste Helga notschlachten, weil es nur noch apathisch in einer Ecke saß und nicht mehr fraß. Wie gut, dass sie jetzt selber Hühner züchteten. Von den sechs Küken dieses Frühjahrs waren zwar vier Hähne, wie sich zeigte, und inzwischen geschlachtet und gegessen, aber die beiden anderen spazierten mit den übrigen Hennen wie ehrwürdige Damen durch den Garten. Sie waren so zahm, dass sie über die Terrasse sogar ins Wohnzimmer kamen und nach den Krümeln unter dem Tisch pickten. Wenn die Türe zu war, klopften sie mit ihren Schnäbeln dagegen, bis ihnen jemand öffnete oder bis sie ihr Vorhaben vergaßen und wieder davonstolzierten.

Helga schaufelte Stroh mit Mist und Hühnerfedern aus der Scheune in die Schubkarre und schob sie über die Wiese, und jedes Mal warf sie dabei einen Blick die Auffahrt hinunter.

Wartete.

Es war doch schon Oktober.

Bis eines Nachmittags ein Auto von der Straße abbog und knirschend auf dem Kies zum Stehen kam.

Endlich.

Kapitel 35

Helgas Herz machte einen freudigen Sprung.
Erst dann bemerkte sie das norwegische Nummernschild. Hinter der Windschutzscheibe Trond mit einer blonden Frau. Langsam stellte sie die Schubkarre ab. Wischte sich die Hände notdürftig an der Hose sauber. Räusperte sich gegen den kalten Kloß in ihrem Hals und rief nach dem Kind.

»Trond, ich glaube, deine Mutter ist aus dem Urlaub zurück.«

Der kleine Trond kam um die Ecke gesaust. Doch als der das Auto sah, blieb er abrupt stehen, wich ein paar Schritte zurück und versteckte sich hinter Helgas Beinen.

Die beiden Personen stiegen aus dem Wagen. Der große Trond vergrub die Hände in den Hosentaschen, zog den Rotz hoch und spuckte aus, doch die blonde Frau kam auf Helga zu, von einem Ohr bis zum anderen lächelnd. Von nahem sah sie älter aus, vielleicht Mitte vierzig. Sie war in ein lila Gewand gehüllt, das in dem scharfen Westwind flatterte und gegen ihren enormen Busen und den dicken Bauch klatschte, und um ihren Hals klapperte eine Kette aus Holzperlen. Ihr Gesicht war rund und fast ohne Falten, aber trotzdem wirkte sie erschöpft und verbraucht. Ein Mensch, dem alles zu viel war. Fröstelnd schüttelte sie Helgas Hand, an der noch Hühnermist klebte, und grinste dem Kind zu. Der kleine Trond drehte das Gesicht zur Seite.

»Katarina Nesvik. Ich bin vom Jugendamt und für Trond Fagervik zuständig. Ich nehme an, das ist der Junge? Hallo, Trond, ich bin die Katarina. Hallo! Nein? Nicht? Nun, tja, du kennst mich ja auch gar nicht, oder? Leider musste ich für meine Kollegin einspringen. Die ist im Mutterschutz und ...« Die Dame betrachtete ihre dreckige Hand, als hätte sie für den Moment vergessen, warum sie hier war. Dann sammelte sie sich wieder. »Vielleicht können wir hineingehen. Da spricht es sich doch besser als hier draußen im Regen, oder?«

Widerwillig trat Helga einen Schritt zur Seite. Sie wollte weder Trond noch diese Frau, die so unheilbringend lächelte, in ihrem Haus. Aber wenn sie jetzt nein sagte, würden sie an einem anderen Tag wiederkommen. Genauso gut konnte sie es gleich hinter sich bringen. Sie führte die beiden ins Wohnzimmer. Tante Beate sah überrascht von ihrem Spielbrett auf.

»Was willst du denn hier?«, fragte sie Trond. »Wieder Ärger machen? Alte Frauen verprügeln? Aber diesmal werde ich mich wehren!« Sie drohte ihm mit der Faust.

»Aber Bea! Das tut man nicht.« Herbert zog ihre Hand herunter und legte sie zärtlich in seine.

»Tante Beate, ich glaube, es ist am besten, wenn ich alleine mit den Herrschaften hier spreche«, sagte Helga. »Vielleicht geht ihr beide nach oben und lest etwas? Oder macht einen Spaziergang. Ihr wart doch heute noch gar nicht draußen.«

»Und dich mit dem Kerl da alleine lassen? Auf keinen Fall.«

»Ich bin ja nicht allein. Frau Nesvik ist doch auch noch da.«

»Diese lila Kugel? Glaubst du, die rührt einen Finger für dich?«

»Tante Beate!«

Die Dame vom Jugendamt trat unbehaglich von einem Bein aufs andere. Gut erzogen, wie sie war, hatte sie ihre Schuhe im Hausflur ausgezogen, aber der Boden hier war wirklich fußkalt. Neidisch sah sie auf Trond, der unbekümmert schlammige Fußspuren hinterließ. Normalerweise legte Frau Nesvik Hausbesuche gerne an das Ende ihres Arbeitstages, oft kam man dann ein bisschen früher weg. Nur hatte sie diesmal nicht an die weite Fahrt gedacht. Für jemanden aus der Kreisstadt war Tingnese ja schon weit aus der Welt, Bauernland, voll von Kretins, aber dieser Hof hier war erst recht gottverlassen. Dazu noch Ausländer, die in schnellem, hartem Deutsch stritten. Die alte Frau war offensichtlich verrückt und gewalttätig. Dem Kindsvater mit der Faust zu drohen! Was für eine Umgebung für ein Kind.

»Komm jetzt, Bea, hol deine Gummistiefel.« Herbert zog die Tante an der Hand. »Helga hat recht: Ein Spaziergang wäre doch eine gute Idee.«

»Aber so höre ich doch gar nicht, was sie reden«, klagte Tante Beate beim Hinausgehen.

Vorsichtig setzte Frau Nesvik sich auf eine Stuhlkante, zog die Füße auf die Querstrebe. Draußen auf der Veranda spazierten Hühner herum und pickten immer wieder an die Scheibe, als wollten sie hereingelassen werden. Ein Königreich für eine Tasse Kaffee!

»Die Sache ist die«, sagte sie. »Wir kennen Trond ja nun schon seit seiner Geburt. Also nicht ich, aber meine Kollegin, die jetzt leider nicht da ist. Prinzipiell – das finden nicht nur wir, das sagen auch die Richtlinien des Ministeriums – prinzipiell gehören Kinder zu ihren Eltern, und wir haben daher jahrelang Frau Fagervik darin unterstützt, ihre Mutterrolle auch ausüben zu können.« Sie sah sich vorsichtig um, doch vom kleinen Trond war nichts zu sehen. Vielleicht war er im Garten geblieben. Vielleicht hockte er auch hinter dem Sofa. »Vor ein paar Wochen ist der Kontakt mit der Mutter dann abgebrochen«, flüsterte sie, immer noch lächelnd. »Im ...« – sie blätterte in ihrer Akte – »... im August irgendwann. Seitdem wissen wir nichts über ihren Verbleib. Und auch den Jungen hatten wir aus den Augen verloren, bis sein Vater sich bei uns gemeldet hat. Er sagte, der Junge wäre vielleicht hier.«

»Natürlich ist er hier. Sein Vater hat ihn vor zwei Monaten bei mir abgeliefert. Hat ihn vor meinem Haus abgesetzt wie ein Paket und sich seitdem nicht mehr blicken lassen.«

Frau Nesvik lächelte wieder, diesmal beschwichtigend. »Das ist nicht ganz die Geschichte, wie ich sie gehört habe. Aber das ist ja auch nicht wichtig. Hier geht es ganz allein um das Wohl des Kindes.« Dann hörte sie auf zu lächeln.

»Herr Setersholm hat uns um Unterstützung gebeten, weil Sie sich bislang offenbar geweigert haben, das Kind herauszugeben. Gott sei Dank hat der Junge noch einen Vater, und dort gehört er hin. Lassen Sie uns die Angelegenheit jetzt bitte gütlich lösen. Dann hat diese Geschichte auch keine weiteren Folgen für Sie.«

»Ich verstehe dich ja, Helga«, sagte Trond sanft. »Meine Ex-Frau, besser meine Ex-Partnerin, wir waren nie verheiratet, also, wir haben leider keine gemeinsamen Kinder«, fügte er an Katarina Nesvik gewandt hinzu. »Sie ... ein Unfall damals ...«

»Ja, ja.« Frau Nesvik sah auf die Uhr. Bitte nicht auch noch die langatmige Schilderung einer gescheiterten Ehe. »Es wäre doch schön, wenn wir das hier zügig erledigen könnten. Packen Sie einfach ein bisschen Kleidung zusammen, und dann nehmen wir das Kind gleich mit.« Sie schlug die Akte zu und steckte sie in ihre Tasche zurück.

»Tro-ond!«, rief sie. »Wir wollen ge-hen.«

Aber der kleine Trond kam nicht.

»Nun rufen sie doch mal Ihr Kind, Herr Setersholm!«

»Trond! Trond!«

Es nutzte nichts. Die beiden riefen, und dann suchten sie. Im Haus. Im Stall. Im Garten. Unten am Wasser. Alles vergebens. Frau Nesvik sah immer öfter auf die Uhr. Es wurde bereits dämmrig, und sie machte schon lange Überstunden. Außerdem regnete es nach wie vor, und sie hatte weder eine Regenjacke noch die richtigen Schuhe, um auf einem Bauernhof herumzustiefeln.

Schließlich gab sie auf.

»An und für sich ist die Sache jetzt ja geklärt«, verkündete sie. »Ich schaue dann in den nächsten Tagen noch mal rein. Allerdings bin ich nächste Woche« – sie blätterte in ihrem Kalender – »drei Tage auf Fortbildung. Nun ja, zum nächstmöglichen Termin eben, falls Sie beide das nicht einfach unter sich regeln.« Missbilligend steckte sie den Kalender wieder ein, lächelte breit und schüttelte Helga die Hand.

»Kommen Sie?«, sagte sie zu Trond. »Dann setze ich Sie bei Ihrem Wagen ab.«

»Sofort. Ich muss nur ganz schnell noch auf Toilette.«

Frau Nesvik stapfte zu ihrem Auto. Sie hatte es eilig, von hier wegzukommen. Gott, an so einem Ort leben zu müssen!

Sobald sie sich umgedreht hatte, packte Trond Helga beim Handgelenk und zog sie hinter das Haus.

»Ich pfeif auf das Kind. Das weißt du«, flüsterte er ihr zu.

Sie hatte die Hauswand im Rücken und Trond so dicht vor sich, dass sie seinen Atem riechen konnte, Pfefferminzbonbon, um die Fahne zu verdecken.

Trond kam noch ein bisschen näher.

»Aber du hast mir mein Erbe gestohlen«, zischte er ihr ins Gesicht. »Das hier sollte alles einmal mir gehören. Und man hört ja überall, was für eine Goldgrube das geworden ist. So viel Geld, dass du sogar Personal einstellst.«

»Personal?«, fragte Helga verdattert. Als ob das gerade wichtig wäre.

»Hildegund hat mir erzählt, dass es hier im Sommer von Leuten nur so wimmelt und dass alle bestens zahlen. Hildegund ist meine Nichte oder so. Ihre Mutter kommt von Setersholm, wusstest du das nicht?«

»Nein.«

Aber das erklärte natürlich, warum Hildegund so gut informiert gewesen war. Sie hatte zum Beispiel gewusst, dass Trond keine Hühnerzucht mehr hatte. Die war schon lange vor die Hunde gegangen, gleich im letzten Sommer. Niemand hatte dort mehr ausgemistet oder die Eier eingesammelt. Die Hühner waren halb verhungert und verdurstet gewesen, als Trond sie eines Tages einfach freiließ. Im Suff natürlich. Heulend. Warf Steine nach ihnen. Jagte sie alle davon. Denn die Hühner wollten nicht weg. Das

Licht draußen blendete sie. Sie froren im kalten Wind. Hatten noch niemals Gras gefressen oder gar einen Wurm gepickt. Für ein paar Wochen traf man überall auf der Insel verwirrte Hühner, dann hatten die amerikanischen Nerze sie erledigt. Hildegund erzählte die Geschichte, während sie in der Küche ein zweites Mittagessen einnahm. Sie sprach ja sonst nicht viel mit Helga, aber diese Geschichte hatte es ihr angetan. Helga war froh gewesen, dass Tante Beate nicht genug Norwegisch verstand. Sie hätte sicherlich geweint.

Seitdem lebte Trond von Gelegenheitsarbeiten, die ihm seine Verwandten zuschoben. Pumpte alle an. Sogar Hildegund. Aber so dumm war Hildegund nicht, hatte sie mit vollem Mund verkündet, denn Geld verwandelte sich bei Trond in Schnaps, und dann war es weg.

»Alle wissen, dass du mein Haus gestohlen hast«, giftete Trond. »Meine Mutter ausgetrickst. Sie mit ein paar lächerlichen Scheinchen abgespeist.« Er beugte sich noch weiter vor. Helga presste sich gegen die Mauer, aber weiter zurück konnte sie nicht. Sein Atem war nun direkt in ihrem Mund. Fast wie früher, dachte sie bitter, damals, am Anfang, als er sie manchmal an die Schuppenwand bei den Nerzen gedrückt hatte, voller Leidenschaft, und weil Margit sie dort nicht hören konnte.

»Du hast mir mein Erbe weggenommen. Und jetzt werde ich dir das Kind wegnehmen«, flüsterte er. Dann lächelte er plötzlich schlau. »Du willst den Jungen behalten, oder? Du willst doch unbedingt ein Kind? Sogar meinen Bastard. Alle sagen, dass man dich gar nicht mehr ohne den Jungen sieht. Nun, du kannst ihn haben, kein Problem. Wenn du mir dafür das Haus gibst. Oder noch besser – gib mir Geld. Zahl mir mein Erbe aus, dann sind wir quitt. Du hast es ja gehört: Bis nächste Woche hast du Zeit.«

Frau Nesvik hupte vor dem Haus und ungeduldig gleich noch einmal. Trond stieß sich von der Hauswand ab, pinkelte in den nächsten Busch und verschwand in der Dämmerung.

Kapitel 36

Helga sah dem Auto hinterher. Es ging viel zu schnell in die Kurve. Vielleicht stürzten die beiden ja drüben bei dem kleinen Hafen einfach ins Meer. Aber nein, der Wagen schlingerte im letzten Augenblick nach links hinüber, holperte mit einem Rad über die Böschung und verschwand außer Sichtweite. Helga hörte den Motor aufheulen, als Frau Nesvik erneut beschleunigte. Dann war es still.

»Schnüppa!«, rief sie in die zunehmende Dunkelheit. »Mein Krümelchen! Komm jetzt, bitte.« Mit zitternder Stimme rief sie. Zitternden Knien.

Aber der Junge kam nicht, und er war auch nicht im Haus. Nur Herbert und Tante Beate, Hand in Hand auf dem Sofa, die einen Teil gehört hatten, einen Teil erraten und jetzt den Rest wissen wollten.

»Ich habe mich schon gewundert, warum ihr das Kind überall sucht. Wie gut, dass ihr es nicht gefunden habt«, meinte Tante Beate.

»Aber irgendwo muss er doch sein!« Helga brach in Tränen aus. Betreten sahen ihr die beiden zu. Suchten nach etwas Tröstlichem. Fanden nichts.

»Du weißt, ich habe das Geld von der Versicherung«, sagte Herbert schließlich. »Ich gebe es dir gerne, ein zinslosen Darlehen oder so etwas. Dann kannst du deinen Mann ausbezahlen.«

253

Helga blickte auf. Einen Moment Hoffnung. Dann schüttelte sie den Kopf. »Wie soll ich das je zurückzahlen? Wir kommen doch nur gerade eben so über die Runden. Außerdem wird es nichts nützen. Sobald Trond merkt, dass bei uns etwas zu holen ist, wird er wiederkommen. Glaub mir, er wird uns bis auf den letzten Pfennig ausnehmen, wenn er erst herausgefunden hat, wie es geht. Aber ich weiß, was ich tun werde. Das Kind und ich fahren nach Deutschland.« Sie wurde eifrig. »Nach Hause! Dort wird uns niemand suchen. Bis dorthin kommt Trond uns nicht hinterher. Vielleicht können wir fürs Erste bei Vera unterschlüpfen. Dann wird sich schon alles finden. Ich packe nur schnell eine Tasche, und dann nehmen wir von Tingnese aus den Bus. Wo ist denn nur der Busfahrplan? Er liegt doch sonst hier in der Garderobe. Zu dumm, dass wir kein richtiges Auto haben. Dann würde uns keiner mehr finden. Wo ist denn nur dieser Fahrplan. Knöpfchen! Schnüppa! Trond! Komm jetzt endlich!«

Hektisch lief Helga vor und zurück, die Treppe hinauf und wieder hinunter, stopfte unter Tränen Dinge in eine Tasche, nahm sie wieder heraus, stopfte andere Dinge hinein.

»Trond!«, rief sie. »Trond! Wir haben es eilig!«

Aber der Junge kam nicht.

Plötzlich stand Tante Beate neben Helga. Packte ihren Arm mit einem ruhigen, harten Griff. So hatte sie sie als Kind gehalten, wenn sie beide eine belebte Straße überqueren wollten und Helga am Straßenrand herumhampelte.

»Lass das, Helga!«, sagte sie streng. »Wie kommst du nur auf so einen Blödsinn? Mit dem Jungen davonzulaufen! Du wirst ihn doch wohl nicht durch halb Europa schleifen wollen, immer auf der Flucht? Glaubst du, das steht er durch, das arme Würstchen? Du bist einmal vor deinem Mann davongelaufen, aber jetzt langt es. Du benimmst dich ja, als wärst du selbst nur ein dummes Huhn.« Etwas freundlicher fügte sie hinzu: »Und jetzt hör auf zu heulen! Das nützt doch nichts.« Sie schenkte Helga einen Schnaps ein und dann gleich noch einen. Genehmigte sich selbst ein, zwei Gläschen.

»Der Morgen ist klüger als der Abend«, verkündete sie. »Auf, ab ins Bett.«

»Aber Trond?«

»Um den großen Trond kümmern wir uns morgen. Und auf den kleinen Trond wird Herbert warten. Der Junge taucht schon auf. Er hat sich ja schließlich auch selbst versteckt.«

Tante Beate brachte Helga ins Bad, passte auf, dass sie sich die Zähne ordentlich putzte, reichte ihr den Schlafanzug. Helga war so müde von all dem Kummer, dass sie es einfach geschehen ließ. Tante Beate deckte sie zu, gab ihr einen Gutenachtkuss auf die Stirn, so wie früher, als die Tante noch auf Helga aufpasste und nicht umgekehrt, strich ihr über die Wange.

»Jetzt schlaf erst mal.«

Helga nickte. Doch sobald die Tante das Licht gelöscht hatte und sich mit vorsichtigen, alten Schritten die Treppe hinuntertastete, begannen ihre Tränen auch schon wieder zu laufen.

Als Helga aufwachte, lag der kleine Trond neben ihr, wie sonst auch, dicht an sie geschmiegt, jede Hand um ein Huhn geballt. Sein Gesicht hatte im Schlaf etwas von seiner Vorsicht verloren. Rote Backen, verschwitztes Haar, einen weichen Mund wie sein Vater.

Der Junge musste kurz vor oder kurz nach Helgas zweiter Fehlgeburt entstanden sein. Ihr eigenes Kind wäre jetzt im gleichen Alter. Ihre eigene kleine Tochter. Wenn sie damals nur nicht so unglücklich gestürzt wäre. Wenn sie sich nicht den Griff der Schubkarre dabei in den Bauch gerammt hätte, dass sie in den Matsch bei der Jauchegrube fiel. Erst Schmerzen, dann Blut, die Fliegen auf dem Blut. Wenn Trond mittags mit dem Futter gekommen wäre, wie er es versprochen hatte. Wenn er wenigstens schon nachmittags nach ihr gesucht hätte, nicht erst am späten Abend. Stundenlang hatte sie gewartet, voller Angst und voller Fliegen. Die Schweine schrien vor Hunger. Am Ende war sie jenseits aller Furcht. Als Trond endlich kam, mehr ärgerlich über ihr langes Ausbleiben als besorgt, war es sowieso zu spät.

Das Kind winzig und perfekt und ganz still.

In ihrem Bauch alles zerrissen.

Vielleicht, wenn Trond früher gekommen wäre. Wenn er nicht den ganzen Tag auf dem Festland verbracht, seine schwangere Frau nicht betrogen und vergessen hätte.

Wenn.

Als Helga damals aus dem Krankenhaus kam, war sie bleich und durchscheinend. Ausgeweidet und wieder zugenäht. Einsam. Niemand auf Setersholm hatte den Unfall je wieder mit einem einzigen Wort erwähnt. Die vielen Wenns wurden Teil einer langen und komplizierten Familiengeschichte, über die nie jemand sprach. Die Setersholmer waren schließlich keine Klatschbasen. Helga hatte sich in das Schweigen gefügt und seitdem den stummen

Kummer um ihre vergebliche Liebe, ihre Verbitterung über Tronds Treulosigkeit mit sich geschleppt wie einen Sack Steine. Wie ein Lebenswerk.

Doch als sie jetzt das schlafende Kind betrachtete, stellte sie fest, dass sie es leid war, im immer gleichen Jammer zu rühren. Ihr *stilles Leiden* war in den letzten Jahren schal geworden. Abgenutzt. Aufgebraucht. Diesmal würde sie es nicht so weit kommen lassen, dass Trond ihr alles nahm.

Wenn sie nur wüsste, wie. Viel Zeit blieb ihr nicht.

Behutsam strich Helga dem Kind über die Wange, kletterte aus dem Bett und zog sich leise an. Als sie nach unten kam, um das Frühstück zu machen, saß Tante Beate bereits am Küchentisch. In Mantel und Handschuhen, die prall gefüllte Handtasche auf dem Schoß, saß sie da und beobachtete mit ihren Vogelaugen, wie Helga fahrig in der Küche hantierte. Marmelade auf den Tisch stellte. Sie wieder wegnahm. Teller aus dem Schrank holte und den obersten fallen ließ. Den Handfeger nicht finden konnte. Vergaß, Kaffeepulver in den Filter zu füllen. Noch einmal von vorne begann und diesmal die Kaffeekanne herunterstieß.

»Was machst du hier eigentlich? In diesem Aufzug?«, fuhr Helga die Tante schließlich an.

»Auf dich warten. Ich dachte, ich passe besser auf, dass du nicht doch noch mit dem Kind durch die Hintertüre verschwindest. Außerdem ist mir heute Nacht eingefallen, wovor Trond Angst hat.«

»Der kleine Trond? Der hat vor allem Angst.«

»Nein, du Dummchen. Der große.«

»Und?«

»Er hat Angst vor seiner Mutter.«

»Das hättest du auch. Wozu soll das gut sein?«

»Weil wir jetzt nach Setersholm fahren, und das ein für alle Mal ordnen, du und ich. Los, komm, hol deine Jacke.«

Energisch stand die Tante auf und schob im Vorbeigehen die letzten Scherben unter den Schrank.

Kapitel 37

Draußen hing der Himmel so tief, dass es gar nicht richtig hell wurde, und es fiel Nieselregen. Erst dachte man, das macht doch gar nichts, aber nach einer Viertelstunde war die Feuchtigkeit durch alle Kleider bis auf die Knochen gedrungen. Helga und Tante Beate waren gründlich durchnässt, als sie endlich auf Margits Einfahrt einbogen und vom Traktor stiegen. Helga klopfte schüchtern an die Türe. Drinnen blieb es still, und sie wäre schon fast wieder gegangen. Doch Tante Beate polterte so lange dagegen – »Um diese Zeit ist sie doch bestimmt zu Hause. Die will nur nicht!« –, bis Margit öffnete und die beiden Frauen abschätzig musterte. In ihren sauberen Hausflur ließ sie niemanden gerne, und schon gar nicht jemanden, der so nass war. Dazu noch unerwartet.

Letztes Jahr war Margit völlig überzeugt gewesen: Helga und ihre Tante mussten weg, und zwar so schnell wie möglich. Fast wäre ihr Sohn zum Mörder geworden. Und nur wegen eines lächerlichen Streites. Wegen einer alten Frau, die kein Benehmen hatte. Wegen einer Hühnerdiebin!

Natürlich war Margit einverstanden gewesen, dass Helga die Insel verließ. Sonst hätte sie Eplegard wohl kaum hergegeben. Sollte das Mädchen dort glücklich werden. Letztes Jahr hatte Margit ihr sogar aus ganzem Herzen

Glück gewünscht. Hier nach Setersholm passte die Deutsche einfach nicht. Die zerrüttete Ehe und zudem diese dumme Geschichte beim Schweinestall. Helga war ja schon immer eine Stille gewesen, dagegen war nichts einzuwenden. Doch danach war sie völlig verstummt. Hatte sich in sich selbst und auf dieses Fleckchen Erde zurückgezogen, das sie Garten nannte. Margit hatte nach ihrem Weggang ein bisschen Ordnung dort geschaffen. Viel vergebene Liebesmüh, aber das ein oder andere blühte am Ende doch. Und die Johannisbeeren hatten dieses Jahr gut getragen, denen machte das nasse Wetter nichts aus. Ja, der Garten hatte Helgas Abschied gut überstanden.

Aber Trond nicht. Jahrelang hatte er seine Frau kaum noch angesehen, doch kaum war sie weg, brach für ihn eine Welt zusammen. Die Hühnerfarm war dahin. Jetzt versoff er Margits Geld. Ständig hatte er mit irgendjemandem Streit und überall Schulden. Margit wünschte, die Brücke wäre nie gebaut worden und Helga nie hierhergekommen.

Und jetzt standen diese Deutschen plötzlich wieder vor der Tür, Helga zusammen mit ihrer senilen Tante.

Die alte Frau lächelte, hielt ihre Tasche hoch, als wäre sie eine Art Eintrittskarte, und fragte in ihrem gebrochenen Norwegisch: »Also – vi kommer inn?«

Hereinkommen wollten sie? Margit lag schon ein unfreundliches Nein auf der Zunge, aber schließlich hatte auch sie eine gute Erziehung genossen, und so sagte sie stattdessen: »Trond ist leider nicht da.« Bedauernd. Bereits dabei, die Türe wieder zu schließen.

Helga hätte sich nur zu gerne fortschicken lassen. Mutter Margit flößte ihr noch immer so viel Angst ein wie am ersten Tag. Aber Tante Beate erklärte: »Das macht nichts.«

Sie setzte den Fuß in den Spalt, und sobald Margit den Eingang freigab – widerwillig, aber was hätte sie sonst tun sollen? –, schob Tante Beate ihre Nichte vor sich her in die Küche.

»Rutsch!«, forderte sie und quetschte sich neben Helga auf die Küchenbank. Dann wühlte die Tante eine Weile in ihrer Tasche, bis sie schließlich ihr Strickzeug hervorholte, das einzige Zeichen, dass sie nervös war.

Da sie nun offensichtlich Gäste hatte, setzte Margit Kaffee auf und stellte Tassen auf den Tisch. Dazu Milch und Zucker, denn diese Ausländer tranken ihren Kaffee ja nicht schwarz und genügsam, nein, nein, immer musste gleich eine ganze Mahlzeit daraus werden.

»Ihr kommt doch wegen Trond, oder?«, fragte sie ablehnend. »Aber mein Sohn ist seit Jahren erwachsen. Ich trage keine Verantwortung mehr für ihn und habe auch gar keinen Einfluss.«

Tante Beate schnalzte missbilligend mit der Zunge. »Keinen Einfluss? Also, das glaube ich nicht.«

In diesem Augenblick kam Trond herein. Sah unbehaglich, dass Besuch da war, und drehte grußlos den Kopf weg.

»Worauf hast du keinen Einfluss?«, fragte er seine Mutter.

Doch Margit stellte nur eine weitere Kaffeetasse auf den Tisch vor ihn hin und goss ihm ein. Dann setzte sie sich mit verkniffenem Gesicht. Wieder einmal war Trond über Nacht nicht nach Hause gekommen. Er sah aus, als hätte er bei einem seiner Kumpels auf dem Sofa geschlafen. Oder schlimmer. Jedenfalls hatte er sich weder gewaschen noch gekämmt. Zusammengesunken saß er auf seinem Stuhl und trank gierig und mit zitternden Händen Kaffee.

Die drei Frauen sahen ihm dabei zu: Seine Mutter schenkte schweigend nach, sobald die Tasse leer war. Helga wünschte sich weit weg. Und Tante Beate klapperte mit den Stricknadeln und summte dazu ein kleines Liedchen. Wohlwollend betrachtete sie Trond, der vollständig mit seinem Kaffee beschäftigt schien und allmählich wieder Farbe im Gesicht bekam, bis sie plötzlich mit dem Summen aufhörte und auf Norwegisch zu ihm sagte: »Du kannst nicht haben den kleinen Trond. Und das Haus nicht. Das gehört mir. Nämlich.«

Trond setzte die Kaffeetasse so fest auf den Tisch, dass die Untertasse in zwei Teile zersprang. Dann stand er auf. Er hob schon die Faust, da fügte die Tante streng hinzu: »Wenn du mich noch einmal anrührst, erstatte ich Anzeige. Helga, übersetz das mal. Das kann ich nicht auf Norwegisch.« Dann fuhr sie, wieder an Trond gerichtet, fort: »Das letzte Mal war ich noch nett. Diesmal nicht mehr. Setz dich! Wir möchten mit dir und deiner Mutter reden. Ach ja, Helga – und sag ihm, wenn er jetzt Theater macht, erzähle ich seiner Mutter alles über ihn. Alles«, wiederholte sie triumphierend.

Helga übersetzte widerstrebend. Es war nicht gut, Trond so zu provozieren. Die Tante kannte sein Temperament doch inzwischen.

Aber Trond ließ zögernd die Hand sinken und setzte sich wieder auf seinen Platz. Allerdings nur auf die äußerste Kante. Wenn diese alte Scharteke glaubte, sie hätte zu bestimmen, hier, in seinem eigenen Haus, dann irrte sie sich.

Margits Blick wanderte unsicher von einem zum anderen, dann zu den Scherben und wieder zu Trond. Was für Dinge wusste die Tante? Was für Dinge gab es über ihren

Sohn denn noch zu wissen? War es nicht schon genug gewesen in den letzten Jahren?

»Was ist los? Welcher kleine Trond? Und welches Haus?«, platzte sie schließlich heraus.

»Trond will seinen Sohn verkaufen. Da will er Eplegard haben für. Oder Geld. Lieber Geld, sagt er«, verkündete Tante Beate, erneut in ihrem gebrochenen Norwegisch.

Trond wurde rot. Unbehaglich rutschte er unter dem Blick seiner Mutter auf seinem Stuhl hin und her.

»Deinen Sohn? Ich habe ja schon gehört, dass du einen Sohn haben sollst«, sagte Margit zu ihm. »Aber ich höre so vieles über dich und hoffe immer, dass es nicht wahr ist. Warum willst du ihn denn verkaufen?« Sie war bleich geworden. Nur auf ihren Wangen leuchteten zwei grellrote Flecke. »Ein Kind? Also, das überschreitet doch wirklich die Grenze des Anstands, finde ich. Helga – jetzt sag mal, was das alles soll!«

Die Grenze des Anstands war eigentlich ganz woanders und schon seit Jahren überschritten, dachte Helga. Aber was gab es dazu noch zu sagen? Die Schwiegermutter nahm ihren Goldjungen doch sowieso immer Schutz. Gleich würde sie wieder ihr, Helga, die Schuld zuschieben. Es nützte doch alles nichts. Trotzig starrte Helga auf die Wand hinter Margits Kopf und schluckte an den Tränen, die ihr in die Augen stiegen.

Doch Tante Beate gab ihr einen Stoß und flüsterte ihr zu: »Jetzt hier nicht heulen. Sag lieber was!«

Was denn? Helga räusperte sich, straffte vergeblich die Schultern, blickte hilfesuchend zu der Tante.

»Ich habe dem kleinen Trond versprochen, dass er bei mir wohnen darf. Er möchte das gerne«, begann sie leise.

Da sah sie Tronds dummes, siegesgewisses Grinsen, als dächte er: Also doch, sie will das Balg, sie wird schon zahlen. Und von einem Augenblick zum anderen überkam sie maßlose Wut. »Nur das sage ich dir gleich«, zischte sie. »Geld bekommst du keines. Ich habe gar keins. Zehn Jahre lang hast du von meiner Arbeit gelebt, und zum Dank hast du mir vor die Füße gespuckt. Weißt du noch? Und jetzt, wo auch noch die Hühnerzucht futsch ist, kommst du an und willst mehr? Erst lädst du dein Kind bei mir ab, weil du es nicht brauchen kannst, und dann willst du mich damit erpressen? Weder den Hof noch eine einzige Öre bekommst du! Halb verhungert war das Kind, als es zu mir kam. Ja, das soll deine Mutter ruhig hören! Halb verhungert und völlig vernachlässigt. Es hat Wochen gedauert, bis es zum ersten Mal gelacht hat. Und jetzt willst du reich an ihm werden? Soll dein Sohn dir deinen Suff finanzieren? Du Saufkopp! Du Drecksack! Du … du …« Tante Beate legte ihr begütigend die Hand auf den Arm. Ärgerlich schüttelte Helga sie ab. »Du Schweinearsch! Du Hurenbock! Du …«, schrie sie.

»Helga, es ist genug!«, fuhr Tante Bea dazwischen.

»Du willst Geld von ihr? Und ihren Hof?«, fragte Margit. »Ich verstehe das alles nicht. Du hast also wirklich einen Sohn, Trond? Ja, wie alt ist denn das Kind? Und warum ist es nicht bei seiner Mutter?«

Trond spielte mit den beiden Scherben, die seine Untertasse gewesen waren. Setzte sie zusammen und nahm sie wieder auseinander.

»Trond, ich habe dich etwas gefragt!«

»Vor zwei Monaten hat Trond seinen Sohn zu uns gebracht«, erklärte Tante Beate. »Helga, übersetz das! Seine

Mutter ist ...« – sie machte eine Handbewegung – »... weg. Also, was weiß ich. Er hat das Kind in den Garten gestellt und ist einfach verschwunden. Bis gestern. Da kommt er und sagt, das Jugendamt holt das Kind, wenn wir ihm nicht Geld geben. Lauter Lügen hat er über uns erzählt!«

»Habe ich nicht!«, fuhr Trond jetzt auf. »Ich dachte, ihr bringt das Kind zu mir. Stattdessen habt ihr es einfach in eurem Haus versteckt. Was hätte ich denn machen sollen?«

»Erzähl mir nichts!«, rief Margit. »Warum hast du ihn dann nicht schon lange geholt? Immerhin ist er mein Enkelsohn. Stattdessen erpresst du deine Frau mit einem Kind, das du mit einer anderen hast? Verlangst Geld und Hof von ihr? Nach allem, was passiert ist? Da sitze ich hier und hoffe, dass aus diesem Trunkenbold von Sohn noch einmal etwas Anständiges wird, und er geht hin und erpresst seine Frau mit seinem eigenen Bastard. Um den er sich selbst nie gekümmert hat. Ja, dass du dich nicht schämst!«

Sie langte über den Tisch und gab Trond zwei schallende Ohrfeigen, eine rechts und eine links.

Trond war so überrascht, dass er nicht einmal die Hände hob, um sich zu schützen. Nicht nur die Wangen, sein ganzes Gesicht brannte vor Verlegenheit. So böse war die Mutter noch nie mit ihm gewesen. Und so harsch hätte er selbst das auch nicht formuliert.

»Nicht Geld *und* Hof. Und sowieso nur als Darlehen«, murmelte er.

»Mein Sohn nimmt kein Geld von dir«, sagte Margit streng zu Helga, als wäre das ihr Vorschlag gewesen. »Verdien dein eigenes Geld«, herrschte sie ihren Sohn an. »Hör endlich auf zu saufen und züchte Schafe, so wie jeder anständige Mensch auch! Dein eigenes Kind. Mein Enkelkind.« Ihre Stimme wurde weich. »Endlich ein Erbe für den Hof«, sagte sie mit feuchten Augen. »Ich erwarte von dir, dass du das in Ordnung bringst, hörst du?«

Trond nickte gehorsam, und für einen Augenblick tat er Helga fast leid. Er hatte immer so große Pläne gehabt. Stattdessen war nur ein armseliger Taugenichts aus ihm geworden, und heute merkte das sogar seine eigene Mutter. Tiefer konnte man kaum sinken an einem Ort wie Setersholm.

»Du kannst ja mal kommen und den kleinen Trond besuchen«, schlug sie vor. »Dann könnt ihr euch kennenlernen. Aber du darfst nicht laut werden. Er ist ein sehr ängstliches Kind.«

Trond nickte wieder. Dankbar griff er nach Helgas Hand und wollte sie drücken. Doch sie zog sie weg.

»Nein«, sagte sie. »Das ist vorbei. Endgültig vorbei. Was bin ich froh darüber. Komm, Tante Beate. Wir fahren nach Hause.«

Kapitel 38

Bereits auf der Fahrt zurück nach Eplegard klagte Tante Beate über Halsschmerzen.

Sobald sie nach Hause gekommen waren, legte sie sich ins Bett, und bis zum Abend hatte sie Fieber und Schüttelfrost. Ständig musste jemand bei ihr sein, denn in ihren Fieberträumen wollte sie aufstehen, sie suchte doch ihren Karl. Einmal wäre sie um ein Haar die Treppe hinuntergefallen, fest davon überzeugt, wieder in Kassel zu sein, in ihrer Wohnung, in der es gar keine Treppen gab. Der Hausarzt kam aus Tingnese, widerwillig, denn mitten in der Nacht und in der dunklen Jahreszeit war es gar nicht so einfach, den Weg zu finden. Manchmal waren dazu noch Schafe auf der Straße, die verschreckt in das Scheinwerferlicht glotzten. Aber als er die Tante sah, die sich rufend im Bett hin und her warf, musste er zugeben, dass man die alte Frau schlecht auf dem Traktor zu ihm in die Praxis hätte transportieren können. Sie hatte offenbar hohes Fieber. Aber ein einfacher Patient war sie nicht. Schimpfend zog Tante Beate die Bettdecke bis zum Kinn hinauf – »Pfoten weg, du Lümmel! Behalt deine dreckigen Finger gefälligst bei dir! Weg! Weg!« –, während der Arzt sie, so gut es ging, untersuchte. Also gar nicht. Schließlich gab er auf, verschrieb Penicillin und etwas zur Beruhigung, das konnte die Nichte am nächsten Morgen selbst besorgen, dann machte er sich schleunigst wieder davon. Diese dementen Patienten waren wirklich eine Geduldsprobe. Heute hatte er sie nicht bestanden. Wie auch, morgens um drei!

»Karl!«, rief Tante Beate. »Karl! Karl!« Die Tränen liefen ihr über die Wangen ins Kissen, da halfen die Tabletten gar nichts. Zumal sie sie nicht nehmen wollte, nicht die kleinen blauen und erst recht nicht die großen Kapseln mit dem Penicillin. Da war nichts zu machen, die spuckte sie in hohem Bogen durchs Zimmer. Schließlich fuhr Helga noch einmal nach Tingnese und kaufte einen Saft für Kinder. Der war rot und schmeckte nach Erdbeere, und erst wenn man ihn schon geschluckt hatte, merkte man den bitteren Nachgeschmack nach Medizin. Tante Beate schäumte. Dass Helga sie so hintergehen konnte! Aber in diesen Tagen war ihr Gedächtnis nicht viel besser als das der Hühner. Ein paar Stunden später sah der rote, zähflüssige Saft schon wieder so verlockend aus, dass sie den Mund weit aufsperrte. Immerhin klang die Halsentzündung nun ab, und als Tante Beate keine Schmerzen mehr hatte, wurde sie endlich auch ruhiger. Unendlich müde war sie plötzlich und so schwach, dass sie nicht einmal alleine auf die Toilette gehen konnte.

»Karl«, sagte sie zu Herbert, »was bin ich froh, dass du da bist.«

In all der Aufregung hatte Helga Frau Nesvik völlig vergessen. Frau Nesvik hingegen hatte sich den Fall des kleinen Trond Fagervik bestens gemerkt. Eigenartige Ausländer auf einem dreckigen, heruntergekommenen Hof. *White Trash* nannte man das wohl, nur dass sie das natürlich nicht laut sagen durfte. Toleranz und Verständnis, immer und für jeden. Kein Wunder, dass sie sich so erschöpft fühlte. Das waren nicht nur die Wechseljahre, das waren all diese Individuen, mit denen man sich abgeben musste. Und der Vater von dem Jungen – auch nicht besser. Die gesamte Autofahrt über zog er die Nase hoch. Wahrscheinlich noch nie ein Taschentuch gesehen. Manche Kinder hatten wirklich Pech im Leben, die wären am besten nie geboren worden. Aber das konnte Frau Nesvik nun auch nicht ändern.

Erst nach sieben Uhr war sie letzte Woche nach Hause gekommen, und die Überstunden bezahlte ihr keiner. Diesmal hielt sie sich vorsichtshalber den ganzen Tag frei für einen weiteren Besuch auf Eplegard. Gleich nach der dritten Tasse Bürokaffee war sie losgefahren. Der Kindsvater hatte sich zwar nicht mehr bei ihr gemeldet, aber Frau Nesvik war trotzdem entschlossen, den Jungen heute zu holen und dort abzuliefern. Was Recht war, musste Recht bleiben. Außerdem schloss Frau Nesvik einen Aktenvorgang gerne so schnell wie möglich ab.

Das Wetter war ungewöhnlich mild für Oktober und die Luft völlig klar. Eigentlich ganz schön, an einem solchen Tag unterwegs zu sein. Auf den Wiesen leuchteten Spinnweben in der schrägen Herbstsonne. Holunderbeeren hingen schwarz und schwer über den Weg. Linker Hand blitzte das Meer. War das wirklich schon der Hof? In der Sonne sah er besser aus als in dem Regenwetter letzte Woche, das musste Frau Nesvik zugeben. Richtig schmuck. Eine weiße Holzvilla auf einer grünen Wiese. Die knorrigen Apfelbäume hatten jetzt nur noch wenige gelblichbraune Blätter, aber im Frühjahr blühten sie bestimmt wunderschön. Frau Nesvik stieg aus dem Auto und klopfte an der Haustüre. Drinnen hörte sie Schritte und Stimmen, aber niemand kam, um zu öffnen. Sie klopfte noch einmal, lauter. Was war das denn für ein Haushalt, in dem niemand an die Tür ging? Da war sie schon wieder dahin, ihre gute Laune. Erst beim dritten Mal kam die Hausherrin. Offenbar brauchte sie einen Moment, bis ihr einfiel, wer da mitten am Vormittag vor der Türe stand. Dann guckte sie erschrocken. Hinter ihr linste der kleine Junge hervor, ebenfalls ängstlich.

»Nun?«, sagte Frau Nesvik. »Wie sieht es aus? Kann ich das Kind heute mitnehmen?«

Helga bat Frau Nesvik herein, plazierte sie im Wohnzimmer und ging dann Kaffee kochen, mit zitternden Händen, so wütend war sie auf sich selbst. Letzte Woche hatte sie es so eilig gehabt, von Setersholm wieder wegzukommen, dass sie gar nicht darauf gekommen war, wie es mit dem Kind weitergehen würde. Dann die ganze Aufregung um Tante Beate. Ein paarmal hatte Helga daran gedacht, dass sie dringend beim Jugendamt anrufen musste. Trond würde es bestimmt nicht tun, der hatte sich schon immer um unangenehme Aufgaben gedrückt. Aber es war ihr immer erst abends eingefallen oder am Wochenende. Jetzt war es definitiv zu spät. Wie hatte sie so etwas Wichtiges nur schleifen lassen können? Und die Tante lag oben im Bett, völlig durch den Wind, von der konnte sie diesmal keine Hilfe erwarten. Nimm dich zusammen, Helga! Die Kaffeetassen klapperten.

Der kleine Trond war Helga in die Küche gefolgt und fasste schutzsuchend nach ihrer Schürze. Letzte Woche hatte er sich auf dem Heuboden versteckt. Mäuschenstill war er gewesen. Diesmal würde das nicht funktionieren, das spürte er deutlich. Aber auf gar keinen Fall wollte er mit Katarina Nesvik alleine im Wohnzimmer bleiben. Heute trug sie ein Kleid in einem aggressiven Grün (*Frauen Mit Formen Bekennen Farbe* hieß der Laden), das sie irgendwie noch größer wirken ließ. Helga hantierte nervös mit dem Geschirr und murmelte dabei ärgerlich vor sich hin. Trond blickte angespannt zu ihr hoch und versenkte die Hand in ihrer Schürzentasche, wie immer, wenn er Trost brauchte. In der Tasche wohnte sein liebstes Holzhuhn, zumindest tagsüber.

»Nimm du den Teller mit Keksen?«, bat Helga ihn und versuchte zu lächeln. »Dann nehme ich das Tablett.«

Als sie ins Wohnzimmer kamen, hatte Frau Nesvik gerade ihre übliche Inspektion beendet. Wann immer sich die Möglichkeit bot, sah sie sich gerne ein bisschen um. Die Leute logen sowieso alle wie gedruckt, aber so ein Haus verriet einem eine ganze Menge. Einmal hatte sie Geld gefunden bei Klienten, die angeblich gar nichts hatten. Meistens waren es allerdings nur Dreck und leere Bonbonpapierchen unter dem Schrank. Hier war auch schon länger nicht mehr gestaubsaugt worden. Überall Katzenhaare. Nur gut, dass sie nicht allergisch war. Frau Nesvik rieb sich unauffällig die Hände ab und suchte sich einen möglichst sauberen Sessel aus.

»Hübsch haben Sie es«, sagte sie gleichgültig, während Helga den Kaffee einschenkte.

Helga setzte sich ebenfalls, zog Trond neben sich aufs Sofa und straffte die Schultern.

»Es hat sich in der Zwischenzeit eine Änderung ergeben«, sagte sie. Ihre Stimme klang unnatürlich hoch. Sie räusperte sich und begann noch einmal von vorn: »Es hat sich eine Änderung ergeben. Trond Setersholm und ich hatten letzte Woche ein langes Gespräch und sind übereingekommen, dass der Junge hier wohnen bleibt.«

Katarina Nesvik stellte enttäuscht die Kaffeetasse zurück. Warum bildete sie sich immer ein, die Dinge würden schnell gehen? »Haben Sie das schriftlich?«, fragte sie gelangweilt. Gott, wie war sie das leid. Alle diese Lügen, die ihr die Leute immer auftischten.

Helga schüttelte den Kopf.

»Nun, dann lässt sich da wohl nicht viel machen. Dann muss erst einmal offiziell geklärt werden, wo der Junge am besten« aufgehoben ist. Das kann hier sein« – sie ließ den Blick zweifelnd durch den Raum mit den abgenutzten Möbeln schweifen – »oder beim Vater. Das Wohl des Kindes muss Priorität vor den Wünschen der Erwachsenen haben. Das leuchtet Ihnen ja wohl ein, oder?«

»Aber der Vater will das Kind doch gar nicht!«

»Warum hat er mir das dann nicht mitgeteilt? Mein letzter Wissensstand ist, dass Sie den Jungen nicht hergeben wollen. Deshalb bin ich hier, um Herrn Setersholm zu helfen. Ich dachte, das hätten wir bereits geklärt. Sie haben keinerlei Rechte an dem Kind. Herrgott noch mal, jetzt nehmen Sie doch Vernunft an.« Frau Nesvik sah auf die Uhr. Nur gut, dass sie diesmal genügend Zeit eingeplant hatte.

Trond rückte näher an Helga heran. Helga konnte sich nur zu gut vorstellen, wie Frau Nesvik mit ihren runden, weichen Händen ihren kleinen Krümel packte und zum Auto schleppte. Das war bestimmt keine Frau, die sich von Kindertränen rühren ließ. Ratlos rührte sie in der Kaffeetasse.

»Wenn wir schon von schriftlich reden: Haben Sie es denn schriftlich, dass Trond Setersholm wirklich der Vater ist?«, fragte sie schließlich.

Frau Nesvik wurde unsicher. Der Junge war ihrem Klienten zwar wie aus dem Gesicht geschnitten, aber hatte Setersholm die Vaterschaft je anerkannt? Zu dumm, die Akte lag im Auto, da musste sie extra hingehen und sie holen. Was machte denn das für einen Eindruck?

Gott sei Dank waren die beiden noch da, als sie zurückkam. Es hätte ja sein können, dass sie über die Veranda verschwanden. Aber nein, da saßen sie Seite an Seite wie ein altes Ehepaar beim Arzt. Merkwürdige Leute traf man in ihrem Beruf. Sie blätterte in der Akte. Natürlich mal wieder alles durcheinander, die jungen Kollegen waren immer so schlampig. Deswegen las Frau Nesvik fremde Akten aus Prinzip nicht. Jetzt musste sie wohl. Offensichtlich hatte der Setersholm die Vaterschaft anerkannt, denn hier stand, dass er seine Alimente nicht regelmäßig bezahlte. Im letzten Jahr arbeitslos gemeldet, Adresse bei der Mutter, auch öfter mal von der Polizei aufgegriffen, Trunkenheit. Da würde man später, wenn alles geregelt war, ein Auge drauf haben müssen. Ah, und hier war auch endlich die Anerkennung der Vaterschaft, nach der sie gesucht hat. Triumphierend hielt Frau Nesvik das Formular in die Höhe.

»Alles da!«, verkündete sie und stand auf. Den Kaffee nicht getrunken und nicht einen einzigen Keks gegessen, das war sonst nicht ihre Art. Aber diese schmale Frau mit dem schmalen Kind neben sich, beide ängstlich und irgendwie so ... so einig miteinander, die machten sie nervös. Ein weiterer Blick auf die Uhr, Frau Nesvik hatte ihre Zeit auch nicht gestohlen. »Können wir?«

»Warten Sie!«, bat Helga hastig. Hektisch sah sie sich im Zimmer um, als könnte sie dort einen Ausweg finden. Ihr Blick blieb an Trond hängen. »Wenn das Wohl des Kindes die höchste Priorität hat, wie Sie sagen«, sagte sie schnell, »warum fragen Sie dann nicht den kleinen Trond, wo er eigentlich wohnen möchte. Er ist schon fünf und alt genug, das zu wissen. Und ...« Helgas Stimme versickerte. Wie war sie bloß auf diese dumme Idee gekommen? Trond sprach doch kaum mit den Menschen, die hier auf Eplegard wohnten. Mit einer Fremden würde er erst recht nicht sprechen wollen. Gut möglich, dass er lieber in Frau Nesviks Auto stieg, als mit ihr zu reden. Vielleicht ging er ja sogar gerne mit ihr mit. Helga hatte Trond nie gefragt, was er eigentlich wollte. Der Junge war immer so willig gewesen. Wer konnte schon wissen, was er dachte? Aber jetzt war es zu spät, ihre Worte zurückzunehmen. Trotzig reckte Helga das Kinn vor und verschränkte die Arme vor der Brust.

Katarina Nesvik seufzte. Jetzt auch noch das Kind befragen. Sie wusste, dass das heutzutage üblich war, ihre Kollegen machten das die ganze Zeit und bildeten sich wer weiß was darauf ein. Firlefanz. Sozialromantik. Völlig falsch, einem Kind so viel Verantwortung zuzumuten.

Aber die junge Frau auf dem Sofa sah aus, als wäre sie zu allem entschlossen. Die war imstande und beschwerte sich beim Chef, und noch eine Abmahnung konnte Katarina sich wirklich nicht leisten. Schon die vorige war eine »allerletzte Chance« gewesen. Besser, sie brachte das hier schnell hinter sich. Aber hinsetzen würde sie sich nicht mehr. Nonverbale Kommunikationen nannte man das auf den Weiterbildungen. Sie nannte das: bald Feierabend.

274

»Also?«, fragte sie den kleinen Trond unfreundlich. »Nun sag schon!«

Trond sah unsicher zu der Frau hinauf, die da vor ihm stand, ein dicker, grüner Bauch und darüber ein ärgerliches Gesicht. Er presste die Lippen zusammen.

»Ich habe dich gefragt, wo du wohnen willst. Hier oder bei deinem eigenen Vater auf einem richtigen, schönen Bauernhof? Na? Sag schon!«, fuhr Frau Nesvik ihn an.

Trond versteckte sein Gesicht hinter Helgas Rücken.

»Ist schon in Ordnung«, sagte Helga traurig. »Der Junge redet nicht gern.«

»Ich glaube eher, er traut sich in Ihrer Anwesenheit nicht, die Wahrheit zu sagen. Also Trond, wo möchtest du wohnen? Doch sicher bei deinem Vater, oder? Du brauchst nur zu nicken, und ich bringe dich dorthin.«

Trond schloss seine Hand fest um das Holzhuhn, das er vorhin aus der Schürze genommen hatte.

»Hier«, flüsterte er in Helgas Rücken.

»Wie bitte? Nun sag schon, Kind!«

Trond kroch zögernd hinter Helgas Rücken hervor und setzte sich aufrecht hin. Dann streckte er die Faust vor und öffnete behutsam die Finger. Auf seiner Handfläche stand das Holzhuhn.

»Hier wollen wir wohnen«, sagte er laut und deutlich. »Hier, bei Helga.«

Januar

2004

Kapitel 39

Der Winter war wie immer hier am Meer: Woche um Woche Regen und Glatteis und ein verhangener Himmel, der direkt auf den Baumwipfeln zu liegen schien, zu müde zum Aufstehen.

Den Hühnern setzte das nasskalte Wetter besonders zu. Von den fünfzehn Weißen Italienern, die Helga seinerzeit aus Setersholm mitgebracht hatte, waren jetzt nur noch neun übrig. Sie sahen traurig aus in ihrem feuchten Gefieder, wie plattgelegene Kopfkissen, und kurz vor Weihnachten hängte Helga eine Wärmelampe in den Stall. Das hob die Stimmung sofort. Statt langer, dunkler Winternächte plötzlich endlose, rötlich-warme Schummertage. Ein eigenartiges Frühjahr. Doch die Hühner hatten sowieso ein schlechtes Gedächtnis. Keines von ihnen wusste noch, wie es letztes Jahr gewesen war. Zufrieden scharrten sie im Heu und drehten dem Hahn bereitwillig ihre Hinterteile zu.

Heute war der erste Tag seit langem, an dem es einmal nicht regnete. Im Gegenteil, der Himmel war wolkenlos, und im Südosten dämmerte es in einem breiten Streifen türkisblau. Über Nacht hatte Frost eingesetzt und alles mit Reif überzogen. Als Helga aus dem Stall in die Küche kam, hielt sie zwei hellbraune Eier in der Hand. Die Küken vom letzten Sommer hatten offenbar angefangen zu legen.

»Schau mal, Schnüppa«, sagte sie zum kleinen Trond. »Die neuen Hühner haben dir ihre ersten Eier zum Geburtstag geschenkt.«

Doch der kleine Trond interessierte sich weder für das Wetter noch für Eier. Heute Nachmittag sollte seine Geburtstagsfeier sein, die erste in seinem Leben. Eingeladen waren alle, die auf Eplegard wohnten, und dazu noch Onkel Roald, falls er rechtzeitig beim Zahnarzt fertig wurde. Eine großartige Sache. Sie würden Sahnetorte essen, so wie in einer richtigen norwegischen Familie. Und es würde Geschenke geben. Und außerdem war Bertram da, der ihm beibrachte, wie man richtig atmete. Es war zwar völlig unklar, wozu das gut sein sollte, aber Bertram war sein Freund.

Vergnügt tanzte Trond in der Küche herum. Er war noch immer sehr mager und kaum größer als ein Vierjähriger. Unvorstellbar, dass er diesen Sommer in die Schule kommen sollte.

»Kuchen!«, sang er. »Ich bekomme einen Kuchen! Einen Riesen-Riesenkuchen!«

Bislang sah es allerdings leider nicht danach aus. Der erste Tortenboden war nur fingerhoch geworden, eine harte, etwas angekohlte Platte. Den zweiten hatte Helga in ihrer Ungeduld zu früh herausgenommen, und in der Mitte war der Teig noch flüssig gewesen. Mit den zwei Eiern von heute Morgen würde es gerade noch für einen dritten Versuch langen, aber ihr lief die Zeit davon.

»Soll ich dir helfen?«, bot Bertram an.

»Nein!«

Bertram machte sie nervös. Zwei Tage nach Weihnachten war er plötzlich da gewesen. Das langersehnte Auto –

auf einmal stand es vor der Türe. Bertram war ausgestiegen, steif von der weiten Fahrt, hatte Helga einen Blumenstrauß überreicht – jetzt im Winter gab es nur wächserne Nelken – und um ein Zimmer gebeten. Offiziell war er ein zahlender Gast über die Feiertage. Doch inzwischen war bereits der fünfte Januar und die Weihnachtszeit endgültig vorbei, und Bertram wohnte noch immer hier. Aber Helga gönnte ihm kein einziges Lächeln. Keinen Blick gönnte sie ihm. Da hatte er ein halbes Jahr gebraucht, um zu ihr zurückzukommen. Glaubte er wirklich, Helgas Herz kenne keine Eile? Dachte er, sie würde sich freuen über jemanden, der so viel zu spät kam?

Ganz offenbar. Bertram schien gar nicht zu bemerken, wie abweisend Helga zu ihm war. Jeden Morgen begrüßte er sie mit einem strahlenden Lächeln, und er machte ihr die lächerlichsten Komplimente. Peinlich war das, wenn er ihr ständig die Türe aufhielt oder behauptete, Helga hätte schöne Augen. Schöne Augen – war das nicht das, was Männer sagten, wenn ihnen wirklich nichts anderes einfiel? Bertram verkündete, sie hätte einen Gang, so aufrecht wie eine Königin. Der kleine Trond kam aus dem Lachen gar nicht mehr heraus. Helga war doch keine Königin! Und wenn sie abends noch vorlas, vergaß man die ganze Welt um sich herum, schwärmte Bertram. Sofort klappte Helga das Buch zu und schickte Trond ins Bett. Vom Einkaufen brachte Bertram ihr Pralinen mit, die natürlich Tante Beate aufaß und dann zum Mittagessen keinen rechten Appetit hatte. Und noch mehr Nelken, bis es aussah, als hätten sie einen Trauerfall im Haus. Zwischendurch reparierte er die Waschmaschine, die schon wieder nicht abpumpte – wenigstens fragen hätte er vorher können –, machte den Hühnerstall winterfest, befestigte das lose Treppengeländer und spielte mit dem kleinen Trond, der sehr lästig werden konnte, wenn er sich langweilte.

Jeden Abend ging Helga mit dem Gedanken schlafen, dass Bertram vielleicht am nächsten Tag abreisen könnte. Wie lange dauerten denn seine Feiertage? Am liebsten hätte sie ihn gefragt: Fährst du morgen? Dann wüsste sie es. Aber würde sich das nicht anhören, als würde sie genau darauf hoffen? Und das tat Helga nicht. Nicht wirklich. Noch nie zuvor in ihrem Leben hatte ihr jemand Blumen geschenkt oder ihr an der Türe den Vortritt gelassen. Außer Gernot-der-Grapscher seinerzeit, aber vor Gernot Breuer ging man besser nicht durch eine Tür. Noch nie war jemand so vorbehaltlos freundlich zu ihr gewesen. Selbst Eplegard schien Bertram zu mögen. Manchmal hatte Helga den Eindruck, als knarzte das Haus behaglich wie eine schnurrende Katze, wenn Bertram die Badezimmertüre justierte, die seit dem Herbst klemmte, oder einen Fensterrahmen im Wohnzimmer abdichtete. Als hätte auch das Haus schon viel zu lange darauf gewartet, dass sich einer seiner Verwahrlosung und Einsamkeit annahm.

Aber Helga war so traurig gewesen, als Bertram letzten Sommer urplötzlich abreiste. Diesmal würde es ihr das Herz brechen. Deshalb drehte sie den Kopf zur Seite, wenn Bertram sie ansah, und nachts wartete sie lieber darauf, dass der kleine Trond zu ihr ins Bett schlüpfte. Doch der Junge war seinen nächtlichen Ängsten allmählich entwachsen und brauchte nur noch selten ihren Trost. Eigentlich war er inzwischen groß genug für ein eigenes Zimmer. Das Haus füllte sich. Wenn Bertram bliebe, würden sie den Dachboden ausbauen müssen, um im Sommer auch noch Platz für Feriengäste zu haben.

Falls Bertram blieb.

Solange Helga das nicht wusste, fragte sie besser nichts und hoffte auch nichts. Aber nervös machte er sie trotzdem. Verbissen machte Helga sich zum dritten Mal daran, Eier und Zucker zusammen zu rühren, mit Bertrams Blicken im Rücken und dazu noch Trond, der hoch und schrill sein Kuchenlied sang. Sie war kurz davor, die beiden aus der Küche zu werfen, da brach Tronds Gesang plötzlich ab. Helga drehte sich um und sah, dass Bertram gar nicht mehr auf seinem Stuhl saß, sondern direkt hinter ihr stand.

Seit zehn Tagen war der Mann schon hier, und nicht ein einziges Mal war es Helga gelungen, freundlich zu ihm zu sein. Hatte er jetzt endgültig genug von ihrer ruppigen Art? War das sein Abschied? Ihr wurde kalt in der überheizten Küche.

Vorsichtig legte Bertram die Hand auf ihren bemehlten Arm. »Helga ...«, sagte er.

Doch sie kam ihm zuvor: »Schon gut. Geh du nur.«

Sie schüttelte seine Hand ab und schluckte hart.

»Helga, ich ...«

»Lass gut sein. Erst bist du letzten Sommer da, und dann bist du auf und davon, und plötzlich bist du wieder da, und jetzt willst du doch weg. Du denkst, du kannst hier kommen und gehen, wie es dir passt. Es tut mir leid, aber ich kann das nicht so schnell. Für mich ist das alles nicht so einfach. Geh du nur. Das ist wahrscheinlich das Beste.«

»Aber Helga«, erwiderte Bertram. »Was denkst du denn? Ich will doch gar nicht gehen. Ich wollte doch nur sagen, dass du den Zucker noch viel länger mit den Eiern verrühren musst. Ich kann das gerne für dich machen.«

Helga umklammerte den Schneebesen.

»Finger weg vom Kuchen! Das kann ich selbst. Sag mir, ob du bleibst oder ob du gehst«, rief sie unter Tränen.

Bertram legte von hinten die Arme um sie und seine Wange an ihr Haar. Teig tropfte vom Schneebesen auf den Boden.

»Wenn ich darf, dann bleibe ich«, flüsterte er.

»Oh, gut!«, sagte der kleine Trond.

Letztendlich war es dann doch Bertram, der den Kuchen backte. Erst kochte er Helga einen Kaffee, dann zog er das Mehl routiniert unter die geschäumte Ei-Zucker-Masse, wartete geduldig, bis der Biskuit hellbraun gebacken war und hinterher auf der Veranda abkühlte. Das alles konnte Bertram! Dann teilte er den Boden sorgfältig in drei Lagen, füllte Himbeermarmelade und Sahne ein und verzierte das Ganze mit einer großen Sechs und vielen kleinen Sahneröschen drum herum. Nebenbei bereitete er noch eine leichte Gemüsesuppe vor. Nach so viel Süßem würde etwas Salziges zum Abendessen willkommen sein.

Staunend sah Helga ihm zu. Falls Bertram wirklich bliebe, dachte sie, könnten sie doch noch Angelgäste aufnehmen. Hier war jemand, der bestimmt auch vor Fisch nicht zurückschreckte.

Der kurze Wintertag war schon wieder vorbei, als die Torte endlich auf dem Tisch stand. Sechs rote Kerzen prangten darauf, die Trond und Helga bereits vor Wochen gekauft hatten und die Trond seitdem viele Male in der Küchen-

schublade hatte besichtigen müssen, so rot und verhei-
ßungsvoll waren sie. Alle saßen schon im Wohnzimmer
und warteten nur noch darauf, dass Helga die Streichhöl-
zer fand. Interessiert musterte Tante Beate das Gebilde
aus Biskuit und Sahne vor sich. Schließlich pflückte sie
eine Kerze herunter und steckte sie in den Mund.

Seit ihrem Besuch auf Setersholm war Tante Beate stark
gealtert. Als hätte sie an diesem einen Tag alle Kraft verbraucht, die ihr noch geblieben war. Vielleicht war es auch
das Fieber gewesen. Eine ganze Woche lang hatte sie im
Bett gelegen, aber auch danach erholte sie sich nicht richtig, obwohl es schon zwei Monate her war. Die Tante war
häufig verwirrt und verwechselte Namen und Tage und
ihre Kleidungsstücke. An manchen Tagen kam sie sich
ganz abhanden. Dann stand sie lange vor dem Spiegel und
wunderte sich unter Tränen über das Gesicht der alten
Frau darin. Ohne Herbert, der sich nie aus der Ruhe bringen ließ, wäre es gar nicht gegangen. Obwohl selbst ihm
manchmal die Tränen kamen, wenn er seine Bea so sah.

Doch Feste mochte Tante Beate nach wie vor. Auf Weihnachten hatte sie sich gefreut wie ein Kind. Und auch jetzt
hielt sie erwartungsvoll ein Päckchen für Trond auf dem
Schoß mit einer unordentlichen Schleife darum. Einen
Schal, an dem sie wochenlang gestrickt hatte. Er war drei
Meter lang geworden, und am Ende hatte die Wolle nur
noch auf der einen Seite für Fransen gereicht. Aber Trond
war es egal, auch die Kerze war ihm egal, die angebissen
auf Tante Beates Teller lag, denn Geburtstag war Geburtstag, und gleich würden alle für ihn singen.

In dem Moment klopfte es. Das war sicher Onkel Roald.

»Die Tür ist offen!«, rief Helga.

Doch statt Roald kam Trond herein. Der große Trond.

In den letzten Monaten war er bereits mehrere Male hier gewesen. Verlegen saß er dann da, ungeschickt eines der Holzhühner in der Hand, bemüht, leise zu sein, und wünschte sich offenbar weit weg. Aber trotzdem kam er immer wieder. Stolz hatte er Helga erzählt, dass er jetzt einen Schafstall baute, mit dem Geld, das Margit für den Verkauf von Eplegard bekommen hatte.

»Diesmal wird es was«, versprach er. »Ganz bestimmt.«

»Ja, ja«, murmelte sie nur.

Ohne groß zu fragen, zog der große Trond jetzt die Schuhe aus und kam polternd in die Stube. Als er den fremden Mann auf dem Sofa sah, Bertram fasste Helgas Hand, schüchtern erst, dann trotzig, zuckte er zurück. Alle hielten den Atem an. Der kleine Trond kroch unter den Tisch. Ärger kannte er gut genug.

Aber der große Trond guckte nur. Schließlich guckte er traurig weg.

»Komm unter dem Tisch raus«, sagte er schließlich zu seinem Sohn. »Ich habe etwas für dich.«

Aus einer großen Tasche zog er einen Hund hervor, erst ein paar Wochen alt, der vor lauter Nervosität sofort einen See auf den Fußboden machte. Seinen großen Pfoten sah man an, dass es einmal ein mächtiges Tier werden würde. Der kleine Trond starrte hingerissen auf den Welpen. Woher wusste sein Vater nur, dass er sich schon immer einen Hund gewünscht hatte? Ein richtiger Hund, der ihm gehören würde!

Helga seufzte, dann holte sie einen Lappen und wischte die Pfütze auf. Noch ein Hausgenosse. Warum fragte man sie denn nie vorher? Doch als sie zurückkam, ein Gedeck für den neuen Geburtstagsgast in der einen Hand und eine Schüssel mit Wasser für den Hund in der anderen, blieb Helga einen Augenblick in der Türe stehen und betrachtete einen nach dem anderen die ganze Gesellschaft.

Tante Beate, die gerade den Finger in die Sahne tauchte.

Herbert, der zärtlich ihre Hand hielt.

Bertram, der Helgas Blick verliebt erwiderte (und außerdem konnte er kochen).

Trond, der seinen Sohn beobachtete, den kleinen Trond, wie er über den Boden rollte und sich lachend von dem neuen Hund das Gesicht lecken ließ.

Hund und Kind werden eine Wurmkur brauchen, dachte Helga. Und dann: Was habe ich doch für ein Glück!